JN106688

私はカーリ、64歳で生まれた

Nowhere's Child

著者　Kari Rosvall
Naomi Linehan
訳者　速水 望

First published in Ireland in 2015 by
HACHETTE BOOKS IRELAND

First published in the English language by Hodder & Stoughton Limited

Japanese translation rights arranged with Hodder & Stoughton Limited, London, through Tuttle-Mori Agency, Inc., Tokyo

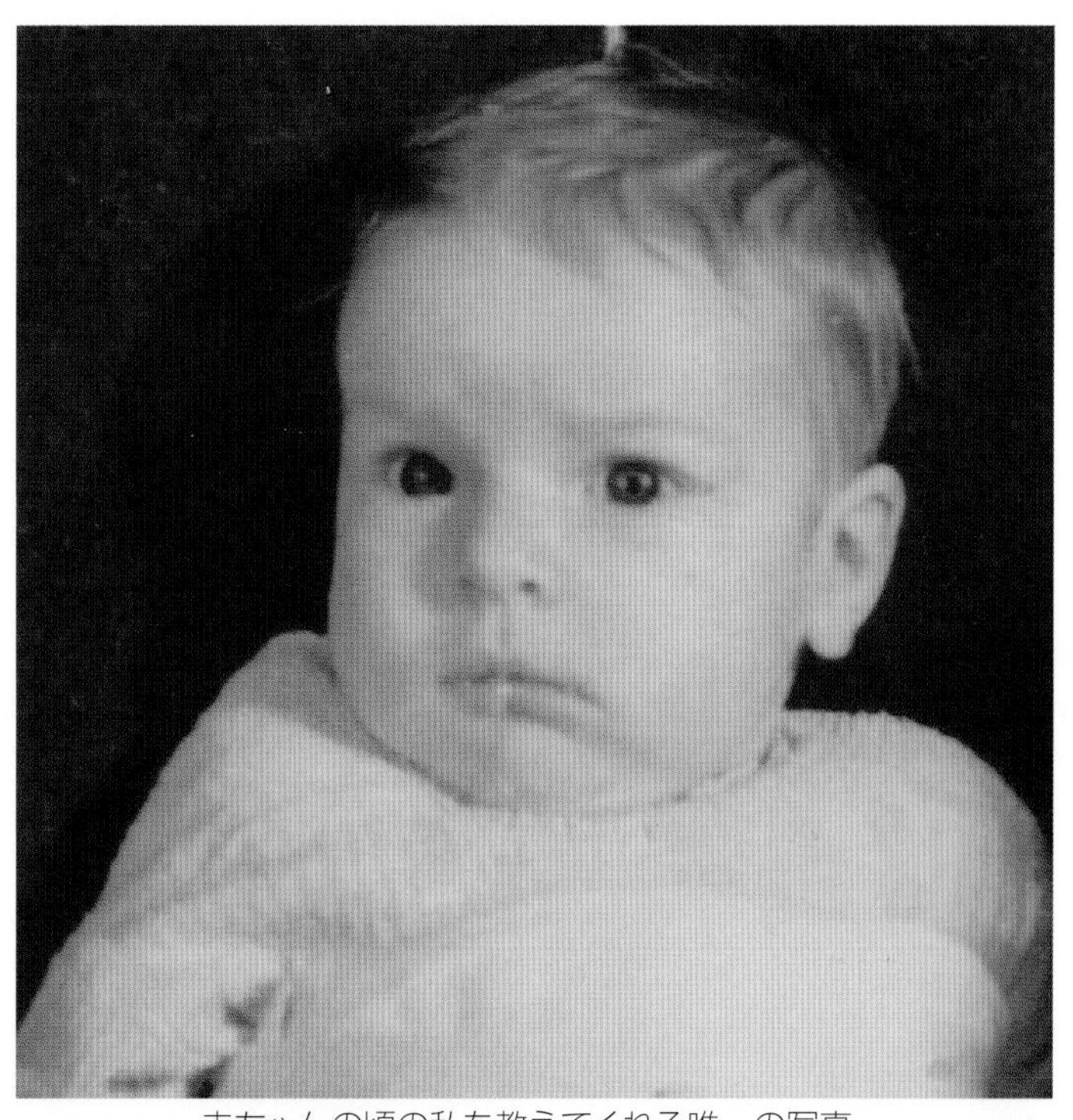

赤ちゃんの頃の私を教えてくれる唯一の写真。
64歳になって初めて目にすることができた。

私が生みの親を探し始めたのは看護助手をしていた頃だった。赤十字に手紙を出した後、期待しながら数週間返事を待った。そしてついに返事が来た。

ライオンの赤ちゃんを抱く生みの母、オーセ。私はいつもオーセを愛そうとしたが、私たちの関係は前向きなものにはならなかった。悲しいことに、オーセは戦争によってあまりにも多くの傷を負った。しかし彼女なりに強い女性であり、私はその強さの一部を引き継いでいる。

ノルウェーにいた生みの母オーセの若かりし頃の写真。

私が一人で育てた最愛の息子、ローゲルはいつも私の誇りであり、喜びである。写真は制服姿の青年時代。

養父のシーモンとは特別な絆で結ばれており、彼が亡くなった時、私の世界も終わった気がした。

一人っ子としてスウェーデンの田舎で育てられた少女の頃、想像上の兄ペーテルと遊んでいた。ノルウェーに実の兄ペールがいると思ってもみなかった。私たちは人生のずっと後に出会い、幼い頃の二人の写真は私の家の特等席である暖炉上に並べて置かれている。

今は小さな博物館となっているホーヘーホルストを訪れた時、そこにいた記憶はなかった。それでも、生まれてからしばらくの間、母親から引き離され、この屋根裏部屋にいたという考えに取りつかれた。胸が張り裂けそうなことだが、生き延びることができたことには感謝した。

（下）小さな博物館には当時の写真が展示されていた。

人生の最大の出来事の一つは、メアリー・マッカリース大統領（前列中央、白いスーツの女性）を訪問したことだ（大統領の右が私）。大統領から「アイルランドの国民はあなたに親切ですか？」と聞かれ、私は「はい」と答えた。アイルランドで、ついに家と呼べる場所を見つけた。

人生最愛の人、スヴェンとともに。

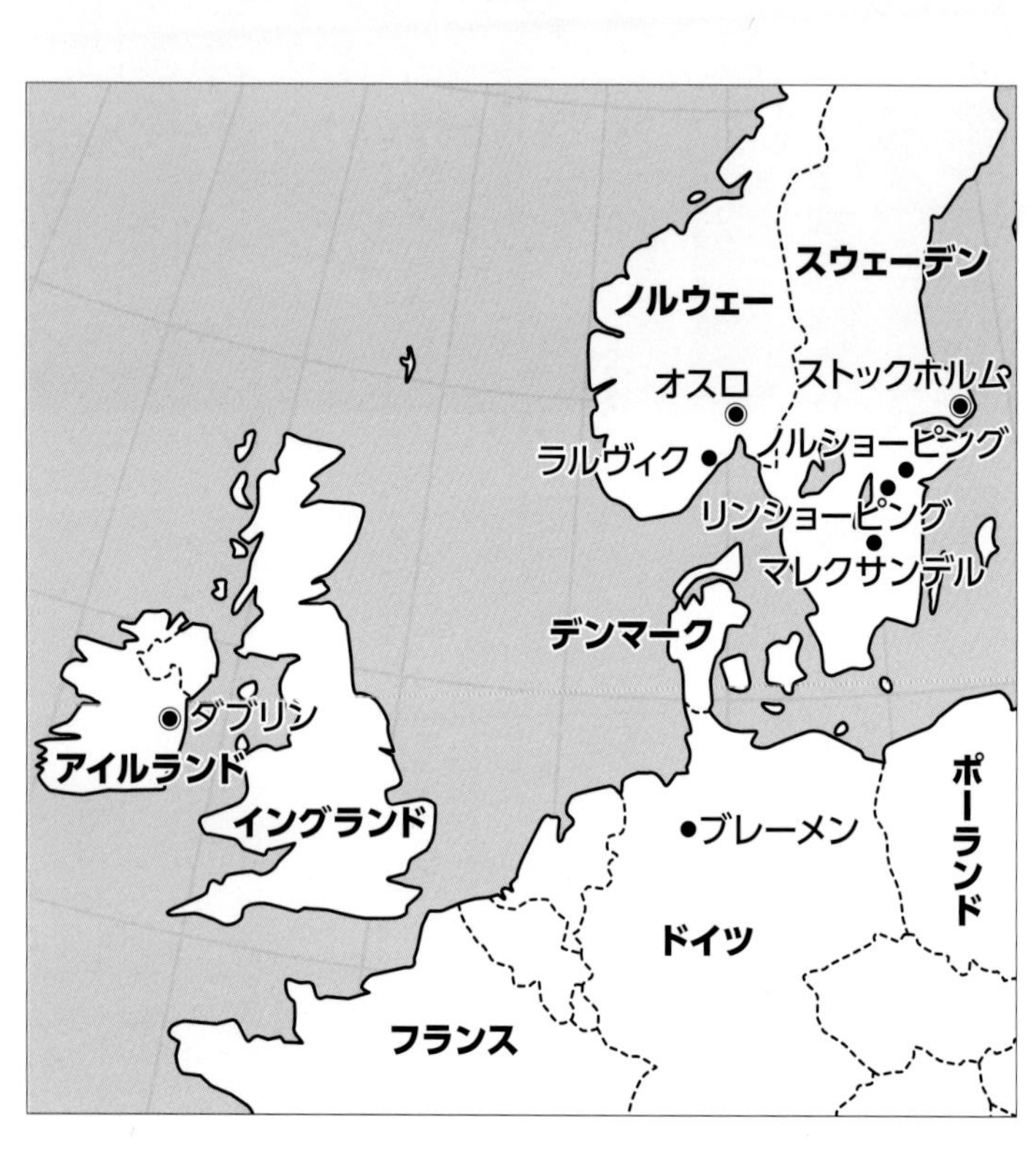
スウェーデン
ノルウェー
ストックホルム
オスロ
ノルショーピング
ラルヴィク
リンショーピング
マレクサンデル
デンマーク
ダブリン
アイルランド
イングランド
ブレーメン
ポーランド
ドイツ
フランス

この本を第二次世界大戦で犠牲になった全ての人に捧げる

目次

1 はじまり

私の名前はカーリ。どこにでもいる普通の人間。あることを除けば。

私は64歳でこの世に生まれた。身長160センチ、体重70キロ。髪は白髪が交じり、手は歳を重ねていた。

他の新生児たちと違って泣かなかった。私には世話をしてくれる人がいなかったので黙っていた。しかし、もう黙ってはいられない。

後どのくらいの時間が私に残されているのだろうか。その時間は長いか短いか分からないが、私の物語を話す時がきた。最善を尽くして語りたい。

これまでの人生で「出身はどちらですか」とよく聞かれた――決して答えられなかったシンプルな質問。

誰の人生においても二つの闇がある――始まりと終わり。医師がどのような終わりを迎えるのか伝え、両親が始まりはどうであったかを話すのはごく普通である。しかし私には生まれてからの数年について教えてくれる両親はいなかった。始まりについての恐ろしい真実を知らされたのは全くの偶然からだった。

２００８年まで、64歳の誕生日を迎えるまで、自分が誰であるかを知らなかった。私は、人間性の最も暗い秘密の一部だった。私の『看守たち』――さもなければ何と呼んだらよいのだろう――が、私の暗い秘密を誰にも解明できないようにした。彼らが、私には母がいないことにした。彼らが、私には父がいないことにした。私は命令によって生まれた。ナチスの狂気の産物として、ある目的に奉仕するために――彼らの目的に。

私を通じて彼らはもっと多くの子孫をつくり出すことができただろう。そして私の子孫から、また新たな子孫がどんどんつくりだされていただろう。私は過去を持たないが、未来において繁殖することができただろう。

もし彼らから逃れていなければ、私は何をして、どんな人間になっていたのだろうか。彼らは敗北し、私は逃げ出すことができた。もし彼らが敗北しなかったら、私だけでなく、世界にとっても悲惨な物語になっていたことだろう。私の物語は、恐怖の物語である。またラブストーリーでもある。ルーツを持たない――居場所のない子どもの物語である。そして真実の物語なのだ。

どこから話し始めたら良いだろうか。１９６１年、スウェーデン南部にあるリンショーピングという小さな町での出来事から話し始めるのが良いかもしれない。当時、自分のことを大人になりつつあるごく普通の少女だと思っていた――しかし真実にはほど遠かった。

2 スウェーデン 1961年

自分の人生の変遷については他のどんなことよりも覚えているものだ。居心地の良い場所から未知の場所へと足を踏み入れる時は、恐ろしくもありスリルもある。

私は廊下に座って緊張から震えていた。何人かが呼ばれ、私は最後だった。カシ製の重厚なドアが開き、看護婦姿の女性が現れた。

「カーリ？　あなたの番です」彼女はそう言って、自分に続くようにと身振りで示した。

仕事の面接を受けるのは初めてだった。人前に出ても恥ずかしくないように、一張羅のワンピースを着ていた。まだ17歳だったので、少しでも大人っぽく見えるようにした。

看護婦の後について部屋に入った。ドアは驚くほど重く、手を離すと自然に閉まった。年配の女性がデスクの向こう側に座っていた。彼女は威厳を感じさせた。

「お掛け下さい」と、彼女は部屋の中央にある椅子を示した。看護婦は彼女の隣に座り、膝の上でノートを開いて書く準備ができていた。

「私はシスター・ダーグマル、そしてこちらはグレータ」彼女は看護婦の方を見ながら話した。

「ここにあなたのレジメがあります。カーリ・アンデションですね……間違いないですか？」

2　スウェーデン 1961年

「はい、カーリ・アンデションです」

　緊張から喉が乾き、気持ちを落ち着かせようと大きく深呼吸した。

「そしてあなたの出身は、カーリ？」

　シスター・ダーグマルは丸いメガネの奥にある瞳で見つめながら尋ねた。

「マレクサンデルです。マレクサンデルにある農家です。ここからたった50キロの所です。遠くありません」

「マレクサンデルがどこにあるかは知っていますよ」と彼女は言った。

「すみません」

「そこであなたは両親と暮らしているのですか？」

「シーモンとヴァールボリと」

「彼らはあなたの両親なの？」

「はい……、まぁ……はい」

　ダーグマルは再びレジメに視線を落とした。「では、あなたはマレクサンデルで生まれたのですか？」

「どこで生まれたのかを知らせる必要があるのですか」

「カーリ、私たちは基本情報が必要なのです。あなたはレジメにたくさんの情報を書き込んでくれていますが、出生地は書かれていません。マレクサンデルなの？」

「マレクサンデルではありません」

「ではどこですか？」

これはまさに聞かれたくない質問だった。出生地と私が仕事をすることに、どんな関係があるのだろうか。部屋の中は静寂が広がっていた。ダーグマルは机の上に両肘をつき前屈みになった。彼女はレジメを親指と人差し指ではさんで持ち上げた。

「分からないんです」

看護婦は書く手を止め、ノートから顔を上げた。

「あなたはどこで生まれたのか、知らないのですか？」

まずい。

「カーリはスウェーデンの名前ではないですね」とダーグマルは私を責めるように言った。「あなたの名前はどこからきたのですか」

「分かりません。養女なんです」

「養女？　あなたは『両親と暮らしている』と言った、と思ったのですが」

「ええ、3歳の時に養女として引き取られたんです。シーモンとヴァールボリに。マレクサンデルにある彼らの農家で育ちました」

それは事実の声明というより、言い訳のように聞こえた。その場をすぐに立ち去った方が良いのかとさえ思った。

ダーグマルはレジメを机の上に戻し、眼鏡を外した。目をこすり、看護婦に向かって私の返答を書き留めるよう、しぐさで指示した。彼女の目は眼鏡がないと小さく見えた。看護婦はノートに書き留め、ダーグマルは引き続きレジメに目をやった。

「あなたは学校を14歳の時にやめたとありますが、これは本当ですか？」

「私は賢いんです」何も考えずに言って、顔を赤らめた。

「学校は好きではありませんでした」

　ダーグマルは笑った。

「ええ、それはよく分かります。ではあなたは学校をやめてからずっと働いているのですね」

「農場でずっと両親――私の養父母――を助けていました。毎朝、夜明けとともに搾乳していました。重労働には慣れています。最近はここリンショーピングでベビーシッターをしていました」

「あなたがここで働くことになったらマレクサンデルから離れてしまうけど、それは大丈夫ですか？」

「全く問題ないです。私の年齢になると、マレクサンデルにはやることはあまりないのです。私は子どものころ木に登っていました。マレクサンデルが大好きでしたが、今は何か新しいことを始めたいのです。何かもっと大きなものに登る準備はできています」

　看護婦は笑い、私はまた頬を赤らめた。木に登るなんて何を考えていたのだろう。ここで必要とされているのは看護助手であり、サルではないのだ。

「そしてあなたにはスヴェン・ストルペ氏〈注・27ページ〉のところで働いた経験もあるんですね」

ダーグマルは再びレジメに目をやりながら尋ねた。

「はい」

「あのスヴェン・ストルペ、有名な作家の？」

「はい。彼のマレクサンデルの家で働いていました。時々仕事で彼についてストックホルムにも行ったりしました。とても楽しかったです」

「スヴェン・ストルペの家で働いていたのは評価すべきことですね」

ダーグマルは立ち上がり、窓から外を眺めた。立つと一層大きく見えた。窓からの日差しで彼女は影のように見えた。私は目を細め、彼女の表情を読み取ろうとした。

「あなたは彼が書いた本を読んだことがありますか」

うそをつくかどうか迷った。本当にこの仕事がほしかった。この仕事で生活を変えられるかもしれない。私はマレクサンデル出身の農家の娘にすぎなかった。

「はい」うそをついた。手のひらが汗ばむのを感じた。

ダーグマルが窓から振り返った。「あなたのことが好きよ、カーリ。でもこうしたタイプの仕事はしたことがないでしょう？」彼女は私をよく観察していた。

「病院での仕事は重労働です。私たちは人々の生命を扱っています。あなたはそのプレッシャーに耐えられますか？」彼女はまるで私を読み解こうとするかのように、じっと見つめた。

「私は人が好きなんです」と答えた。「人の助けになりたいんです」

今回は本心だった。

ダーグマルはうなずいた。

「分かりました。あなたを採用することにします」

私は背筋を伸ばして言った。

「シスター・ダーグマル、ありがとうございます。あなたを後悔させるようなことはしません。約束します」

「では月曜日に待っています。朝7時に。あなたを指導するメンターをつけて、すぐに訓練を始めましょう」

ダーグマルは看護婦からノートを受け取り、ページを1枚破って何かを書き込んで私に渡した。

「公的な書類が必要です。この地区の聖職者であるマッツ牧師は近くに住んでいます。必要としている書類の記入を手伝ってくれることでしょう。私に頼まれたと伝えれば分かるはずです」

こうして私はリンショーピングで看護助手になった。17歳だった。

リンショーピングはマレクサンデルの農場からさほど離れていなかったが、別世界のようだった。

マレクサンデルは人々がお互いのうわさ話をし、隣人たちを知り尽くしている田舎の村だった。農場はまるでオアシスのようだった。シーモンとヴァールボリ、そして私の世界があった。農場は美しく、周囲には見渡す限り平原や草地、森、湖が広がっていた。幸せを感じられる場所ではあったが、リンショーピングのネオンにあこがれる私もいた。これまで全てのことはうまくいっていたし、それ以上だった。私は面接の後、幸せに満ち足りていた。同時に気持ちは張り詰め、良い看護助手になりたいと強く願っていた。

ダーグマルに言われた通り、面接を受けたその足でマッツ牧師のところ行き、事務所の扉を叩いた。

「どうぞ」と声がした。事務所は古い本が机の周りに山のように積み上げられていて、声がどこから聞こえてきたのか分からなかった。

すぐにマッツ牧師が積み上げられた本の後ろから現れ、私は仕事のために身分証明書が必要なことを説明した。

「シスター・ダーグマルから、ここへ来るようにと言われたのです」

「できる限りのことをしましょう。ダーグマルと私は長い付き合いがあるのです」

私は持っていたわずかな情報を彼に差し出した。彼はそれを封筒の裏に書きとめて言った。

「明日、また来てください」

翌日事務所を訪れると、彼は祭服の襟を正し、鏡に映る自分の姿を入念に見ていた。

「これから説教に出かけなくてはなりませんが、書類はここにあります」

彼は書類を私に手渡し、話す時間がないことを詫びた。

私は封を開け、書類の一番上を読んだ。

名前　カーリ・アンデション
住所　マレクサンデル
生年月日　1944年9月6日

出生地　ノルウェー

「すみません、間違っているようなのですが」

「そんなことはないでしょう」と彼は言い、書類に目をやった。

「彼らから受け取ったのは確かにこれです」

「彼ら、とは？」

「当局の人です。全て正しい。もう行かなくては」そして彼は出て行った。

私は立ち尽くし、出生地の「ノルウェー」を見つめた。これは間違っている。ずっと自分はスウェーデン人だと思っていた。今までノルウェーのことを言った人は誰もいない。翌朝、私は書類をダーグマルに渡したが、一日中胸騒ぎがしていた。

そのことが頭から離れなかった。数日後、書類にノルウェー生まれと記載されている理由を尋ねるために移民局に電話した。

「こちらでは回答できません」と職員が答えた。次の言葉を発する間もなく電話が切られた。

翌日再び電話をかけ、またその翌日も電話した。電話に出た人たちは私の話に耳を傾けたが、その後は別の人と話すように促された。数え切れないほど電話をかけ、もう諦めようとしたところで再び別の人に転送された。

受話器の向こうで女性の声がした。

「はい、あなたの情報はここにあります。情報はおそらく赤十字から来たものと思われます。もしあなたが外国籍の場合、原本の情報は赤十字を通じてこちらに届いたのでしょう。申し訳ありませんが、これが今お話しできる全てのことです。もう電話をしないでください」

シーモンがその日の夜に電話してきた。彼は仕事について尋ねた。

「うまくいっているわ、パパ。忙しいけど楽しくやっている。農場の方はどう？」

彼の声を聞き、彼がどこに座っているか想像したら、家が恋しくなってきた。

「シーモン……」なぜノルウェーが私の出生地として記載されているのか、尋ねようとした。

「なんだい、カーリ」

私は黙った。自分の過去について尋ねたら、きっと彼を困らせることになるだろう。3歳の時に養女として迎えられたが、誰も私がどこで生まれて、誰が私の生みの親であるかは知らなかった。養女として引き取られるまでの3年に何があったのかは謎である。『暗黒の3年』と私は呼んでいる。その3年は私の人生の中で空白だった。

しかし、どうしてノルウェーなのだろう。そこに本当の両親がいるのだろうか。彼に聞きたかった。一方で、なぜそれについて知りたいのかと思った。シーモンとヴァールボリは私の家族ではないか。同時に、自分の出生を知る権利が私にはあるのではないか、とも思った。これら全ての考えが頭の中をぐるぐる回っていた。

「カーリ、どうしたんだい。大丈夫かい？」

「なんでもないわ、パパ。疲れているだけ。ただそれだけよ。今日は病院で忙しかったから」

それで終わり。聞かないことにした。きっと彼をとても苦しめることになるから。そして「分からない」というのが彼の答えだと、分かっていたから。慣れるしかなかった返答。私は何度か幼い頃のこと――『暗黒の3年』――についてシーモンに聞こうとした。しかし、私が必要としている答えを与えられないことで、彼が悲しがっているように思えた。あるいは彼が悲しんでいるのは、私の人生の初めの頃に一緒にいられなかったからかもしれない。彼は私の本当の父でないことを常に忘れようとしていた。

私は出生の秘密を知りたい気持ちを、頭から追い払おうとした。エネルギーを温存しなくてはならなかった。病院での仕事は、今までの仕事の中で一番辛かった。勤務時間は長く、遅くまで仕事をすることがあったが、それでも仕事が大好きだった。仕事は私に生きる意味を教えてくれた。早急に、薬のことや病院がどう機能しているかを学ばなくてはならなかった。新しい仕事を得たことによって、新しい生活を得た。

私はイヴォンという名の女性とアパートをシェアし、職場では仲の良い友人ができ始めた。短期間でみるみる私の生活は変わった。今や自分だけの住まいを手に入れたが、それはずっと願っていたことだった。

アパートは小さく、粗末だったが、私のものだった。そこはあたかも私だけの空間のように感じられた。アパートの鍵穴に、初めて鍵を差し込んだ時のことは決して忘れない。私は大人になっていった。

自分自身に、ただ前だけを見て過去に執着しないと約束した。過去をそれが帰属する場所に封じ込めようとした。

リンショーピングや周辺の、ダンスができる場所やカフェに行った。自由は爽快だった。すべては望んでいたようになった。一生懸命に働き、都市での生活を謳歌し、年々リンショーピングを自分の家のように感じていった。

しかしどんなに未来だけを見ようとも、過去は追いかけてくるものだ。4年後の1965年、まさにそうなった。

私は21歳になった。それまでは全てが平常だった――あるいは少なくとも平常だと思っていた。しかし1965年は転機の年になった。過去を振り返った時、その後に起きた全てのことが誰か別の人、別のカーリの身の上に起きていたように思えた。

それ故にあの晩のことをとてもよく覚えている。全てを変えた夜。

夜も更けていた。私は病院の夜のシフトを終え、ぼんやりした光に照らされた、人気のないリンショーピングの通りを家路へ向かっていた。あの特別な夜に恐ろしい雰囲気が漂っていた。まさに影の中から何かが私に飛びかかってくるかのようだった。

最後のブロックは一番長く感じた。街灯の一部はホタルのようにチカチカ点滅していた。しかし、ようやく借りているアパートの建物が見えてきた。病院での長い勤務時間を終え、家の中へ、安心できるベッドに早く入りたかった。

家が見えた辺りで、背後からぎょっとする叫び声が聞こえた。私は跳び上がった。他のネコに驚かされたネコが裏道へと走って行く場面を想像した。私は安堵した――自分自身については、ネコには気の毒だったが——そして生殖能力に関しては自然とはいかに残酷なものか、と考えながら足を急がせた。「猫に九生有り」と言われているが、そのうちの一つは苦しみで満たされているに違いない。

病院での仕事は苦しみと隣合せだった。日々苦しみに直面し、鍛えられるどころか年々敏感になっていった。

私はアパートの扉を開け、自分だけのドアへと階段を上がっていった。家。家の中にいることは安堵であり、外の世界から守られていた。靴を蹴飛ばすように脱ぎ、窓辺にあるアームチェアに座って目を閉じた。病院での緊張感を解きほぐそうとした。すぐに眠れるはずだったのだが、眠気はなかなかやってこなかった。

一日中何も口にしていなかった。食料棚に入っているものを思い出そうとした。あるいは何かあるかどうかを。いつも良いものを食べようとしていたが、不規則な時間で働いていると難しかった。農場に帰る度にヴァールボリは私の日常の食事についてうるさかった。彼女とシーモンは、私が全て自力でやっていくのは難しいと分かっていて、帰る度に美味しい家庭料理で甘やかしてくれた。

あの晩、農場から離れたアパートの窓辺に座っていながら、マレクサンデルの家のミートボールの味や足元にあたるキッチンの暖炉の暖かさを感じることができた。ユニフォームのほころびが広がり、そこから垂れた白い糸を見たヴァールボリが、私を叱責するのを想像するところまでは完璧だった。私が何歳になろうが、母であろうとするヴァールボリ。

「どうやったら職場でそんな格好ができるの？　あなたは看護助手の服装が誇らしくないの？」

1週間前、病院のベッドにユニフォームをひっかけてしまい、そのほころびを繕う時間がなかったのだが、ヴァールボリの鋭い目は何も見逃さなかった。

私を気遣ってくれる彼女のことを思うと、笑みがこぼれた。どこから見ても私の母、ある一点を除いては。

窓の下で音がした。身を乗り出して見下ろすと、一組のカップルが通りで口論していた。私は彼らの話の内容を聞きたくなった。息を止め、集中して聞いた。遅いシフトで働くのは孤独になりがちなので、自分の部屋から見知らぬ人たちを見るのが好きだった。彼らがどこへ食事に行くのか、どんな家に住んでいるのかをいつも想像していた。

カップルはすぐに仲直りした。彼らはキスをかわし、私が通ってきた通りの方へ戻って行った。彼らのように、愛されるとはどのように感じるものなのかと思った。通りはもはや恐ろしいものではなかった。

私は今日一日の出来事に興奮して、眠られなかった。夜をやり直すには、今日のもつれをほどかなくてはならないようだった。

あの日は、どこにでもある一日から始まった。私たちはいつも通り、時間に追われていた。ペーテルセン夫人は再び血液検査の場所にいて、名前を呼ばれていた。彼女は長い間病んでいて、ずっと私を頼りにしていた。

「私をカトリーンと呼んで。みんな、請求書を渡す時だけペーテルセン夫人と言うの」と話した。

彼女には素晴らしいユーモアのセンスがあった。私たちはいつもお互いを笑わす方法を知っていた。

私は病棟まで車椅子の彼女を押して行った。車輪は良く磨かれた床で向きを変えると音をたてた。彼女の膝から毛布を取って、ベッドへと抱きかかえた。年老いた足は鳥のように軽かった。

彼女はベッドで身を起こした。

「どうして病院はあなたを見つけられたのかしら」彼女はそう言って、私の腕に手を置いた。

「私も知りたいわ」と答えた。

「あなたの両親は、あなたのことをとても誇らしく思っているでしょうね。この数カ月、私の実の娘のようだったわ。このことをお母さんに言ってね。あなたみたいな子どもがいて幸運と」

私はカトリーン・ペーテルセンが好きだった。患者みんなが好きだった。

時間はどんどん過ぎていった。気がつくと11時になっていた。コーヒーブレイクの時間。

私が看護婦控え室に入って行った時、かなり賑やかだった。皆が何の話をしているのかと思ったら、テーブルの上に「ソフィーアへ」と書かれたカードと赤いリボンでまとめられた大きなバラの花束を見た。

「すごい！」ストックホルム出身の看護研修生、ニーナが言った。「その素敵な花は誰へ？」

「私ではないわ。ソフィーアによ、カードに書いてある」

ちょうどソフィーアが入ってきた。

「私に？」

彼女は花束を手に取ったが、まるで花束と踊っているように見えた。看護婦たちは祝福し、ソフィーアは赤くなった。

彼女は私たちに、その日の晩に両親に初めてボーイフレンドを紹介すると話した。彼女の両親は田舎からこちらに向かっているところだった。

「母は今晩のためにケーキまでつくったの」と彼女は言った。

「期待しすぎているに違いないわ。自分が良いと思う時だけ頑張るの。彼が母に会うのが待ちきれないわ。彼にしてみればいつも話を聞かされている人に対面することになる。そして、母は私にそっくり。そのことで彼ががっかりしないといいのだけど」

彼女はそう言うと、笑いながら首を傾けた。私は彼女の母親がどんな顔をしているのか、想像することができた。

その日の残りのシフトでは時々、窓辺にソフィーアが座り、光が金髪を照らしている姿を想像していた。私は母のヴァールボリとは全く似ていない。シーモンとも。私は本当にこの世の中の誰一人として自分に似ている人はいない、と思った。

私は自分が農場のシーモンとヴァールボリに、ボーイフレンドを連れて行ったらどんなことになるかと想像せずにはいられなかった。二人が私のために喜んでくれると知っていた。当然喜ぶだろう。

どうなるか想像しようとした。私たちが農場へと車で入って行くと、両親が興奮する様子が目に浮かんだ。シーモンは私たちを歓迎するために畑からでてくる。小川の傍にある私たちの家に近づいている間、手を振り続ける。彼はマレクサンデルの石だらけの土地を急いで歩いて来て、喜んで私を抱きしめる――彼はハグするのが好きだから――そして共に馴染みの家庭料理の匂いとキッチンのぬくもりの中へと入って行く。

ヴァールボリは得意料理を並べている――焼きたてのパン、エンドウ豆のスープ、ニシンの燻製、そして生クリームをのせたケーキ。彼女が暖炉に薪をくべる様子が見えた。ヴァールボリは、新参者である私のボーイフレンドを観察し、彼が私たちの家があまりに簡素だと気付いたことを見逃さない。ヴァールボリは根っからの家自慢で、わずかの物からたくさんの物を作り出してきた。彼女は彼が自分を見下していないと分かったら、手を差し出してあいさつする。

私たちは笑い、会話を楽しむ。私は彼を、一人には大きすぎるベッドのある、かつての私の部屋へ案内する。そして、シーモンがまだ少女だった私に作ってくれた木製のテーブルの傍に座って、一夏をかけて作ったかぎ針のテーブルクロスを見せる。

畑に面した方の窓越しに、彼にウシやブタがどこにいるのかを教える。近くにある学校の方向を指差し、彼に自分がどんな生い立ちだったかを教えるために、マレクサンデルでの生活について話す。

全てうまくいく。彼がたくさんの質問をしなければ。そして私たちは再び階下に向かい、皆でテーブルを囲んでコーヒーを飲むことになる。

私がこの場面を想像した時、とても憂鬱(ゆううつ)な気分になった。シーモンとヴァールボリはたくさんのものを私に与えてくれたが、私には彼らに与えられないものがあった。私が将来生むかもしれない子どもは、彼らの血がつながった孫ではないのだ。子どもたちは両親に似ることもなければ、両親の遺伝子を持つこともない。それは決して彼らに与えることができない。私は血のつながった家族ではないのだ。そうすると実際私は誰なのだろうか。

あの晩、1965年の春、自分のアパートから外を見た時に「ノルウェー」という言葉が再びよみがえった。忘れようとしたが、ダーグマルの書類棚を通るたびに、その中に入っている「ノルウェー」と書かれたあの書類のことを考えた。

スウェーデンは私が知っている唯一の家だった。ペーテルセン夫人を思い出し、彼女の言ったことを考えた。私は彼女にとって娘のようだった。もし私の本当の母が私の働いている病院に来たとして、私に一言も声をかけず通り過ぎるとしたら？　母と知ることもないままに……。

何年も自分の本当の母が誰なのか、知るべきではないかと考えてきた。実家に住んでない今、その考えは強くなった。特に夜にその考えが浮かんできて、眠れないこともあった。

あの晩、ソフィーアの花と彼女の母親、そして彼女の人生がいたって当然に見えたことを考えていた。彼女のことはうれしかった。私もそういった全てがほしかった。私は自分の本当の両親を知らなかった。自分のアパートに長い間座って孤独を感じながら、暗くて空っぽの通りを見た。通りは再び恐ろしく見えた。

衝撃にかられて一つの結論を出した。部屋の角にある机からペンと紙を取り出し、書き始めた。ペンは紙を離れることなく一気に書きあげた。

封をして、表に大きな字で「赤十字」と書いた。これが私の生みの親を見つける最後の試みと決めた。もし何も手がかりがつかめなければ、自分の出生について振り返らないことにした。突然、宛先の住所を知らないことに気付いた。その重大な事実で麻痺しそうになった。なぜかは分からなかったが、あの晩に手紙を投函しないと全てが台なしになってしまうように感じた。急いで電話帳をめくった。せ、せき、赤十字……。一つの住所がストックホルムにあった。封筒に住所を書き、切手を貼った。両手は震えていた。シーモンを裏切ったことで、罪を犯したように感じた。ヴァールボリは全てのことを穏やかに受け入れる人だった。しかしシーモンは敏感で、口に出さなくても瞳で私を責めるかもしれない。

あの晩は自分のことしか考えられなかった。コートを取って出かけた。階段を降りる途中で手袋を忘れたことに気付いたが、気にしなかった。右手にしっかりと封筒を握りしめた。誰かが私をあえて止めることに備えて。

人生において待てば待つほど、自分の本当のアイデンティティーを知るチャンスが減ると思っていた。その疑問を先延ばししてきたが、しかし疑問が消えることはなかった。最近は時間がなくなっていくと感じていた。日々、より不安を感じていた。生みの両親が分からないままになるのではないかと。

今ようやく何かをしようとしていた。一方の手を伸ばし、手遅れになる前に彼らに到達しようとしていたかのようだった。

どこに行ってよいのか分からなかった。歩いて15分くらいの広場で郵便ポストを見たことを思い出した。ほとんど走っていた。壁に寄りかかっていた酔っ払いが私に叫んだ。

「一人で過ごす夜はつまらない。俺が暖めてやる。かわい子ちゃん」

さらに足早になった。彼の視線を感じた。彼がビンを壁に叩きつける音を聞いた。

ついにある角で曲がり、広場の中心にある時計を見た。長針と短針はお互い近づきあっていた。真夜中近かった。人けのない広場を郵便ポストがどこにあるか、ぐるりと見まわした。見たと思っていただけなのか……あった、古い骨董品店の隣にポストを見つけた。

郵便ポストの蓋を開け手紙を押し込むと、蓋が私の手を噛むように感じた。手紙が音を立てて落ちていくのを聞いた。まるで私の人生が空気にぶら下がり、郵便ポストと宛先の間でバランスをとっているかのように思えた。そしてシーモンがどう感じるだろうかと、もう一度考えた。同時に、彼らに紹介するために特定の男性を連れてきたらどんな反応をするのかと考えた――私の容姿は彼らの本当の子どもではないことを表している。涙があふれた。

自分で結論を出した。後戻りはできなかった。これから何が起ころうとも始めたのは私自身であり、そのことは十分承知していた。真実の未来を手に入れる唯一の方法は私の幼少期の溝を埋めること。当然のように思えた――私自身が誰であるかを知ること。少なくとも試さなくては。答えが得られないとしても、最善を尽くしたと後になって分かるだろう。

これら全てのことを私の中の深いところで感じていた。そして見捨てられたような広場に立ったままだった。すると、安堵を与えてくれる封筒なしでは急に寒さを感じた。突然私は、自分のことを過去も現在も未来も持たない、ちっぽけな一人の女性と感じた。時刻はちょうど24時になった。

〈注〉

スヴェン・ストルペ⇩スヴェン・ヨハン＝ストルペ（1905〜1996）はスウェーデンの大学教授で作家、翻訳者。ジャーナリストとしても活躍した。

3

予期せぬ出会い

１９６５年のあの夜に起きたいくつものことは忘れられないが、手紙をポストに投函してからどうやって家に帰ったのかは覚えていない。翌日、目を覚ますともう12時近かった。仕事に遅刻しそうだった——かなりの遅刻。まるで二日酔いのような感じがした。というのも前の晩の記憶がかすかにしかなかったからである。頭は重く、全ては夢の中での出来事のようだった。

遅刻するのを承知で長い間、熱いシャワーを浴びた。ズギズキする頭にシャワーの湯がしたたり続け、しばらく立ち尽くした。裸で、疲弊して。そして、目の前にある今日を、どうやって乗り越えていったらよいのか考えていた。

アパートを出る時、玄関にある姿見に映る自分の姿をちらっと見た。目の下にはクマができていた。上着のほころびは残ったままで、髪の毛はボサボサだった。いつもの私ではなかった。いつも身だしなみをきちんとしていようと心がけていたのに、である。ここ数日の私に何が起きたのであろうか。

前の晩に書いた手紙のことを考えた。果たして正しいことをしたのかどうか思いを巡らせていた。しかし、次の言葉「私は誰？」がやってきた。私は優しかった、と思う。人々は私のことをそう言った。優しさはシーモン譲りだったと思う。しかし、私の中にはシーモンからもヴァールボリからも譲り受けていないものが一部あった。一部のものは遺伝子にある。例えば私の容姿。痩せていたが、頑丈だった。ずっと強い少女だった。自信があった。しかし、何が私をそうさせたのであろうか。私の両親も同じだったのだろうか。彼らは優しかったのだろうか。時にはイライラすることがあったのだろうか。あるいは少し不器用だったのだろうか。私は子どもの頃は少年のような少女だったが、美しい子どもだった。それはどこからきたのだろうか。両親は青い目、同じ金髪をしていたのだろうか。彼らはよく笑っていたのだろうか。彼らは愛し合っていたのだろうか。頭の中は質問でいっぱいだった。私がずっと考えていた質問。しかし突然、それらの答えが急がれた。今、私は独り立ちし、自分が誰なのか見つけるために、自分自身を確立しようとしていたからかもしれない。家元を離れる若者たちがそうするように。

しかし、仕事は待っていた。出かけなくてはならなかった。私は髪に手を入れた。髪は短くし始めていたので、手入れが楽だった。髪が短いと年齢も上に見え、よりプロフェッショナルに見えた。私は見苦しくないように、できるだけ身なりを整えていた。深呼吸した。人生は進んで行く。当然ながら私は正しいことをしたのだ。もし生んでくれた両親がどこかにいるとすれば、それが誰なのか知らなくてはならない。自分自身が誰であるか知るために。ハンドバッグを手にし、コートを身にまとい職場まで歩いて行った。そうすることによって考える時間を持つことができた。

あの日は他の日と同様、病院は忙しかったが、仕事はきちんとこなした。その後1週間もずっと忙しかったが、なんとかこなした。私は物事を片付けるのが得意だった。それは農家での生活からきているのかもしれない。もし何か壊れたら直すだけだ。もし何か足りないのであれば手に入れるだけだ。

そのように私は育てられてきた。仕事を任せられることが好きだった。仕事をすることによって、手紙がどこまで行ったのか、この先何が起きるのだろうかという考えから気を紛らわしてくれた。私は長時間働き、家には寝に帰るだけで、起きてまた仕事へ向かった。

ある雨の夜、帰宅途中に食料を買うのを忘れたことに気付いた。もう遅い時間で全ての商店は閉店していたので、アパートの側の角を曲がったところにある、お気に入りのレストランで自らをご馳走することに決めた。

そのレストランはシンプルだったが、とても気に入っていた。私はリンショーピングに引っ越してきて間もない頃、まだ日々の生活のリズムがつかめず、一人暮らしに慣れていない頃によく通っていた。

中から温かな明かりが漏れていて、客が店に入るとドアの一番高いところにあるベルが優しい音で来客を知らせていた。ウェーターたちとは顔なじみで、いつも歓迎してくれた。その店は焼き菓子で有名だった。その店のアップルパイはスウェーデン中で、あるいは世界中で一番美味しいと言われていた。

列に並びスープを選んだ。レストランは満席で、ほとんどが若者だった。いつも以上に若い人が多かった。学校の講堂で学生の集会があったに違いない。

3　予期せぬ出会い

その晩、私は少し部外者のように感じた。というのもコートの下から看護助手のユニフォームがはみ出していたからである。空いている席を見つけようとしたが、満席だった。

その時、「ここに席がありますよ」という男性の声が聞こえた。

彼は向かい側の角に座っていた。彼は私の注意を引こうと、半分身を乗り出して手を振った。何とか断れないかと思って周辺を見渡したが空いた席はなく、チキンスープの入ったお皿を持って、この他人の向かい側に座った。

「ありがとう」と言って、距離感を出そうとスープとカトラリーを彼との間のテーブルの上に置いた。向かいあわせに座ったが、夕食を共にしているのではなかった。

私はコートとスカーフを外した。この男性の目が私に向けられているのを知っていた。彼に微笑みかけ、私たちは初めて目を合わせた。彼は青い目で髪の毛はこげ茶色だった。

はにかみながら、スプーンを口に運んだ。スープは火傷しそうに熱かった。吐き出したかったが、その代わりに飲み込み、燃えるような熱が喉を伝っていくのを感じた。彼が何も気付いていなければいいのにと期待しながら。

「熱かった？」彼は笑顔を見せた。

「少し」自分が不器用に感じた。

彼がコーヒーを味わいながら新聞を読んでいる間、私はスープを飲み続けた。私たちは共通の世界にいるふりをしたが、そこにはエネルギーがあった。私は上気して何を話していいのか分からなかった。彼は私が座ってから、新聞の同じ段落をずっと見ていた。隣に座っていた学生らはエランデル首相〈注・48ページ〉と社会民主労働党について意見を交わしていた。

「彼は年末まで首相として残っていないと思う！」

「そんなことはない、社民党はまだ国民に一番人気があるんだから！」

「そうなったら国はどうなるんだ！」

議論は白熱し、レストランの話し声にかき消されないように大声になり、私たちの沈黙はいっそう際立った。

「アップルパイ食べた？」私は沈黙を破るために尋ねたが、すぐに後悔した。私が言えること全てを、アップルパイに使ってしまった。その直後の数秒は永遠のように感じた。そして「僕はこのアップルパイが有名だと聞いたことがあるんだけど、まだ試してないんだ」という返答にほっとした。

その時、ウェーターのイッレスが私の空いた皿を下げようと通りかかった。彼はいつも忙しそうに息を切らしていたが、エプロンからペンとメモ帳を出して言った。

「お似合いのカップルさん、デザートはいかが？」

私は顔が火照るのを感じた。イッレス！　なんでそんなことを言うの——彼はいつも私が一人でいることをからかっていた。

「アップルパイを食べないと」私の同席者は答えて、私を見た。

「もちろん」私は彼の目を見て言った。

「ダニエル」と名乗って、手を差し出した。

「一緒にデザートを食べるなら、お互いの名前を知るべきだと思うんだけど」

彼はいたずらっぽく微笑んだ。

「カーリよ」

「君と知りあえてうれしいよ、カーリ」彼は私を見た。「病院で働くってどんな感じ？」

「え？　なんで分かったの」次の瞬間、自分がユニフォームを着ていたのに気付いて、笑ってしまった。

私たちはパイを食べている間、少なくとも1時間は話をした。私たちのどちらも最後の一口を食べたがらず、会話を延ばそうとしていた。

いつの間にか学生たちがいなくなっていたが、それに気付くことはなかった。レストランは静まり返り、イッレスは閉店の準備をしていた。

ダニエルは数学者だった。彼がその話をしてくれた時、私は関心があるそぶりをあまり見せられなかった。私は計算が不得意で、計算するときは指を使っていた。唯一の数学の学習経験はマレクサンデルの学校だけで、練習帳は赤の修正でいっぱいだった。

イッレスはカウンターを拭きながら、「閉店の時間は過ぎているんだけど……」と教えるかのように咳払いした。

ダニエルは私にコートを着せてくれた。それは完璧な紳士のような身のこなしだった。外に出ると、どうしても家まで送って行くと言い張った。彼は反対側に住んでいたが、私が一人で帰るには遅すぎる時間だと主張した。私は毎晩ここを一人で歩いている、とは言わなかった。彼がついてきてくれてうれしかった。

私が住むアパートの入り口まできた時、二人ともその夜をどう終わらせたら良いのか分からなかった。映画ではいつもスムーズに行われている場面だった。ハンフリー・ボガートがオードリー・ヘップバーンに対して前かがみになり、二人の唇が重なり、この夜が成功に終わったことを確認するかのように音楽が響き渡る、あの決定的瞬間を思った。チカチカと光る街灯の下に立っていたが、突然私は不安にかられた。私たちは黙って立ちつくしていた。私の家に着くまで二人でずっとリラックスして話していたのに、急に神経質になった。ちょうどその時、路地から甲高い叫び聞こえた。私はうつむいて、彼が一歩踏み出すのを待っていた。二人の魔法が解け、映画のようにはならなかった。またしても、他のネコを引っかくあのネコだった。

ダニエルはきっと私の失望を感じとったのだろう。

「またお茶に誘ってもいいかな、カーリ?」

「喜んで」

「そうしたら土曜日に会おう。君さえよければ僕は12時に迎えに来るよ」

私はうなずき、彼は微笑みながら歩き出した。

ハンサムな彼との初対面の夜をイヴォンに話したい衝動にかられて、階段を急いで駆け上がった。3階の私のドアまできた時に不思議な感じがした。会ったばかりの人を恋しいと思えるのだろうか。

部屋の床には郵便物の山があった。いつものように真っ先にそれらを確認した。全て請求書だった。赤十字に手紙を書いてから数週間たっていたが、返信はないままだった。郵便物を玄関の一角に投げたが、どんなことも私の気持ちを下げてはならないと決めた。特にあの夜は。

イヴォンはすでに寝ていた。私はベッドに横たわり、その日の夜の出来事のそれぞれの瞬間を思い出し、眠りにつくまで全ての会話を蘇らせていた。

ダニエルと私は次の土曜日、ストング川を見下ろせるカフェへと出かけた。私はその川の側にいるのが大好きだった。その川は、マレクサンデルの農場に沿って流れている小川を思い出させた。私たちはコーヒーをゆっくりと飲み、ありとあらゆることを話した――本や音楽、お互いの幼少期、子どもの頃育った場所のこと。

私がスヴェン・ストルペのところで働いていた話をすると、彼の興味がピークに達したのに気付いた。私はあの有名な作家と知り合いだったことで、優越感を感じていた。

少女の頃、スヴェン・ストルペに雇われるようになった経緯を、ダニエルに話した。そしてマレクサンデルの家から2キロ離れた所にある黄色い家のこと、晴れていようが雪が降ろうが、学校の帰りにそこに向かったことも。

スヴェン・ストルペがその家に移り住む前に、シーモンが友人を通じて、私にその家のお手伝いの仕事を確保してくれた。そして、私が初めてその家に行った日には未亡人が住んでいた。将来有望なビジネスマンだった彼女の夫は、心臓発作で亡くなっていた。子どもたちは成人していて、家を出ていた。彼女の顔は悲しみに包まれて青白く、いつも黒い服を着ていた。

彼女は冷たかった。まるで彼女が大きな家のそれぞれの部屋に悲しみを持ち込んだかのように。彼女は家の中に閉じこもっていた。私は天井のクモの巣を払ったり、窓を磨いたり、いつも彼女の部屋を掃除することになっていた。

そんな一日の中で大好きだったのは、庭仕事だった。私は屋外を好んだ、特にあの家にいる時は。庭の晴れやかな色は、数時間ではあったが、屋内の陰気さから私の精神を開放してくれた。

夜は夕食をつくり、マホガニー製の長いテーブルの端っこに一人で座っている彼女に提供することになっていた。彼女はどうしてそんな人生を送るようになったのだろうか。お金持ちなのに、一人ぽつねんと座って悲しみに暮れるだけの日が来るなんて……。一体何があったのだろうか。彼女は本当に悲しんでいた。しかし、彼女自身がそうなることを望んでいた部分もあった。もし彼女が望んだなら、私は彼女に寄り添うこともできたと思う。私が話しかけても迷惑そうだった。彼女の返事は極めて短く、私にどこか別の場所でするような仕事を与えた。彼女は私に、使用人の部屋で食事をとるようにと言い張った。私たちは別々の部屋に座って、風が煙突を通る時に家が軋む音を聞いていた。

私が彼女の所に働きに行った最初の日、彼女の静けさが怖かった。家に帰るとシーモンとヴァールベリに、「もう行きたくない」と言った。シーモンは私を座らせ、「明日行かなくてはならないし、1週間の残りの日も続けなくてはならない」と諭した。「それで同じように感じたら辞めてもいい。少なくとも試してみないと」と話した。彼が学んできたことの一つだった。

私は1週間働き、1週間が1カ月になり、気が付くと1年が経っていた。庭で自分が植えた草

3　予期せぬ出会い

花に花が咲くのを見ることができた。

未亡人を不憫（ふびん）に思った。私はとても若かったけれど、彼女を守りたかった。私がそこへ行かないと彼女は何日も何週間も、誰とも会わなかった。彼女が誰かの助けを必要とする時に、誰もいなくては困るのではないか、との思いから通い続けた。彼女なりにそのことを喜んでいてくれたと思う、自分のやり方で。でも彼女は決して何も言わなかった。彼女は私のことを何も聞かなかった。私は相変わらず一人で食事をした。

彼女は私にユニフォームを着させた——白いエプロン。エプロンはいつもパリッとして、清潔でなくてはならなかった。もしかすると、私に自分の立場をわきまえさせようとしたのかもしれない。

ある日、彼女が村から帰ってきた後、私にバスルームに行って身だしなみを整えるようにと言った。彼女は、私のエプロンにシミがないか注意深くチェックしながら言った。「きれいにして、書斎で待っていて」

私は書斎に行って、待っていた。

数分後、背の高い中年の男性が部屋に入って来た。彼はきちんとしたスーツ姿で、上着のポケットから存在感のあるポケットチーフをのぞかせていた。髪は七三に分け、しっかりしたフレームの黒い眼鏡をかけていた。彼はマレクサンデルでは見かけないタイプだった。男性は部屋の中を見渡し、私へと視線を戻した。

「いいでしょう」と言って、彼は去って行った。その後、未亡人は家を売ると話し、この男性、スヴェン・ストルペが買うと教えてくれた。

全てはあっという間だった。未亡人は自分の人生をいくつかの箱に詰めた。彼女の子どもたちは、アンティーク家具や古い絵画など彼女が持参しない品物のことでもめるためにやってきた。そして彼らはいなくなり、家は空っぽになった。1週間後にスヴェン・ストルペが引っ越してきた。

彼には4人の子どもがいて、そのうちの1人は私と同じくらいの年齢の少女だった。彼女の名前はリセッテ。家の中は再び賑やかになった。スヴェン・ストルペは、古い本棚をカラフルな背表紙の革装丁の本でいっぱいにした。

彼が引っ越してきた日に行ったが仕事はあてがわれず、「もう必要ない」と告げられることを覚悟した。しかし彼はそうは言わず、自分のことをスヴェンと呼ぶようにと言った。彼は私の名前、出身地、どこの学校に通っているかを尋ねた後に言った。

「僕は君が賢い人だと分かっているよ」

誰かにそんなふうに言ってもらえたのは、生まれて初めてだった。

「カーリ、僕たちは君に掃除婦でいてほしくないんだ。自分たちで掃除をしたり食事を作ったりできる。僕の仕事を助けてくれる人がほしいんだ。やってくれるよね？」

彼は、17世紀スウェーデンのクリスティーナ女王の本を執筆中だった。私は女王のことを全く知らなかった。グスタフ6世が今の国王だというのは知っていたが、グスタフ6世以前の国王や女王については何も知らなかった。とにかくうなずいて、同意したことを示した。彼に期待し、私を好きになってもらいたかった。しかし彼からの条件が一つあった。「エプロンはなし」と告げられ、私のユニフォームは、その日その時に終わった。

その日をさかいに、好きな時間に行ってもよくなった。仕事は彼の書斎から必要な本を見つけ出すこと、彼がノートを整理するのを手伝うことだった。最初のうちは大変だったが、早くできるようになりたかったので懸命に覚えた。私は彼の家族と食事をし、スヴェン・ストルペの側にいるのが好きだった。彼は、それまでに私が出会った誰にも似ていなかった。彼はピアノの演奏を派手に下手に弾き、鍵盤を叩きながら歌った。これが彼の思考を助けると思った。新しいアイデアを思いつくと、思いついたのと同じくらいの速さで忘れてしまうのではないかと不安がった。穴の開いた虫取り網をもったチョウの採集家のようだった。彼はいつも自分のアイデアが浮かぶと、それを書き留めるために書斎へと急いだ――話している途中だったり、夕食で口にたくさんの食べ物を含んでいる時だったりした。

私が一番好きだったのは旅行で、小さい時は飛行機に乗るのが夢だった。どんどん上空へと上がっていき、マレクサンデルの上空を、雲の上を漂う。夢の中ではいつも飛んでいた。マレクサンデルしか見たことがなかったので、それ以外の世界は想像するだけだった。ストルペ一家に出会って、私に新しい世界が開かれた。スヴェンは、これまで訪れた全ての素晴らしい場所について語ってくれた。

気心がしれてくると、都市への旅行に私も連れて行ってくれた。彼が家族みんなとストックホルムに行く時には、私もついて行くことができた。私たちは車に乗り込み、出発した。あんな楽しい経験をしたことはそれまでなかった。

スヴェンと彼の妻カーリンは授賞式などのセレモニーによく招待され、時にはリセッテと私もついて行くことができた。特にある旅行のことをよく覚えている。私たちは何人かの有名な俳優と食事をすることになっていて、ストックホルムに到着すると一番上等な服に着替えた。

しかし、セレモニーが開催される会場に到着した時には、俳優たちはすでに酔っぱらっていた。彼らはテーブル越しにお互い笑ったり、ジョークを言ったりしていたので、私たち2人の少女と話すことには興味を持っていなかった。彼らは私たちが会話に加わるには小さすぎると思ったのだろう。カーリンは俳優たちの振る舞いに困惑し、市内にあるストルペのアパートに先に私たちを連れて帰りたいと主張した。安心できるアパートで、私とリセッテは天蓋のあるベッドで飛び跳ねたり、シーツの下にもぐったりして一晩中起きていた。私たちは互いにお化けの話をした。この旅行は、それまでで一番楽しい出来事だった。

ダニエルは、私が話すスヴェン・ストルペの話を聞くのが大好きだった。彼はストルペの作品をほとんど読んでいて、作家の世界観に魅了されていた。誰もスヴェン・ストルペが、活気のないマレクサンデルに引っ越した理由が全く分からなかった。美しい街ではあったが、そこには耕地とそれを耕す農民以外には何もなかった。しかし私は、彼がマレクサンデルに引っ越してきたこと、そして私を娘のように思ってくれたことを喜んだ。

スヴェンは私に世界を開いてくれた。ある日、週刊誌の記者が訪れたことを覚えている。彼女はスヴェン・ストルペに子どもが何人いるかと尋ねた。彼は紅茶を出す私を見ながら、「ここに子どものうちの一人がいます」と言ってくれた。

「スヴェン・ストルペは異なった人生を教えてくれたの。私がマレクサンデルを離れる勇気を持てたのも、彼のお陰だと思う」とダニエルに話した。

「どうやら彼は特別な人のようだね」とダニエルは言った。「君は彼に感銘を受けたんだね」

私たちは、コーヒーカップが空になってから30分も話し続けてしまった。私はそのことに気付いて恥ずかしかったが、彼は気にしていなかった。ダニエルと一緒にいると、全てのことが沸き上がってくるようだった。

最初のデートはうまくいった。同じ週に彼は夕食、そして演劇に誘ってくれた。私たちはお互いを知り始めていた。彼の中に決して尽きることのないエネルギーがあった。彼が次に何をするか全く読めなかった。彼の行動は想定しにくく、自発的だった――私が全く持ち合わせていない性格。彼は私の中からいたずらっぽい性格を引き出してくれた。私たちは一緒いるとたくさん笑った。また深刻に向きあうこともあった。

ある晩、私たちは居間でワインを飲んでいた。ダニエルは部屋の中を行ったり来たりしながら、戦時中ヒトラーがいかに多くの軍隊を持っていたか、またこれが同盟軍にどのように影響したのかについて話した。彼は歴史と数学には関係があると言った。

「一方を理解するためには、もう一方も知る必要がある」

私はそれまで歴史に興味を持ったことはなかった。彼は自分の中から湧き上がる考えを止められないかのように、早口で情熱的に語った。彼がこうした口調で話すのを聞くのが大好きだった。

彼は私の中の何を見たのだろうと思うことがあった。なぜ私を選んだのかと。私は、彼と付き合うようになって幸せだった。彼が部屋の中を行ったり来たりするのを、椅子に身をゆだねワインを一口ずつ飲みながら見ていた。そうしていたら、ドアの鍵を開ける音が聞こえ、イヴォンが入ってきた。彼女はキッチンに向かう途中でテーブルの上に何通かの手紙を放り投げた。

「カーリ、あなたに郵便よ」

手紙が届く度に心臓がどきどきした。やっと来たのかもしれない、と思わずにはいられなかった。常に何かが起きるのをずっと待っていた。自制しようとした。封筒の中には請求書が入っていると推察したが、毎回郵便物が届く度に、赤十字に送った手紙の返事ではないかと思う自分もいた。慎重に郵便物を開けた。1通は病院から、もう1通は半年前ストックホルムに引っ越した友人からだった。私は失望感を隠せなかった。

ダニエルは話すのを止めていた。彼は私を見つめていた。私は彼が話していないといつも不安に感じた。彼の沈黙もエネルギーに満ちあふれていた。彼が咳払いすると、私に何かを聞きたいのが分かった。

「何を期待してたんだい?」

「何のこと?」

「何を期待しているの?」と、彼は繰り返した。まるで質問をもっと明確にするかのように、「期待している」を強調した。

「えっと……、ダーグマルが私の職場に明日きて、1週間の残りの日を休んで、って言ってくれないかと思って。そのことと世界平和を。そうね、平和になるように。それが、私が望んでいることよ」

「とても変だ。僕が言いたいことは分かっているだろう。ドアの内側に郵便が落ちる度に、君が動揺するのを見てきた。君は自分をコントロールできなくなるかのようだ。どうしてだい？」

「何でもないの」

私は窓越しに外を見て、彼が私を見透かそうとするのをやめてくれるのを願った。「もう遅いわ」と言った。「あなたはもう帰らないと。私は明日、早く起きないといけないから」

私たちはそのことを再び取り上げなかった。そして何週間も経つと、私の関心事はドアの内側に落ちる手紙からダニエルへと移行し、ついには手紙を待たなくなるまでになった。

夏が来た。夏は暑く、日は長くなった。リンショーピングは一番きれいな姿を見せた。ダニエルと一緒にいて全てうまくいっていると感じ、私は初めてパーティーを開くことにした。アパートの部屋は狭かったので友人たちが来るとすぐに窮屈になったが、楽しいパーティーだった。私はみんなと一緒にいるのが好きだった。

ソフィーアは、ボーイフレンドのカールと一緒に来た。彼は彼女が描写した通りの人だった。彼にあいさつした時に、控え室にあった赤いリボンに包まれたバラのことを考えた。またあの日、赤十字に手紙を書く決心をしたのを思い出した。ずっと前のことのようだった。私が微笑みながら彼と握手している間に、ソフィーアは私たちを紹介した。あの日に決めた二つ目のことを思い出した——私が生みの親を見つける最後の機会にすると誓ったこと。もしこれが失敗に終わったら、この探求をやめようとしていた。

これはまさに私がやるべきこと、と考えた。私の生みの親を探すのを止める。あの時とは全ての状況が異なっている。私にはダニエルがいる。突然解放されたかのように感じた。まるで、探求をやめる決定をしたかのように。自分の周りにいる人たちと交流することで満足していた——実際に私の目の前に存在する人たち。

カールはチャーミングな人だった。彼は部屋にいた全ての人にあいさつしてまわった。しかし、その晩を一番の余興で盛り上げたのはダニエルだった。彼はエーヴェット・トーベの『かわいい人からの手紙』の最初の詩を歌い始め、そしてみんなで彼の歌に合わせた。私たちは夜明けまでスウェーデンの歌を歌ったり、笑ったり、ダンスした。私は、ギターを弾いているダニエルを見ていた。そして、ずっと静かに彼に微笑んでいるのに気付いた。

全ての人が帰った後で、彼に告げた。

「アイ・ラブ・ユー」

この3語を発するのがこんなに怖いと感じたことはなかった。

「僕も君を愛している」ダニエルも私を見つめながら言った。

もしもあの瞬間、何か願いをかなえられるとしたら、私のリンショーピングのアパートでのあの時間に私たちがずっといられるように、と願っただろう。

3　予期せぬ出会い

翌日、私は職場で死んだように疲れていた。さらに悪いことにダーグマルからダブルシフトで働くように頼まれた。病院についた時には彼女はもう戦闘モードで、通路を歩きながら看護婦たちに大声で命令していた。私はお腹に鈍痛を感じた。こんな日になるなんて。コートを椅子に掛け、人に見られないようにそっと部屋を出ようとした。

「遅いじゃない！」ダーグマルは叫び、私がやるべきことの長いリストを渡した。病院は一部の科を閉鎖し、看護婦を何人か解雇したので、病院を回すために残った人たちみんなで残業しなくてはならなかった。

私はシフト間の休み時間に仮眠をすることにした。看護婦控え室の隣の小さな仮眠室へと行った。そこは小さなクローゼットのような部屋で、辛うじて二段ベッドが1台入る程度だった。ユニフォームを脱ぎ、ベッドのスチール製のふちに掛け、シーツとベッドカバーの間にもぐった。目を閉じ、すぐに深い眠りについた。次のシフトまで3時間あったので、時間を最大限有効に使いたかった。

どのくらい寝ていたのかは分からなかったが、私の顔にかかる熱い吐息で目を覚ました。混乱した。誰かの手が腿をさすり、耳元で深い息を吐いた。

完全に目が覚めた。手を振り払い、強く蹴った。襲撃者は床に転がった。私はベットカバーを引き上げた。暗闇の中で女性の顔をはっきりと見た。彼女の顔に見覚えがあった。病院で働いていた人だった。恐怖に震えた。彼女は床から起き上がると、部屋から出ていった。

私は暗闇の中、ショックで横たわっていた。今までなかったくらい長い間動けず、上にある寝台をじっと見ていた。彼女が部屋の外にいるかと思うと出ていけなかった。ドアに向かって息をし、いやらしい目つきで私を待っている彼女を想像した。

私は怒り、困惑した。そして何より疲弊した。再び眠りにつきたかったが、彼女が戻ってくるかもしれないとの恐怖から目を閉じる勇気がなかった。

それでも仕事に戻らなくてはならなかった。ダーグマルは私を呼びに来るだろう。ブラジャーつけ、再びユニフォームを着た。深呼吸をして心を落ち着け、部屋を出た。私は何事も起きなかったふりをした。

その後も自分の中に留めておこうとした。しかしあの夜、私がある科に行った時、そこに彼女はいた。あの女が。彼女は私の耳もとで再び頬に暑い吐息を吹きかけながら、「誰もあなたのことを信じない」とささやいた。脅迫的な視線を私に向け、去っていった。私の手は震えていた。私はナースステーションから、患者のカルテの山を抱えて歩きだそうと向きを変えた時にふらついてしまい、書類が床に落ちた。拾おうと身体をかがめた時、涙があふれ出し、喉が詰まるのを感じた。

その夜、ダニエルは私を家まで送ろうと病院の外で待っていた。私たちは角を曲がった所の、あの初めて二人が出会ったレストランで食事をすることになっていた。彼は私の様子が変なことに気付いた。

「カーリ、どうしたの？　君の顔はお化けのように真っ白だ」

私はどっと泣き出し、彼に全てを打ち明けた。彼は怒り、いらだった。そのような彼を見たことがなかった。

「彼女は何をしたんだい？　君は病院の幹部に話さなくてはならないよ、カーリ。誰かに話さないとだめだ」

私はそれができないことを知っていたし、彼がそれをできない私の気持ちを分かってくれないことにいら立った。

「この場所のことを忘れよう。一緒にこの街を出よう。今晩、別の街へ出発するんだ。君はもうここで働く必要はない」

彼には、ただ聞いてほしかっただけだった。彼が全ての問題を一瞬で解決することは望んでなかった。私からすると彼はあの晩、積極的過ぎた。全てを捨てて、全てをリセットしようとした。

「そんなことしても無駄よ、ダニエル。絶対無理だと分からないの？」

「じゃあどうするんだい？　何もしないでいるなんて、そんなことはできないだろう」

「何もしないわけじゃないわ、ダニエル。ただ動揺しているの」

「だったらマレクサンデルに帰れば？　少しの間でも」

「私がここで我慢できないと思っているの？　ずっと我慢してきたのよ。あなたと出会うずっと前から」

「君は都会の生活があってないんだよ、カーリ。君は人とは違っているから」

この瞬間に怒りが私の中で、おそらくその前の出来事もあったと思われるが、ふつふつと沸き上がるのを感じた。私は何も考えず、本の入った彼の鞄をひったくると、川に投げ入れた。

私は向きを変え、通りに向かって走りだした。振り返って彼の反応を見ることもせず、家に着くまで走り続けた。

〈注〉 **エランデル首相**⇩ターゲ・エランデルは1946年～1969年、社会民主労働党政権の首相を務め、スウェーデンの福祉国家体制をつくりあげた。

4 電話

翌日、ダニエルが電話をしてくるのを待っていた。しかし、彼からの電話はなかった、その翌日も。彼からの電話がないまま4日が過ぎた。彼が私のことを許してくれるだろうか、と不安になった。

振り返って考えてみると、彼はただ私を助けたかっただけ、というのがよく分かった。結果的に彼が正しかったのかもしれない。少しの間休むのもいいのかもしれない。私は仕事に戻っていたが、いつもの自分ではなかった。1週間が経ち、ダニエルからは相変わらず連絡がないまま、マレクサンデルの実家に帰ることにした。数日ゆっくりするために。

マレクサンデルに戻って良かった。私は搾乳するシーモンを手伝い、農場を歩き回るシーモンに小犬のようにつきまとっていた日々を懐かしく思って、二人で笑った。また、シーモンの母である祖母の家で午後を過ごしたことを思い出した。彼女はアンナという名前だった。優しく穏やかな女性で、祖母のところに行くのが大好きだった。アンナが庭で草花に水をやるのを手伝い、彼女はシーモンが小さかった頃の話をしてくれた。

彼女はグレーの長い髪をして、首のあたりでまとめていた。私たちが話している間に、留めてあったピンを外して溜息をつくと、髪は腰まで届いた。

彼女が髪をほどいた姿を見たのは、私だけだった。それは二人だけの秘密だった。まるで私たちがおとぎ話の中にいるかのように。誰かが訪ねてきたら、彼女は直ぐに再び髪の毛をまとめ上げた。

彼女は多くの高齢者が住むところに住んでいた。私はそこにいた人たち皆を、自分自身の祖父母のように感じていた。彼らは、私と会うとうれしそうに「カーリ、なんて大きくなったんだい」「ハグしてくれるかな、カーリ!」と話しかけてきた。

私が7歳ぐらいの時のある日、祖母と同じ通りに新しい男性が引っ越してきた。そこは「エークランド夫人」と呼ばれる女性が住んでいた家だったが、牧師が訪問した後、彼女の姿を見ることはなかった。その年老いた男性は、私にどこからきたのか尋ねた。

「私はここ、マレクサンデル出身です」と答えた。

何人かの高齢の婦人が、まるで私のことを知っていたかのようにささやいたのを聞いた。不思議な感じがした。

祖母に、私がマレクサンデル出身というのは本当ではないのか尋ねた。彼女は話題を変え、私にお菓子をくれた。

「そんなことはどうでもいいことよ。カーリ、あなたが大好きよ」と言って、大きなチョコレートもくれた。

しかし彼女の私を見つめる視線は、彼女が言わなかった以上に何かがあることを語っていた。

4　電話

彼女の視線は、しばらく私の中に残っていた。その後も、なんとなく違和感を抱くと、あの視線を思い出した。そして自分がまるで額の外側、絵の外側にいるように感じた。まるで、パズルのピースが合わないかのように。

そしてシーモンがいつもと同じように自転車で私を迎えに来て、私たちは野原を自転車で越え、聞いたことのある彼の幼少期の話をまた聞いた。彼はいつも笑っていた。

「おばあさんの話は、全部は信じない方がいい」

しかし、彼は私たちが彼の母親の所に行った日々を覚えているようだった。

「あそこにある、あの橋が見えるかい？　そこで僕はたったの10歳だったけど、最初のガールフレンドにキスをしたんだよ」

私はその様子を想像して笑った。

「そしてあの芝生……、あそこで最初のゴールを決めたんだ。放課後、いつもあそこでサッカーをしていたんだ」

彼は、私が自転車のハンドルをしっかり握っているのに手を伸ばし私をくすぐるので、笑い声をあげた。懐かしい日々。私たちの時間であり、とても楽しい時間だった。

マレクサンデルが大好きだったが、ある日シーモンは私に出て行くようにと言った。彼は、世界には私が見るべきものはもっとあると知っていた。彼は田舎の生活は、成長していく若い女性に提供するものはあまりないと思っていた。彼自身の生活は理想的ではなかった。

彼とヴァールボリは、お互いに話すことがあまりなかった。彼女は妻としてすべきことは全てやっていたが、彼らが二人きりでいる時に一緒に笑ったり、親しくしているのは見たことはなかった。彼らはそれぞれの役割を演じていた。彼女は料理し、彼は土地を耕し、これを日々繰り返した。私は全てを知りつくしていた。彼が私に今以上を望んでいるのが分かっていた。そして家を出た。家を出ても農場のことを恋しく思った。離れるとどんなに恋しいかが分かった。

マレクサンデルでは時間が経つのは早く、リンショーピングに戻る日が近づいていた。ヴァールボリが焼いたパイを手渡され、その週に病院から疲れ切って帰宅した時に、それを食べるのを楽しみにしていた。

私が車を走らせて戻る時、田舎の匂いを楽しむために窓を開けていた。しかし街に近づいてくると、通りは馴染みのものだった。わずかな数年の間に私の人生が大きく変わったことを不思議に感じた。

翌朝、電話の音で目が覚めた。受話器をあげると女性の声がした。

「フレイダ・エーリクソンと言います」

そういう名前の人は知らなかった。ダニエルでなかったことにがっかりした。

「お間違えではないですか」と言って、受話器を置こうとした。

「カーリ・アンデションですか?」

「そうです」と答えた。「どんなご用件でしょうか」

「私はあなたにお伝えしたいことがあります。あなたからの質問の答えを。あなたの手紙に書かれていた質問です」

私は息ができなくなった。

「もしもし……、聞こえていますか？」

「はい、聞こえています」

言葉がうまく出てこなかった。この女性は私より私自身のことを知っているかもしれなかった。一方で電話を置こうとする自分もいた。

「私はあなたの母親を知っています」

私は何を言うべきか分かっていたが、言葉にすることができなかった。

「ショックを受けるのは分かっています」彼女は少しの間黙り、受話器の向こうではかすかな音しか聞こえてこなかった。

「あなたの母親はノルウェー人で、父親はドイツ人です」

私は黙ったままだった。

「カーリ？」彼女は言った。「聞いていますか？　大丈夫ですか？」

「ええ」どの質問に答えたのか分からなかった。

「私はあなたの母親を探し出しました。お母さんは生きています。ノルウェーのオスロに住んでいます」

女性は一呼吸置き、その後では声の調子が変わった。

「私は……、彼女があなたの父親について話すべきだと思うのです。私が関わることではないので」

「なんで？　なんで話してくれないんですか？　関われないって？　私の父は誰なんですか？」

「おそらく私にはその権限はないと思っています」

誰による、どんな権限なのか？　私はショックを受け、困惑した。何をどう考えたら良いのか分からなかった。

その秘密が何であるのか、理解できなかった。なぜ彼女は、父について話してくれないのだろう？　全てが私の手紙を見つけた人の悪ふざけなのかと思い始めた。彼女は赤十字からと言っていたが、私は封筒に正しい住所を書いていたかどうかさえ分からなかった。

「私は全ての準備を整えました」と彼女はより形式的に言った。現実味を帯びてきた。

「あなたの切符を買いました。明日出発してください。あなたは駅に行って、切符を受け取るだけでよいのです。そこにはあなたのお母さんの住所が書かれている手紙もあります。カーリ、聞いていますか？」

受話器が床に落ちた。彼女の声から彼女が遠い所から、街のどこかから、あるいは、何区画か離れた所からかけているような気がした。

「カーリ？　カーリ、聞いていますか？」

私は寝室へ戻り、ベッドに横たわり毛布をかぶった。なぜ彼女は父について話さなかったのだろう。長い時間、ベッドに横たわっていた気がした。そして状況をきちんと理解しようとした――私の母は生きていた。

4　電話

ヴァールボリとシーモンが、私の生みの両親が誰であるのかを知っていたのか、疑問に思った。ヴァールボリは自分の子どもを産むことができなかった。二人が本当の両親から私をかどわかしたのかも、と思ったことさえあった。だから、過去を話すことがなかったのかもしれない。彼らは私に過去を暴いてほしくなかったのではないか――自分のそんな考えに負い目を感じた。頭が痛かった。枕に顔を埋めた。

仕事に行かないことにした。電話線をコンセントから抜いた。これ以上の電話は耐えられなかった。しかし、あの女性が大事なことを伝えようと、もう一度電話してきても受けられないのではないか。不安や恐れが頭の中を飛び交い、電話線を元に戻し、受話器をあげてピーピーという音を確認した。

ベッドに横たわっていた。母親という、ノルウェー人の女性はどんな人なのか想像してみた。もし駅に行って切符を受け取り、オスロに到着して手紙の指示に従ったらどうなるのだろうか？　階段が正面玄関までのびている、大きな家を想像した。窓を通して、シャンデリアと座っている家族が見えた。貴婦人がドアを開ける。彼女は直ぐに私が誰だか分かり、しっかりと抱きしめる。

「カーリ、あなたなの？　もう私を置いていかないで」

優しい目をしたハンサムな彼女の夫、私の父もドアのところにやってくる。

「カーリ、僕の娘……、やっと僕たちのところへ来てくれたんだね」

それから、電話の女性が言ったことを思い出した。「私は……、彼女があなたの父親について話すべきだと思うの。私が関わることではないから」

あの言葉は何を意味するのだろう？　私の白日夢は別の形となった。同じ家を想像してみた。今度は私の父は、体が不自由で車椅子に座っている——恐ろしい事故によって、自分の脚で歩くことができなくなっていた。

さらにもう一つのイメージが浮かんだ。今回は若い秘書と浮気をして、私の母を捨てた裕福なビジネスマン。私の母があの古い大きな家に残され、なんとか一人で子どもを育てながら、彼に捨てられたと呪っている間、ホテルのバーで葉巻を吸いながら、赤いワンピースの女性を口説いている。

どのイメージも違っているのかもしれない。彼はいないのかもしれない。彼は戦死して、彼女は彼を悼んでいるのかもしれない。毎晩、彼女は暖炉の上にある彼の写真の前でひざまずき、祈りを捧げているのかもしれない。

それから、同じ通りにいるとも想像してみた。シャンデリアの家の前を通り過ぎ、暗い小径を進むと廃墟のような建物が見える。庭には雑草がはびこっていて、窓は板で囲われている。煙草をくわえた男性がドアを開ける。彼の歯並びは悪く、ボロボロの革ジャンを着ている。彼からはニコチンの嫌な臭いがする。建物の中では、ミニスカートをはいた趣味の悪い厚化粧の女性が何人か歩いている。娼婦である私の母は、部屋の一番奥に座っている。彼女は真紅の口紅に、青いアイシャドーを塗っている。彼女は私のことを知らないと言う。男性は彼女を殴り、お互いに罵りあう。彼女は泣き、私はそこから走り去る。

4　電話

私はこれらのシナリオを頭の中で演出してみた。どのシナリオが真実なのか、正しいものがあるのかを知る必要があった。

翌日、自分のシフトが始まる前に病院に電話をして、赤十字から電話があったことをダーグマルに伝えた。彼女が、私が職場にいなくてもう少し休みたい理由を理解してくれるのを期待しながら。

「赤十字の彼女は、私の生みの母が誰であるか知っている、と言っているんです。オスロに会いに行くことができると。どうしたらよいのか分かりません」

ダーグマルが、病院の仕事を休む私を怒るのではないかと心配していた。彼女は少し考え込み、そして言った。

「オスロに行かないと。あなたにとってとても重要なことだと思うの。あなたの仕事は私がやるから。インフルエンザにかかって、元気になるまで患者さんの前に出られないと言っておくわ」

「シスター・ダーグマル、ありがとうございます」

ダーグマルが次のように続けようとする前に、受話器を置きそうになった。

「カーリ、大変なのは分かっているわ。でも、あなたは真実を知る必要がある。しっかりね！」

感謝しながら受話器を置いた。旅行鞄の荷造りは終わっている。あとは出発するだけだ。

どのくらいの期間、出かけることになるか分からなかった。あの女性が言った通りにチケットと母の住所が、駅にあるかどうかも分からなかった。しかし、夜にオスロへ向かう列車があるのは知っていた。出かける前に、もう一度私のアパートの部屋を見回した。

旅行鞄は重たく、駅に向かう時に左手に持ち替えた。

街は普段よりも忙しそうに見えた。夜に入ったばかりで交通量が多かった。新聞スタンドでは、一人の少年が新聞の見出しを叫びながら売っていた。ベトナム戦争で多くの人が死に、ドイツ・フランクフルトではアウシュヴィッツに関する裁判が行われ、アメリカ人は何かあるいは誰かに憤慨する。見出しの叫び声は、海外は怖い場所と思わせた。来た道を戻りたくなったが、足を止めなかった。

駅はいたる所に人がいた。「チケット」と書かれた大きな看板を見つけ、そこへ向かった。私は百クローナしか持っていなかった。かろうじて数日間生活できるだけの、あるいは必要に応じて安いホテル代を払うための非常事態基金だった。ただ、電車代を払わないで済むことを願っていた。

窓口の男性は青色の制服を着ていた。「お嬢さん、どうされましたか?」

私の後ろで列が伸びていた。何と言っていいか分からず、自分の名前を言った。

「カーリ・アンデションです」

私は前の婦人が同じように言っていたのを聞いていた。

「どうぞ」駅員は私に封筒に入ったチケットを差し出した。

それを受け取ったもののどこへ行っていいか分からず、一瞬その場に立ち尽くした。

「4番ホームですよ」と、ウィンクしながら言った。

私は列車に乗り、席を見つけた。夜行列車だった。暗闇の中の旅行の方が少し気楽に感じられた。乗っているだけで、翌朝には目的地に到着できる。席に座るとすぐに一冊の本を取り出し、考えを鎮めるのに集中した。スヴェン・ストルペの小説で、タイトルは『死の待合室』。読み切ろうと思ったが、集中できなかった。考えはどこか遠い場所にあった。

列車は多くの乗客で混んでいた。私はワンピースのファスナーが開いていたり、どこかに糸くずがついていたりしないかチェックした。全て万全に思えた。

彼女——私の母——はどんな人だろう。私は甘いものが好きだけど、彼女もそうだったのだろうか？　彼女は何をしているのだろうか？　私のことを考えていてくれていたのだろうか？

通路で一人の男性が誰かと大声で争っていた。列車の中で眠りたかった。一人で旅するのは賢明でなかったかもしれない。シーモンとヴァールボリに、どこへ行くのが言うべきだったのかもしれない。しかしその勇気がなかった。たいていのことは彼らに話せたが、これは無理だった。別の両親を探しに行くなんて言えるわけがない。まるで二人のことを満足していないみたいだが、実際にはそんなことは全くない。

私の中の何かが答えを求めていた。マレクサンデルの私たちの生活が、このことによって影響されてはならないと思った——私がオスロで知ることによって。もし二人に話したら、私たちの関係が変わるかもしれない。そして、その考えが私を怖がらせた。この旅行のことは黙っていなければならない。

列車の中では人々が通路で押しのけあったり、席を探そうとしたりで、ますますうるさくなった。2人が私のコンパートメントの前で立ち止まった。1人は黒いワンピースを着た体格の良い女性だった。この人は通路で自分の革鞄を通そうと溜息をついたり、大きく息を吸ったりしていた。もう1人は私と同じくらいの歳の若い男性だった。彼は私が見ていたことに気付いた。私は見知らぬハンサムな男性よりも、女性に同じコンパートメントに座ってほしかった。彼は私に、ダニエルをひどく思い出させた。彼は、席を探して通りかかった女性に、ここではどうかとジェスチャーで示した。彼女は微笑みながら、ドアを開けて入ってきた。

「ここは空いている？」

「もちろん」と私はほっとして返事した。若い男性が通路をさらに進んで行くのが見えた。

「私の名前はマリーア」と言って、前の席に座った。

「カーリよ」と、自分も名乗った。

「この中はかなり暑いと思わない？」私は立ち上がり、窓を開けた。「気持ちよくなったわ」

私は会話する気分ではなかった。目を合わさないようにしていたが、彼女は自分の旅行の話をしたがっていた。彼女もまたオスロに向かっていた。

「オスロには姉がいるの。火曜日に一緒にオペラに行くつもり」

彼女は、私が話に加わっていようがいまいが関係ない様子だった。彼女は鞄から、ハムとチーズが入ったサンドイッチを取り出した。

「一つ食べる？」

「いいえ、やめておくわ」と断ったが、彼女は私の膝の上にサンドイッチを置いた。

4　電話

電車は揺れており、私のワンピースが汚されないか心配した。何を着ていくか決めるのに長い時間をかけた一張羅のワンピース、膝の辺りを見てシミを探したが大丈夫だった。私はほっとして、サンドイッチを食べた。実際、お腹に何か入れることができてうれしかった。いろいろなことに気を取られ、お弁当を用意するのを忘れていた。

マリーアが話しているのを聞いている間、彼女のサンドイッチの底からこぼれそうなマヨネーズに、はらはらしていた。パンくずはいたるところに散らばったが、失礼だと思ってワンピースからパンくずを払い落とすことはしなかった。ヴァールボリが何か私に教えていてくれたとしたら、まずは礼儀正しさ、その次が上品に食べることだった。

私たちは夜通し話した。私にとって何か他のことを考える助けとなり、すぐに旅の半分まできていた。窓にもたれかかり、少し寝ようとした。列車の車輪がリズムよく線路にあたって揺れると心地良かった。私はマリーアの深い呼吸と時々起こるいびきを聞いた。

「ヨテボリ中央駅に着いた！」マリーアが声をあげ、私は深い眠りから飛び起きた。

「え、何で降りるの？　オスロに行くのに」パニックになりながら、自分の身の回りの物を集め始めた。

「落ち着いて。私たちはここで列車を乗り換えるのよ。次の列車でオスロに行ける」

私は困惑した。列車を間違えたことで、全てのことをリセットできたらと願う自分もいた。しかし、マリーアがついてくるように言ったので考える暇がなかった。

「おいで、すぐに発車する。早く降りないと！」

彼女は再び旅行鞄を引きずって元来た通路へ向かった。列車が再び発車する直前に降りようとしたので、私は周囲の人たちに頭を下げながら進んだ。

プラットホームに降り立つと、彼女は自分の鞄を手放し、袖で額の汗をぬぐい、呼吸を整えようとした。

「さあ、オスロに行くわよ！」と彼女は言った。

私たちは駅の中を横切り、オスロ行きの列車に乗り込んだ。車掌が「乗客の皆さま！」と叫ぶ中、私たちは出発した。

数時間後、オスロに到着した。

マリーアに別れを告げた。彼女にオスロに向かっている理由を話さなかった。うまく説明できないと思ったからだ。私自身、なぜ行きたいのか分からなかった。彼女の姉は駅のもう一方の端から一生懸命に手を振っていて、彼女は姉に会うために急いだ。２人はよく似ていた。２人を見えなくなるまで見ていた。そして私は再び一人になった。

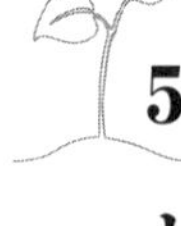

5 オーセ

オスロ中央駅は、スウェーデンの都市の駅より混んでいた。一晩過ごしただけで外国にいるなんて、不思議な感じがした。全てはグレーに見えた。出口を探したが、寝不足で頭はまだぼーっとしていた。どちらへ向かって歩けばよいのかさえ分からなかった。トイレに行き顔を洗った。馬鹿げた考えだと思いながらも、ホームへ戻り始めた。私はリンショーピング行きの列車を探した。家に帰りたかった。

ちょうどその時、誰かが私の肩を触るのを感じた。生まれたばかりの赤ちゃんを乗せた乳母車を押している女性だった。彼女はオスロのどこかに行きたいようだった。彼女の話したノルウェー語を私は完璧に理解できた。少しの集中力で十分で、二つの言語があまりにも似ていたことに驚いた。

「残念ながら分かりません」と、強いスウェーデン語のアクセントで返事した。外国から来ているので、彼女が探しているものを見つける手助けができなくて残念、と伝えるために。

赤ちゃんが咳込んだので、私たちは赤ちゃんの方を見た。私たちは微笑みあい、彼女は通りがかった年老いた男性を呼び止め、正しい道を教えてもらっていた。

同じことが私にも起きた。私もどこへ行ったらいいのか分からなかった。電話してきた女性が言ったことを思い出した——切符に手紙が添えられていて、そこに住所が書いてあると。オスロまでの電車に乗るのに全神経を使ったので、次のステップを考えられずにいた。深呼吸し、コートのポケットに入っていた手紙を取り出した。封筒には名前と住所が書かれた紙が入っていた。

オーセ・レーヴェ
ヴェッセル通り15
オスロ
ノルウェー

不思議に見えた。それが通りなのか建物の番号なのか、あるいは地区なのか分からなかった。「オーセ（Åse）」私の母の名前なのだろうか？　オーセ？　未知のもののように見えた。あまりに簡単だった。３つの文字。

そして再びの「ノルウェー」に、私はマッツ牧師にもらった書類を思い出した。やっとここに到着した。

タクシーをつかまえた。運転手は帽子をかぶった年配の男性だった。彼はノルウェー語で何かつぶやいた。後部座席に座った私を振り返って見て、外国人だと気付いたようだ。彼はゆっくりと話した。ゆっくり話してもらうと、言っていることがほぼ理解できた。彼は地図を指し、私は

5　オーセ

持っていた紙を彼に差し出した。彼はそれを見て、ぶつぶつ言いながらアクセルを踏んだ。

オスロの通りを走った。交通量が多くて所々で渋滞し、運転手をイライラさせた。車は止まっては動き出し、また止まった。彼は怒って両腕を上げ、窓越しに私が理解できない言葉で叫んだ。

やがて静かな通りに入り、車が止まった。

「ヴェッセル通りに着いた」と言って、運転手は私がお金を払うのを待っていた。

車を降りた。子どもが通りで遊んでいたが、貧しそうだった。ここではシャンデリアの家を見つけられない、と思った。一人の年配の女性が歩いていた。そこにいる人たちをじっと見ている自分に気付いた。彼らのうちの誰かが、探しているオーセ・レーヴェかもしれないと思ったからだった。

タクシーの運転手にお金を払うと、彼は通りを指差した。その方向を見た後、振り返って「ありがとう」と言うつもりだったが、その前に彼はいなくなっていた。

目の前には四角い窓がたくさん並んでいる背の高いアパートがあった。建物は陰うつで、敬遠したくなるような感じだった。曲がった木が建物に向かって傾き、その影が入り口にのびていた。

タクシーが、通りを登りきった角を曲がるのが見えた。再びタクシーに乗ってシーモンとヴァールボリの家へ運んでもらえるように、「止まって」と叫びたかった。しかし私は叫ばなかったし、車は止まらなかった。その代わりに私は歩道に根を張っているかのように立ち尽くしていた。

人々は私を見ていた。この見かけない若い女性は誰なのか、なぜ彼女が通りに立っているのかと思ったのだろう。

急にとても不安になって、気分が悪くなりそうだった。木によりかかり、建物の中の人に見られないようにした。ゆっくり呼吸し、目まいが治まるのを待った。目を閉じ、次のステップに必要な勇気をかき集めた。

養子ではない人は、養子が置かれている状況を想像できないだろう。自分の中に〝謎〟を持っているのだ。私はこれまでの人生で、ずっと家の中に鍵がかかった部屋があるように感じていた。誰もその中に何があるか知らなかった。その部屋の話をしようとする人も、近づこうとする人もいなかった。夜になると、部屋のドアまで誘導され、ドアを開けて中の様子を見ようとするように感じることがあった。

今、私はドアノブまであと数歩のところに来ていた。

背筋を伸ばし、髪に手をやり、再び住所を見た。ドアに書かれている番号を読んでいった。13……、14……、そしてそこにあった、「15」と光っている数字のついた紺色のドア。私が人生を通じて探し続けてきたドア。

ドアを叩いてしまったら、引き返すことができない。それは十分認識しなくてはならない。そして、見たくないものがドアの向こうにあるかもしれないことも。私は辺りを見渡した。13番のドアの男性は、鉢植えに水をやる手を止めて私をじっと見ていた。15番の窓を、その中に人が住んでいる気配があるかどうか見るためにのぞいた。シューという音が聞こえた。私が扉を叩こうとした時にドアが開いた。

一人の女性が立っていた。私たちのどちらも一言も発しなかった。私は彼女を見たが、鏡を見ているようだった。私の前に立っていた女性は、まるで私の生き写しだった。年齢はかなり上だったが。同じような明るい金髪と青い目。私自身の未来を見ているようだった。二人は黙って立ちつくした。彼女は微笑まなかった。彼女はただ私を見返していた。そして彼女はドアを大きく開き、ドアの隣に立った。

私はショック状態だった。元のところに戻って、ここに来たことすら忘れてしまいたかった。この場所が、私の幼少期の頃の年老いた女性たちのうわさの全てを説明した。私はダニエルが恋しくなり、見た光景を見なかったことにしたかった。何も知らないでいる平穏を切望した。

でも、もう遅い。パンドラの箱は開けられたのだ。もう私にできることは何もなかった。夢の中にいるかのように、前屈みになり中へ入っていった。そしてその女性、私の母、私の生みの母は背後のドアを閉めた。

6 私の母

あの時の感情をうまく表現できない。まさに夢を見ているかのようで、半分は覚せい状態で夢を見ていると分かっているような夢だった。まるで自分自身を上から見下ろしているかのような。私は母の前に立っていた。彼女は私よりもずっと上品な人だった。しかし、彼女はどことなく疲れているように見えた。かつて、とても美しかったことが分かった。この機会のために、きれいな服で着飾っていたように見えた。しかし彼女には生気が見られなかった。何か不安気だった。彼女は前屈みになり、私の腕に触れた。私が一瞬強張ると、彼女は同じくらいの早さで伸ばした手を引っ込めた。自分にそうする権利がないかのように。

本当にそうだったのかも知れない。私はどのように振る舞ったらいいのか分からなかった。これまで本当の肉親に会ったことがなかった。21歳にして初めて肉親と出会い、どうしたらよいのか分からなかった。

突然、見知らぬ人と一緒にいることを知った。彼女は居間に入るように促し、私は彼女について入った。家具は古く、くたびれていた。座って、気付かれないように辺りを見渡した。部屋は殺風景で、暖炉の上の額縁入りの男性の写真以外には何もなかった。

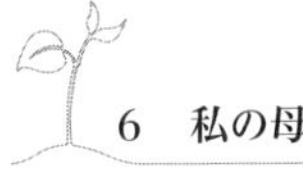

彼女は私の前にある椅子に座り、私の手の上に自分の手を置いた。

「カーリ、彼らはあなたに優しかった？」

「はい」と答えた。

彼女の目は涙を見せたが、頬までは伝わらなかった。目はただ光っていて、はっとするような青色の影をつくっていた。彼女の唇から、私の名前を聞くのは不思議な感じがした。彼女は当然のように言った。まるで毎日言っていたかのように。しかし彼女は夕飯ができたと呼んだこともなければ、私を寝かしつける時にその名をささやいたこともなかった。また、いらだって叫んだこともなかった。私の名前を口にすることのない、たくさんの場面があった。彼女が今私の名前を口にした時、盗まれたかのようにすら感じた。あたかも、自分が命名した名前を呼ぶ権利があるかのように。一体どうしたら今、盗み返すことができるのだろう。

私たちは天気の話をした。奇妙に見えるのは分かっていた。天気以外に、お互いに共通したものがあるのか分からなかった。そのことは私を悲しませた。雨や、昼が長い夏の日々について話している間、お互いを見ていた。私たちは言葉を交わしていたが、その水面下には別の会話が進んでいた。疲れた。

彼女は私がオスロにいる間、自分の家で暮らしたいか尋ねた。それからベッドに入りたいかと聞いた。この瞬間を何度も想像していたが、寝たくなるとは一度も思わなかった。これがどんなに骨の折れることか想像するすべもなかった。話すことがこんなにもないなんて。私はただ目をつぶり、全てのことを翌日に回したかった。

彼女は自分について来るように言って、立ち上がった。ここに泊まることになった。今会ったばかりの女性、母である女性の所で。

母を見つけられたら、自分の人生の絵は完全になるものとばかり思っていた。しかし実際、出会いはさらなる疑問を抱かせた。彼女の家で彼女と一緒にいたが、まだ探していた。

彼女は立ち止まり、ドアを開けた。そこは寝室だった。

私は彼女を見たが、彼女は首を振った。「大丈夫、私は疲れていないから。少し寝たら」と言って、部屋を後にした。

私はまぶたが閉じるの感じた。すぐに眠れると思った。身体は動かなくなるようだった。ベッドで丸まり、胸に枕を引き寄せた。深い眠りについたが、フローリングの床が軋む音で目を覚ました。誰かが部屋に入ってきた。私の母。彼女は背後のドアを閉めた。私はぴくりとも動かなかった。目を閉じたままで、彼女が次に何をするかを全身で感じとろうとした。彼女が隣に入ってきたので、ベッドが沈むのを感じ、マットレスの下のバネは軋んだ。彼女が私の側で寝ているのを感じた。さらに近づこうとした。彼女は私を意識していたし、私を吸い込もうとするのが分かった。彼女が苦しみを感じると、私も苦しくなった。彼女の身体と心はバラバラのようだった。彼女は会話することができなかったが、私の近くにいたかったのだろう。私たちは並んで寝ていたが、間には深い溝があった。表面的にはベッドのシーツの数ミリの距離だったが、溝ははるかに大きかった。私たちは離れた世界にいて、それでも一緒だった。私は目を閉じ、翌日がもっと楽になっていればと思った。

翌朝、部屋の中を動く音で目が覚めた。目を開けると一瞬、リンショーピングの家にいるのかと思った。すぐに、夢ではないのが分かった。オスロの他人の寝室にいた。静かに向きを変えオーセを見た。彼女は着替えている最中だった。ブラウスを着るために腕を頭の上に上げていた。身体をひねるとブラジャーの周りの皮膚に、醜い傷が胸を横切っているのが見えた。私が彼女を見ているのに気付かれてしまうのが怖くて、目を閉じた。彼女は部屋を出ていったが、傷は私の脳裏に刻まれた。

2週間、私はあのアパートで暮らした。その間、彼女は私の父について話すのを避けた。私が聞く度に、詮索しないでという空気に満たされた。

日々、彼女は話さなくなっていった。ベッドでの私たちの隔たりは毎晩大きくなっていった。彼女の傷つきやすさは何か違うもの、どちらかというと憤りのように感じられるようになった。沈黙は重かった。最初にあった楽しみはすっかり消えてなくなった。私はもう客ではなく、侵入者だった。

彼女の目はうつろだった。頻繁にそう見えた。まるで彼女が部屋にいないかのような空虚な眼差し。まるで心はどこか別の場所にあるかのように、あるいはどこにもないかのように。

「旅行に出るわよ」ある日の朝食時に彼女が言った。

「今晩荷造りをして。明日出発するから」

私がどこへ行くのか尋ねようとした時、再び彼女が口を開いた。

「あなたの眉は彼の眉と同じ。彼を思い出させるわ」そして「彼はいい人ではなかった」と。彼女は私が尋ねていないのに、そう言った。あるいは尋ねようと思う前に。

その一言だけで、その後は彼について語ることはなかった。私の父。その晩ベッドに入り、電気を消す前に、寝室の鏡で自分の姿を映した。私は今となっては母の特徴を自分の中に見ることができたが、何か足りなかった。私は二人の人間からできたもの。皆がそうであるように。もう片方は未だに謎であった。私は眉をじっと見た――眉は父を知る唯一の手がかり。何を意味するのだろう――「彼はいい人ではなかった」――彼のどの部分が私の中にあるのだろう？　私はシーモンの方言と話し方を受け継いだ。私は成長すると彼に似ていった。生物的ではなく真似することによって。私はシーモンの娘だった。シーモンの一部であるところはもう一方を隠した。もう一方とはドイツ人の父。

翌朝、激しくドアを叩く音で目を覚ました。

「20分したら出発するから」

彼女は、南部に住んでいる親戚に会いに行く、と話した。列車で行くことになっていた。そのことを考えたら不安になった。やっとのことで、一人の肉親と会うことができた。もっとたくさんの親族と会うことに耐えられるか、不安だった。

私たちは列車で隣同士に座り、肘がかすかにぶつかったが、一言も言葉を交わさなかった。彼女は、窓越しに外を見ていた時、私が彼女を見ていたことに気付かなかった。彼女は何を考えていたのだろうか。たくさんの苦しみを味わってきたように見えた。私は彼女に戦争を思い出させてしまったのだろう――彼女の人生を狂わせることになったもの全て。彼女は私に会いに来てほしくなかったと思う。

しかし、私に自分の所にいてほしいと見える時もあった。彼女はずっと不安定だった。彼女が答えていない質問、私が知るべきことはまだたくさんあった。それについては決して話そうとしなかった。

私の父のこと、そしてなぜ養子に出されることになったのかを。彼女は少なくとも語ろうとしたのかもしれない。彼女の人生に突如として再び私が現れ、とても大変だったに違いない。誰もそんな準備はできていない。誰も正しいやり方を教えてくれない。

列車が速度を緩めると、急に彼女はエネルギーで満たされたようになった。彼女は荷物をまとめ、私を見ないで言った。

「私たちは友人になるのよ。あなたを友人だと紹介するから。ただの友人、分かった？」

彼女に突然、お腹を蹴られたような感じがした。私たち――まるで私たちが一緒に決めたかのように。まるで私たちが一つのチームみたいに。でもそうではなく、反対だった。それは彼女が本当に私に言おうとしたことだった。彼女が私を自分の親戚の所へ連れていくのに、自分の娘であることを言わないのは、全く理解できなかった。もう一度裏切られたかのように感じた。私のことを恥ずかしいと思っているかのようだった。その瞬間、今まで会った誰よりも彼女に嫌悪感を抱いた。彼女の言葉は重くのしかかった。ついて行った自分に腹を立てた。秘密が多ければ多いほど、うそも多くなる。

「カーリ、約束して」

「約束するわ」私は敗北した。

私には他の選択肢がなかった。今や共犯者。

彼女は席から立ち上がろうとする時、私によりかかった。結核性脊髄炎（脊髄カリエス）を患っていたせいで股関節が硬直し、そのために実際の年齢より年老いて見えた。

私たちは駅を出た。小さく活気のない街だったが、オーセはいつも通っている通りのように歩いた。ここで生まれ育ったのかと思った。バスに乗ると、オーセは彼女の母親——私の本当の祖母に会いに、ある施設に向かうと話した。

私はうそをつけるかどうか心配だった——この策略に加わることができるのか。20年が過ぎ、それでいてもオーセは責任をとることができなかった。彼女は、私のことを自分の娘と言えなかった。彼女にとって、私は依然として他人だった。なぜ、彼女のところに行ったのかと後悔した。しかし、彼女が自分の人生に私を必要としていないとしたら、なぜ彼女の家族に会わせようとしたのだろう。全ては混乱を極めていた。

「着いたわ」彼女は立ち上がると、バスの前の方へと歩き出した。私は力なく座ったままだった。

「カーリ、急いで！」

人々は私たちを見た。私はのろのろと彼女の後についてバスを降りた。通りの反対側に、芝生と花の植え込みのある古いしっくいの建物があった。私たちは金属製のゲートをくぐって園路を進んだが、そこで看護婦が待っていた。私の母を知っているようだった。彼女が私たちのコートを預かると、広い開放的な部屋へと案内した。

椅子はコの字型に並べられていた。老人たちは若い時の面影を残すことなく、そこで一緒に座っていた。時間を過ごすために、かぎ針をしたりおしゃべりをしたりする人の一方で、前屈みになっている人、うたた寝をしている人がいた。カビとスクランブルエッグを混ぜた匂いがした。キッチンでは食器をキーキーこする音や車椅子の軋む音、重たいドアの開閉する音が聞こえた。

私は辺りを見渡し、老人たちの中で誰が自分の祖母なのかと思った。老人たちは訪問者を楽しみにしていたので、私たちが入っていくと顔を上げた。一人を除いて。その女性は自分の椅子の側に杖を備え、座って床をじっと見ていた。オーセは彼女の隣に急いだ。

「ママ」と、柔らかい声でささやいた。オーセは女性の腕に手を置くと、老女の顔は微笑みで輝いた。私は二人が近しい関係にあるのが分かった。

「オーセ、あなたなの？」

「そうよ、ママ」

「オーセ、誰と一緒に来たの？」その老女は盲目だった。

「友人のカーリ、街から来たの。カーリ、こちらがアンナ、私の母よ」

オーセは私の目を見た。まるで私が間違った動きをするると、飛びかかろうとするかのように。

「アンナ、お会いできてうれしいです」

なんという奇遇と思った。彼女の名前もアンナ――スウェーデンに住む私の祖母、シーモンの母親と同じ。しかし、これは私の子ども時代の祖母とは別の世界――長く垂らした髪の毛とチョコレート。その瞬間、私のことを知っていて、愛してくれ、訪ねるといつも喜んでくれた彼女に、そして彼女の年老いた隣人たちのいるマレクサンデルに帰りたくなった。

私は彼女と握手するために手を差し伸べた。それまで盲目の人と会ったことがなかった。どう接したら良いのか分からなかった。しかしアンナは温厚な人だった。それは彼女の微笑みに表れていた。

「あなたの顔を触ってもいい?」と彼女は言った。「あなたがどんな顔をしているのか見たいの」

オーセは不安そうだった。

私は前屈みになり、アンナは私の顔を触った。私は目を閉じた。手が鼻と頬の輪郭を探っていた時、一瞬、手が止まったのを感じた。そして彼女が何を思ったのか分かった。どうしたら私の顔がオーセの顔にこんなに似ているんだろうと。その瞬間私たちは一体となった。彼女と私。

その一瞬、私は母方の祖母と、そして私を——私をつくり出した彼女の前に存在した全ての人たちと一体となった。私の中でオーセに反抗する気持ちが波のように押し寄せてきた。自分が誰なのか言いたかった。彼女はすでに感じとった。確信を持ったに違いない。それなのになぜ私たち二人ともオーセのゲームに参加しなければならないのか。私は何か言うために口が開いたのを感じたが、また直ぐに閉じた。私は目を開き、オーセの表情を一瞬見た。恐怖で強張っていた。彼女は秘密だらけの人生を歩んできて、今や私はたったの一言で全てを壊す権力を持っていた。しかし私は黙っていた。

アンナは静けさを破った。

「なんて若くて美しい女性なんでしょう。あなたは何歳なの、カーリ?」

「9月に21歳になります」

「ママ、ご飯は食べたの?」とオーセがさえぎった。彼女はアンナが私の年齢から割り出して秘密に近づく前に、もっと日常的な内容に話を変えようとした。彼女はアンナの枕を直そうと、看護婦を呼んだ。

「今日はいい天気ね」看護婦は言い、枕を直した。「庭が美しくなり始めたわ」

私は窓越しに見えるチューリップを見た。もしアンナの目が見えていたら、この出会いは異なっていたのかもしれないと思った。

二人は約1時間、ノルウェーとオスロについて話していた。私は黙っていようとした。ノルウェーのことを全く知らなかったし、私が話せば秘密が暴かれるのは分かっていた。私のスウェーデン語のなまりが秘密を暴くのでは、と思った。


その夜、私たちは同じ街に住むアルフ、つまりオーセの兄のところに行くことになっていた。これほど不可解なことがあるのだろうかと思った瞬間、オーセは私に話したいことがあると言った。私たちはアルフの家へと歩いて行った。

「カーリ、男の子が一人いるかもしれない……」

「何なの?」私はその日はすでに疲労困憊(こんぱい)していて、彼女が何を秘めているのかと思った。

「カーリ、アルフの家であなたより少し年上の男の子に会うかもしれない。彼にあなたが誰であるか言ってはいけないの。約束を守ってくれる？　分かる？」

「ええ……、秘密はずっと守ってきたわ」

「いいでしょう」

「彼とは、年上の男の子とは誰なの？」

彼女は神経質になっていた。

私は再び聞いた。「彼も親戚なの？」

彼女が私に何か話そうとしているのを感じた。「彼はあなたのお兄さん」と言った。

「私の……」その言葉を言うことすらできなかった。

「そう、あなたのお兄さん」

「私のお兄さんってどういうこと？」私は立ち止まって、聞いた。お兄さんがいたらいいのに、とずっと思ってきた。

彼女は私より数歩先を行ったところで、私が並んで歩くのを止めたことに気付いた。

「カーリ、いらっしゃい」

「話して」と強く言った。

「オスロの暖炉の上にあった写真の男性は……」

「え？」

「彼は私の初恋の人だった。彼は戦死したの。私たちには小さな男の赤ちゃんが生まれ……」

「あの人が……、私の父親なの？」

「いいえ、違う。彼は私が……、会うずっと前に亡くなった」

「会うって、私の父親に？」

「そう」

「私のお兄さんの名前は？」

「ペール」

彼女は私の尋問に耐えられなくなってきた。「でもカーリ、約束したよね？　彼に話せば状況はかなり悪くなる」

私たちはアルフの家に到着した。男性がドアを開け、アルフだと自己紹介した。空気は緊迫していた。彼は私たちの寝室へ案内し、降りて一緒に夕食を食べるようにと誘ってくれた。彼の妻、エルサはキッチンに立って料理していた。私はペールを探した。

私たちがテーブルに座り、スープとパンを食べていると、玄関のドアが開く音が聞こえた。私は緊張した。ペールが帰宅した、と思った。玄関で音がし、若い男性が入ってきた。ペール。直ぐにそれが彼だと分かった。背が高く、ハンサムでたくましそうに見えた。兄に望んでいる要素を全て持っていた。

彼は、キッチンにいる私たちを見て驚いた様子だった。

「こんにちは」と言って、私を見た。私はオーセを見た。彼女は彼を見上げた。そして彼は部屋から出て行った。

私の心臓は高鳴った。彼の後に走って行き、あなたの妹なのよと言いたかった。私の兄だった。

私はテーブルについている人たちの顔を見た。雰囲気は陰うつだった。誰も何も言わなかった。玄関のドアが開き、そして閉じる音を聞いた。ペールは出て行ってしまった。

私の伯父と伯母は私が気付いていることを知らず、私をしげしげと見ていた。なぜオーセが私を連れていったのか分からなかった。まるで彼らに見せたかったかのように、私を見せびらかしたかったかのように。しかし、実際は何も言わなかった。

彼らは知っていたに違いない。そして気付いていたに違いない。オーセと私は偶然にしては似すぎていたが、皆知らない振りを続けた。

翌日、私たちはオスロ行きの列車に乗った。再びオーセの息苦しいアパートへ。私はほとんどの時間、疲れていた。時には一緒にいるのが自然に感じられたが、もう不可能だと感じる時もあった。彼女はまるで部屋の空気を一人で吸い込んでしまうかのようだった。彼女はうつだった。そして今それが分かった。

あの晩、私たちが居間に座っていた時に、彼女はなぜ自分がそのような状態なのかを話そうとした。かつて自分は全く別の人間で、ずっと今のような人間ではなかったと知ってほしかったのだと思う。

「戦争だった」彼女は言い、その主張を空に放った。彼女は暖炉にあるペールの父親の写真を見た。

「なぜ彼はあなたと話さなかったの?」と彼女に聞いた。

「誰?」

「ペール。彼はあなたと話さなかった」

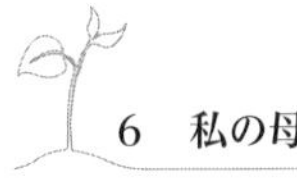

6　私の母

「彼……、彼は私に会いたくないの」

「どういうこと？　彼はあなたの息子ではないの？」

「彼は私の兄のところで大きくなった。彼はいつも……、話をしないの、彼は……。ええ、複雑なの。全てはとても複雑。これはあなたとは関係ない」

「私とは関係ないって？　私はあなたの娘だった。一体どうして私はスウェーデンの児童福祉施設に行くことになったの？　あなたは私を見捨てた。ペールを見捨てたのと同じように。あなたは私を誰に預けたの？　なんで話してくれないの？」

「私はあなたを誰にも預けてない。あなたは連れて行かれたの」

「そんなこと信じない。誰が連れて行ったというの？」

彼女はただ私をじっと見ていた。再びの沈黙。そして目をそらした。

私は立ち上がり、部屋を出た。私はベッドに入った。もう我慢できなかった。生まれてから3年の間に何があり、どうしてスウェーデンで孤児になることになったのか依然として分からなかった。

ペールはずっとあそこ、ノルウェーにいた――ずっとほしかった兄、彼女のせいで得られることのなかった兄。私は一人っ子として育てられ、ずっと兄をほしがっていた。幼少期、ペーテルと言う名の空想上の兄がいたマレクサンデルを思い出していた。野原をペーテルと走っていた時に、どこかに本当の兄ペールがいた。知るよしもなく。

その晩、オーセがベッドに入ってくるのを感じた時、隣にいる彼女への考えに身じろいだ。オスロまで来たのに、彼女はまだ隠しごとばかりしていたので私は怒っていた。また多くのものを奪われたように感じた。私のアイデンティティー、そして私の兄。ペールがドアを通って部屋に入ってきた時の姿を忘れないようにした。目を閉じ、私が彼の妹であることを知ってくれていたらと思った。少なくとも運命は私たちをたぐり寄せた、それがごくわずかな時間であったとしても。そして眠りについた。

翌朝、荷造りをすると、どうやって別れを告げるか考えた。ただ去りたかった。これ以上、沈黙に耐えられなかった。エネルギーと会話が必要だった。これら全てが何を意味していたのか考える必要があった。

再び列車に乗ることを楽しみにしていた。自分一人で家に帰ることを。

ダニエルの所へ。リンショーピングへ。スウェーデンへ。思いはあふれてきた。私は母に会った。望んだのは私だったが、依然としてたくさんの疑問が残っていた。写真の男性、ペールの父が頭から離れなかった。そして誰が自分の父なのか考えた。しかし彼女は私に決して教えてくれることはないことが分かった。私は出て行くしかなかった。

出発する準備ができて玄関に立っていると、赤ちゃんだった私を一体どうしたら置いていくことができたのだろうかと思った。あるいは引き取らせることが。私は振り返り彼女を見た。もしこれがマレクサンデルであれば、私たちは抱きあい、さようならと言ったと思う。彼女が私を抱きしめるのを少し待った。彼女はそうしなかった。

「さようなら」彼女は言った。

「さようなら。会えて……、うれしかった」少し時間をおいて言葉を返した。「ありがとう」

彼女はうつむいた。

「私をここに来させてくれて」

「どういたしまして」

そうして私はドアから出た。全ては重すぎた。彼女に「シーモンとヴァールボリが農場で私を必要としているので、帰って農場の仕事を手伝う約束をした」と言った。うそだらけの人生なので、うそが一つ多くても大したことはないはずだ。

7 新しい始まり

再びリンショーピングに戻ると、重荷から解放されたように感じた。私はすぐにダニエルに電話し、その夜、私たちは会った。最後に会った時のけんかと幼稚さを、私たちは直ぐに忘れた。彼は私の旅と母親のことを尋ねた。

「彼女はどんな人だった?」

「分からない」と答えた。「彼女は……、変わっていた。分からない」

彼女の話をしたくなかった。彼女の話をすると、負い目を感じた。彼女のことを考えないようにしたが、時々、夜にオスロの中心にあるあのアパートにいて、彼女の隣に寝ているのを思い出すことがあった。私は玄関の古い時計のチックタックという音を、あの静かな家の中で聞くことができた。

しかし、日中はまるで彼女が存在しなかったかのようで、まるで私が一度もオスロに行ったことがないかのようだった。考えないようにするのが、唯一私にできることだった。ダニエルやリンショーピングで気にいっているものに集中しようとした。時は過ぎ、ダニエルと同棲を始めた。

全ては、ほぼ偶然からだった。ルームメイトのイヴォンが結婚すると話し、夫と二人でアパートに住みたがったのである。彼女は先にアパート住んでいたことを主張したが、それは私が出ていくことを意味した。私は反論しなかった。彼女はかなり頑固で、最終的に自分が勝つことを知っていた。ダニエルに住む場所を見つけないといけなくなった話をすると、彼は目を輝かせた。

「僕と一緒に住まないかい」

「本当にいいの？　早すぎない？」

「カーリ、僕と一緒に住んでほしい」

彼にはそのくらい簡単だった。彼は自信があり、私まで自信を持つことができた。間違いはないと思った。翌週、彼のアパートに引っ越した。男性の住まいだった。古い靴、新聞の切り抜きでいっぱいだったが、徐々に、そして数カ月が経つと鉢植えやテキスタイルがあちこちに置かれ、自分の家と感じられるようになっていった。

毎月が早く過ぎ、数カ月は1年になり、私たちは一緒にいて幸せだった。私たちは日中働き、夜には話したり料理を作ったりして、週末は友人や親戚と時間を過ごした。私たちはあまりお金がなかったけれども、私の人生において最も素晴らしい時期の一つだった。二人が一緒でいられれば何もかもが可能になるような自由を感じた。

ある夜、ダニエルと私は仕事後、居間で夕食を食べていた。突然彼はフォークを置き、私を見て「カーリ、結婚しないか？」と言った。まるで塩か何かをとってほしいかのように。

「ダニエル……本当？　信じられないわ！」

「僕の人生でこれほど確かと感じられるものはなかった」彼は私の手にキスした。

私は強張った。このような瞬間を何度も想像したことはあったが、実際に来ると何と言っていいか分からなかった。唇を動かしたが、言葉は出なかった。ダニエルは大きく開いた傷つきそうな目で私を見た。私はうなずいて微笑んだ。その時彼は急に私を抱きかかえ、食器が床に落ちたのに構わず、私を寝室へと運んだ。そして決定は下された。

数カ月後、私たちはヴェステルヴィークで結婚した。リンショーピングからさほど遠くない海岸沿いの街だった。ある夏の日だった。全ては私たちが望んでいたように、十分に準備されていた。私たちは手を取りあい、親戚や友人が両側にいる教会の通路を共に進んだ。彼が私の生涯で唯一愛する人だと思った。全ては完璧に感じられた。

ダニエルのお父さんは式の様子を撮影し、後になってその映像を見て笑った。彼は、私たちが気付いていていない一瞬を撮っていた。それは数秒の出来事だった。ダニエルが私を追いかけていたように見える。私のドレスのベールが何かに引っかかり、彼は走ってきて助けようとする。これは、いつも私が持っている彼のイメージだった。私が必要とするときに現れ、私の後を追ってくれて、私を自由にしてくれる人。彼は日々の色を明るくした――芝生はさらに緑色になり、空はより青くなった。新鮮な空気の香りと肌に刺す太陽を感じることができた。彼が近くにいると、私の全ての感覚が高められるようだった。私は今も、あの日の教会の鐘の音を聞くことができる。

結婚式の後、親戚や友人からの歓声が静まって私たちの日常が戻ると、考える時間ができた。オーセを招待しないという決断は正しかったのだろうか。あの場にいる彼女を想像できなかった。彼女はこの場面にはしっくりこなかった。彼女をどう紹介していただろうか。私の友人として、彼女がそうしたように？　数日後、彼女に結婚したと手紙を書いた。私は幸せで、全てがうまくいっていると。彼女を傷つけたくはなかったが、その他の解決法は見つからなかった。彼女に、結婚のことを話さなくてはならないと思っていた。なぜかは分からない。

ダニエルと私は結婚式の後、リンショーピングの少し北にあるノルショーピングに引っ越した。全ては急に決まった。ダニエルはノルショーピングにある大学で働くことになった。よい仕事だった。なかなかの給料だった。私たちはそんなに遠くへ引っ越した訳ではない。そこまでは車でたったの30分くらいの距離だった。賢い決断だと感じられたので私たちは荷物を詰め、車のトランクに入れた。私たちの人生全てがいくつかの段ボールに入ったみたい、トランクを閉める時にそう思った。

「冒険になるね」ダニエルが言った。

ためらっていた私もいた。病院をやめるのが不安だった。病院では仕事に慣れ、たくさんの良き友人ができた。しかし、ヴァールボリは、ダニエルの妻として彼についていくことが私の義務だと主張した。私たちは隣街に引っ越すだけだった。その街がそう遠くない所にあったのは分かっていたが、私たちの家から出ること、私たちが一緒につくった世界を離れることは不思議な感じがした。最後に鍵をカーペットの下に入れた。

私たちがノルショーピングへ、新しい生活へと進むと、バックミラー越しに馴染みの建物と木々が消えて行くのを見た。ダニエルは私が不安がっているのを見抜いていた。彼は変化に慣れていた。いつも、ものごとと一緒に動いていた。ある点において、私たちは対照的だった。時々彼の平静心は私を余計に不安にさせた。彼がラジオをつけるとよく知られた曲が流れた。肘で私を軽く押し、指でリズムをとりながらハンドルを叩いて歌った。私を笑わせ、少しすると私も歌を口ずさんでいた。私たちは新しいアパートに到着した。すべてが整っていた。ダニエルはノルショーピングの友人を通じてこの家を借りたが、その友人は私が通信会社の「エリクソン」で仕事ができるように助けてくれると言った。

「さあ、着いたよ」ダニエルは車寄せのところで言った。私は喜んでいるように見せようとしたが、辺りを見渡し全てを受け入れようとすると、あまりにもたくさんの考えが頭の中をぐるぐると回った。建物は、私たちの古いアパートよりもモダンだった。慣れていくことがたくさんあった。私はダニエルとリンショーピングの家での生活しか知らなかった。口にはしなかったが、私たちはあのアパートにいる間だけ仲の良いカップルでいられたのではないか、別の環境では全く違う人たちになるのではないか、と不安になった。自分が子どもっぽいと分かっていたが、真新しい街を発見しながら、新しい仕事、新しい環境の中で全て最初から始めるのはどんな感覚だろうか、と疑問を持たずにはいられなかった。楽しみでもあったが、不安でもあった。

最初の数週間は不安定だった。私は機嫌が悪く、ダニエルにかんしゃくを起こした。彼がきっと良くなると言えば言うほど、より多くのうまくいかない理由を見つけた。自分が理不尽なのは分かっていた。私の心の中にもやもやとしたものがあり、リラックスすることができなかった。

数週間が過ぎ、ある朝、気分が悪くて目が覚めた。妊娠していた。

7　新しい始まり

ダニエルに話す前に確信しておきたかった。1カ月待った。ある日ダニエルが仕事から帰宅すると、話す決心がついた。

彼は私が何か隠しごとをしているとすぐ気がついたが、しばらくは〝それ〟を秘密にしておけた。この日、彼がドアを開けて入ってきた時、何か異変を感じたようだった。

彼は私の後ろから腕を被せ、抱きしめた。

「カーリ……、僕に話していないことがあるね。君は僕が家に帰ってからずっと微笑んでいる。どうしたんだい？」

「座って、あなたに話すことがあるの。ダニエル……、私は……」

「妊娠したのかい？」

私がうなずくと、彼は飛び上がり強く私を抱きしめた。そして妊娠した繊細な身体に負担がからないようにと、身を引いた。

「カーリ、素晴らしいじゃないか！　最高のニュースだ、信じられないよ！」

幸せそうな彼を見るとうれしくなった。

シーモンとヴァールボリに電話をして、彼らのところに遊びに行くと告げた。会って妊娠したことを話したかった。人生には隠すこと、秘密にすることがたくさんあるが、妊娠を知らせたいと思うのは自然なことなのかもしれない——お腹はどんどん大きくなり、ドラムのように張りつめ、新しい生命が降りてくると世界中に知らせる。

また不思議にも感じた。それが何を意味するのか考えたことがなかったかもしれない。私は赤ちゃんや子ども、未来について、他の人と同じように考えていた。しかし私にとって現実味を帯びてくるのは、数カ月後のことだった。ある晩、私とダニエルはベッドで眠りに入ろうとしていた。その時、私は妊娠８カ月に入り、毎日赤ちゃんが生まれるのではと思っていた――お店にいる時あるいは通りで。いつでも産めそうだった。お腹ははちきれそうだった。

ベッドで仰向きになるとお腹はより大きく見えた。今や赤ちゃんは、生まれてくるのをこれ以上待てないかのように動き回っていた。ダニエルはベッドサイドランプをつけ、古い数学の本をめくっていた。彼はその本を１００回は読んでいたに違いない。突然、私はお腹に衝撃を感じ、その反応で蹴ったらダニエルに当った。

「痛い」彼は叫んだ。

「痛い」私は叫んだ。

彼は本を放り投げて私を見た。

「どうした、大丈夫なの？」

私は重く息を吸って、あえいだ。「フー、フー、フー」早い呼吸。

「生まれてきそうなの？」

「分からないわ」

私たちは、爆破する準備ができているかのようなお腹を見た。たった一つの間違った動きが命取りになる。ゆっくり呼吸してリラックスした。間違った警報。私の呼吸はゆっくりと落ち着き、私たちはリラックスすることができた。

私がネグリジェをたくしあげると、肌はシーツと同じくらい白かった――この冬の数カ月、まるで牛乳のような白さ。ダニエルは弧を描くように私のお腹に触れた。赤ちゃんはまるで、パパがこんにちはと言いたいのを知っているかのようだった。小さな握りこぶしが皮膚を通して見えた。私たちはとても驚いた。未知の生き物が、私のお腹の皮膚を通じて私たちに到達しようとしているようだった。二人とも驚いて笑いあった。これは現実だった。私たちがローゲルと初めて会ったあの日のことは、今でも忘れない。

そして数週間後、彼は生まれた。10本の指、10本の足の指、そして丸いボタンのような鼻。私の完璧なローゲル。

彼はとても繊細に見えた。私はあんなに繊細だったことはない。ずっとおっちょこちょいで、物を落としたり、どこかへ行けば物を壊したりしていた。私は彼の背中の丸みを指でしっかりと押さえ、彼を抱いていた。私は絶対に彼を落としたり、けがをさせたりしないと決意した。決して手放さないと誓った。

ダニエルは私の隣に立っていた。慎重に赤ちゃんを抱き上げると、喜びで顔を輝かせた。

その夜、私たちはローゲルを初めて家に連れて帰った。ダニエルが作ったベビーベッドに彼を寝かしつけた。ローゲルが生まれる前、ダニエルは正確な長さに木片を裁断し、組み合わせることに何時間も費やした。夜になっても隣の部屋で彼がくぎを打ったり、ノコギリをひいたりするのが聞こえた。隣室のかすかな光が、寝室のドアの下に見えていた。その音に癒されていた。彼なりに役に立っていると感じたかったのかもしれない。このことは共同作業をしていると改めて感じさせた。彼にも目的を与えていると思った——私が未来のことを考えている間に、彼も貢献できることがあると。

ローゲルがベビーベッドで寝ていたあの夜、手づくりのベッドに微笑みかけていた。間違ってクギを打った場所からクギを抜いてできた板の穴、ベッドの柵はまっすぐではなく、あちこちを向いたクギは目立ち、まるで酔った兵士のようだった。ダニエルは大工ではなかったが、私たちの赤ちゃんのために安全な家をつくることが、彼にとってどんな意味があるのか分かっていた。私は窓辺へ行き、レースのカーテンを引いて月を見上げた。この瞬間をずっと手にしていたかった。真の幸せを。あの感覚を覚えていたかった。しかしそう長くは続かなかった。突然ローゲルは泣き始めた。

私は彼を抱き上げるために戻った。彼は力を振り絞って泣いた。彼をなだめようと、シーと言って前後に揺さぶってみたが彼はどんどん声を上げて、気が狂ったように泣き続けた。途方に暮れて彼を抱いて部屋の中を歩き回った。

「大丈夫よ……、ママはここにいる……。シー、シー、シー」

しかし、彼をなだめている間にも涙が頬を伝うのを感じた。ダニエルは眠そうな目をしょぼしょぼさせながら部屋に入ってきた。

「ローゲルは大丈夫?」

「どうしたのか分からないの」赤ちゃんをダニエルに託して、部屋を出た。

7　新しい始まり

「カーリ、どうしたんだい？」

ダニエルは困惑しているように見えた。数分前、私たちは生まれたばかりの赤ちゃんが眠るのを部屋に入る月明かり越しに見ていた。

自分の寝室のベッドに戻った。私の母が赤ちゃんの私を見捨てたことが頭を横切った。彼女は私をほしがらなかった。もし私が母と同じタイプだったら？　もし母性が十分ある人間でなかったとしたら？

どうしたら赤ちゃんが泣きやむのか分からなかった。赤ちゃんに私が必要なのだろうか？　これら全ての考えが頭の中を駆けめぐった。

隣の部屋でダニエルが、スウェーデンの子守唄を歌って赤ちゃんを落ち着かせようとしているのを聞いた。私は目を閉じ、私のために歌っていると思い込んでみた。大泣きの声はうれしそうに喉をゴロゴロと鳴らし、そして静まった。

パチッと照明がつけられ、ダニエルの足音がベッドに近づくのを聞いた。

「カーリ、何か言って」ダニエルがささやいた。

私は黙って、息を殺して横になっていた。私が起きていたのを、彼が知っているのは分かっていたが、それでも彼と話したくなかった。誰とも話したくなかった。

数時間後、ダニエルの「カーリ」という声で目が覚めた。彼の声は厳しく、いらいらして、怒っていた。

「カーリ、僕らの子どもはお腹を空かせているよ」

もう朝になっていた。私は一晩中寝ていた。ベッドから這い出して、冷たい水で顔を洗うためにバスルームに行った。私はどうしてしまったんだろう?

ダニエルは会議があるので、大学に行かなくてはならないのを知っていた。彼は数カ月論文を書き続けていて、教授らはダニエルの発見について彼と話し合いたがった。それが彼にとって重要なことだと知っていた。彼がキッチンでうろうろしている音を聞いた。ローゲルを抱きかかえ、キッチンテーブルに座った。

ダニエルの視線を感じた。ガウンを開き、おっぱいを飲ませるためにローゲルを胸に引き寄せた。ローゲルが乳首を吸うと少し痛く、顔をしかめた。

「カーリ、僕は数時間留守にするけど、ローゲルの世話をできるかい?」

彼が不安になるような理由を与えてしまっていた。

「大丈夫よ」

彼は自分の本を集めると、戻ってきて私の額にキスをした。

「直ぐに戻ってくるから」

目を閉じ、階段を降りていくダニエルの存在を神に感謝した。彼のような夫を、私のために戻ってきてくれる夫を持つことができてとても感謝した。ローゲルを見て、あのような考えは想像以上のなんでもないことが分かった。良い母親になろうと、あの日あの場で決心した。彼はどんなものよりも一番大切だった。彼は私の人生だった。私のローゲル。

その瞬間から私たち3人は幸せだった。私たちだけの小さな家族。そして私には親になる能力

があった。気分がそう快になった。良い母親になりたいと、本当にその意味が分かれば、そう願うことはできる。親になるのはそれと同じように楽しい。練習はない。私たちには悪い日より良い日の方がずっと多く、私たちは3人でたくさん笑った。そしてたくさんの重要なことを迎えた。

気付くとローゲルは1歳になっていた。彼の誕生日にアパートでお祝いしようと、同じ建物の子どもたちを誘った。あの日を決して忘れない。子どもたちは円を描くように座っていたのだが、ローゲルはふと立ち上がり、隣に座っていた女の子によろめいた。

彼の最初の一歩。私たち皆、息を飲んだ。

「ローゲル、なんておりこうさんなんだい！」ダニエルはとても幸せそうに見えた。彼はローゲルの手を取り、部屋の中を歩き回るのを手伝った。二人を見ていると、涙がにじんできた。誇らしかった。1年後、状況が変わってしまうのを知る由もなく。

8 大きく変わった一年

1971年、ローゲルが2歳の時にその悲劇が起きた。何よりも恐ろしいこと。医師が神妙な面持ちで私に座るように促し、私が動揺した時のために、コップに水があるかどうか確認した。良い兆候ではない。

ダニエルが突然、病気になった。車で彼を病院へ連れていったが、検査が必要だと言われて入院した。「結果を知らせる」と連絡があり、私は病院に行った。ダニエルに配慮して、ここでは彼の病名については言及しないが、彼が非常に苦しんでいた時期だった。

「あなたのご主人はかなり重い病気です。残念ですが、お伝えしなくてはなりません。私たちは彼がこの先、すぐに回復するとは思えません」

まるで拳で殴られたかのように感じた。医師の言うことを信じたくなかった。

彼と一緒に買ったアルバム「赤ちゃんの最初の1年」を、思い出の写真でいっぱいにしようと考えていた。

たった1週間前、私たちはクリスマスをどう過ごすか話したばかりだった。そして今、クリスマスが怖くなった。

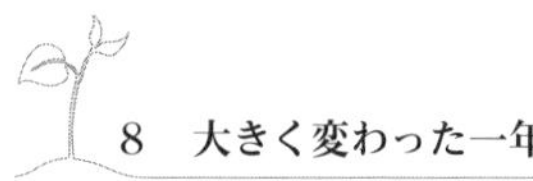

「私には看護の経験があります。家で彼の世話をします」と言った。

医師は私を見た。

「でも、あなた方には小さな子どもがいるのでは」

「はい、ローゲルが」

「あなたは分かっていない。あなたのご主人は、これから当分24時間態勢の看護が必要です。当然ながら子どももそれを必要としています。両方ともこなすのは無理です。ダニエルには病院に居てもらい、こちらで十分に看護します。24時間。ここにいるとそれも可能になります。あなたには同じことができますか？」

「大丈夫です」

「あなたに2人の世話は無理です。もし自宅でダニエルを看護するなら、子どもは親戚か誰か他の人に見てもらわないといけない。社会福祉事務所が、一時的に子どもの面倒を見てくれるかもしれない。あなたが望むのであれば、可能性を探ってみます」

私は医師を見つめた。彼が話していることが、理解できなかった。私は、夫か子どものどちらかを選ばなくてはならない。誰よりも愛している2人のどちらかを。

「あなたのおっしゃっていることが分かりません」

「二つの選択肢がある、と言っているのです。両方を選ぶことはできません。お気の毒ですが、どちらかを選んでください」

もしその瞬間、私の願いがかなえられるとしたら、リンショーピングに戻ることだった。かつての日々へ。ありふれた、心配ごとのない日々へ。

しかし、そうするとローゲルのいない世界になってしまう。

私は何が正しい選択なのか考えようとした。どちらを選んだとしても、私が愛する人の一人を裏切ったことになる。

人生を変化させるような試練に立たされると時間が止まると言われているが、あの診察室で医師を目前にまさにそう感じた。ほんの数秒のことだったが、数時間のように感じられた。

シーモンのことを考え、彼ならどうしただろうかと思った。子どもだった時、彼が私の手を握り、安心感を与えてくれたことを思い出した。

母のことを考えた——ずっと前に他人に私を差し出し、見捨てる決心をした。私はローゲルにそんなことはできない、私の母のようには。

「でもダニエルはどうなるのですか」

「私たちが彼の世話をします。あなたは彼に会いに来られます」

これは私の人生において一番難しい選択だった。心の奥深いところではどちらが正しかったのか分かっていた。なによりも母親だった。家族の未来を守る必要があった。

「分かりました」と言った。「ローゲルと一緒にいます」

「決定ですね」彼はある住所が記載された紙を差し出した。

「ここでダニエルは看護されます。明日の正午までに、何枚かの書類に署名して下さい」

全ては淡々と進められた。とはいうものの、私たちの生活はめちゃくちゃになった。

8　大きく変わった一年

翌日、私は長く曲がりくねった道を病院へと歩いて行った。ローゲルが小さすぎて、何が起きているのかを理解できないことを神に感謝した。彼がこのことを覚えていないことを願った。そしてダニエルが回復し、家に帰ってくることを強く願った。しかし医師は、当分は難しいと言った。すべての論理に反し、物事が変わることを望んだ。ダニエルが元気になり、かつての生活に戻れることを。私は家で赤ちゃんの世話をした。大変な時期だった。

ダニエルに回復してもらいたかった。数カ月経つと、私たちの関係が変わっていった。なぜだか分からなかった。全ては良くなると、彼に話そうとした。いや、もっと良くなると。しかし、彼を一層悪くしたかのようだった。私は、彼が失った全てのことを思い出させたのかも知れない。家での私たちとの生活。家族としての生活。

私たちは、だんだん距離を置くようになっていった。いまだに当時の話をするのが辛い。思い出は苦痛に満ちている。人生において、自分で選択できないこともある。心の中ではまだお互い愛し合っていたと思っていたが、もう一緒にはやっていけなかった。私は無力感を感じ、彼は希望を失っていた。ダニエルは私に対して、一層冷酷だった。彼がそうしたのも私への愛情だと思っている。そういうふうに考えなくてはならない。彼が私たちの負担にならないようにと。そしてある日、私たちはある決断に行き着いた。よく話し合い、書類にサインをして離婚した。私の心は、麻痺しているかのようだった。人生がそんなに急に変わるなんて。

私はあの曲がりくねった道を再び歩いていた。もはや既婚の女性ではなかった。私たちが正しい選択をしたのか考えた。まだ彼が恋しかった。一日中、一分ごとに彼がどんな気分でいるのか知りたかった。突然人生は不確かなものとなった。何も以前と同じにはならない。今となって、私たちは正しい選択をしたと思う。そうなるはずではなかったのに。私たちは全てのことに急ぎ過ぎたのかもしれない。

私たちはまだ若かった。長期的には一緒にやっていけなかったのかもしれない。大変になると、お互いから離れていった。夫婦の間では起き得ることだ。そんなことは私たちにはないと思っていた。別の方法で解決できたことも、おそらくあっただろう。人生を振り返った時、そう感じるものである。でも、やったことをやらなかったことにはできない。

約束してきたことを考える。結婚の誓い。しかし、これらの約束を生涯通して守れないこともある。その後、しばらく心の中が空っぽだった。まるで心に深い傷を負ったかのようだった。私は愛する人を失った。そして、私たちの関係を悲しむために立ち止まって考える時間がまだなかった。私には育てる子どもがいた。私たち二人ともローゲルを愛していた。ローゲルは、私たちの人生に起きた一番素晴らしいことだった。彼がこの先どうなるかは私の責任だった。私たちの子どもは私が育てることになった。

私は荷造りをした。何をすべきか知っていた。いっとき、二人で分かち合った寝室のベッドの上に座っていた。たくさんの思い出が詰まっていた。訪ねて来たダニエルの母親が、私の隣に座った。彼女は私の肩を抱いた。彼女は私がいかに苦しみ、出ていくことに負い目を感じているかを分かっていた。

そして彼女は今も私が大切にしている言葉を言った。私が今も感謝している言葉を——。

「カーリ、これからはローゲルのことを考えないと。あの小さな男の子のことを。彼が一番大事よ」

「全て自分でやっていける強さがあるのか、まだ分からない」と打ち明けた。

彼女は私の手を取って語りかけた。

「あなたは一人でやる必要はないの。私がついているから。約束するわ。彼は私の孫だもの」

彼女自身が傷ついていたかもしれないのに、私の心配までしてくれたなんて、その強さがどこから来ているのか分からなかった。彼女は私に力を与えてくれた。彼女は、私のダニエルへの約束から解放してくれた。

もちろん守らなければいけない大きな約束はある。ローゲルを産んだ日、私は絶対に彼を手放さないと約束した。日々、その約束を守らなくてはならない。

彼女は、私の胸が張り裂けそうなっていたのが分かっていた。

「人生が終わった、と感じているのは分かっているわ」彼女は言った。

「でもそうじゃない。あなたはまだ若い、カーリ。きっとまた恋を見つけるでしょう」

彼女の目には涙があふれていた。

「でも、今はローゲルのことを考えないと」

9 ローゲルを育てる

私はリンショーピングに戻った。私たちが、ノルショーピングへと向かった道と同じ道を車で走った。今回は反対方向に――まるで人生が巻き戻されるかのように――再び戻った。しかし、今回は私と私たちの息子だけ。ノルショーピングの、あのアパートにはいられなかった。ダニエルの思い出がいたる所に残っていた。私たちが共に計画したにもかかわらず、共有できなかった生活を思い出させた。

昔の病院の仕事に戻った。ダーグマルはとても理解があった。私たちは安いアパートを見つけた。そこは二人がかろうじて暮らせる広さだったが、すぐに室内は暖まり、近くには日中ローゲルの世話をしてくれる女性がいた。誰もシングルマザーの人生を想定していない。本来、そうなるべきではない。仕事と家事と育児をするのに、二つの手だけでは足りない。時には手が回らなかったが、たいていの場合はなんとかなった。私たち、ローゲルと私はチームになった。彼の成長は早かった。気付けば、彼は3歳になっていた。私が養子に出された歳だと思って、彼をしっかりと抱き寄せた。

私はいつも彼に話しかけていた。片親だとパートナーとの交流がなく、子どもに全てを話すものだ。

時には、彼にとって私一人では不十分なのではと思うこともあった。しかし私が疑問を持つと、ローゲルは私が何を考えているか分かっているかのようだった。ローゲルは大きな目で私を見たり、笑ったり、ローゲルだけにしかできないようなやり方で、まさに全てはうまくいくと教えてくれた。また私を笑わせた。そしてあまりにも大きすぎる責任をとらなくても良い、と思い出させてくれた。

彼が大きくなり、個性がどんどん出てくるようになると、彼の中にダニエルの面影を探した――表情と特別な身振り。そういったものからダニエルの一部を感じ取ることができた。私たちはなんとかやっていくことができた。ローゲルと私。彼に幸せな幼少期を与えることを心に決めていた。彼にとって普通で、あるいはできるだけ普通でいられるようにと。シフトを日中にしてもらい、夜はローゲルの世話をした。私たちは週末を一緒に過ごし、公園に行ったりアヒルに餌をやったり、農場のシーモンやヴァールボリを訪ねた。ローゲルは信じられないほど急速に成長していった。

彼が4歳になった時、私たちのアパート近くの保育所に通い始めた。最初に彼を預けた日、他の子どもと遊ぶのを見て、彼のためだったらなんでもできると思った。私はローゲルに、私が得られなかった全てのものを得てほしいと願った。しかし、他の子と遊んでいる彼を見た時、一緒に遊ぶ兄妹をあげられなくて申し訳ないと思った。

その考えの延長で、兄ペールを思い出した。彼は何をしているのだろうかと考えた。彼はどこにいるのだろうか。そのような時に頼れる兄妹がいるとは、どんな感じがするのだろうか。

生活は慌ただしかった。その後、無視しようとしていた何かが起きた。動悸がして、急な目まいに襲われた。

目まいが治るまで数分、深呼吸した。しかし目まいは頻繁に起きた。悪いインフルエンザだと思おうとした。あるいは疲労。病気になっている時間がなかった。支払う請求書があり、誰かがローゲルの世話をしなくてはならなかった。

ある日、看護婦控え室の流しでコップを洗おうとしていた時に気分が悪くなった。目の前が真っ暗になり、最後に覚えているのはコップが床に落ち割れる音だった。病院のベッドで目が覚めた。うつろな目で部屋に何があるのか見ていた。ヴァールボリが私の隣に座っていた。彼女は医者を呼んだ。何が起きたか分からなかった。

「カーリが目を覚ました」と彼女は叫んだ。とてもうれしそうに見えた。そんな彼女を見たことがなかった。

腕を動かそうとしたが無理だった。何も動かなかった。パニックになった。私の身体はどうしてしまったのだろうか？　医者は私の額に手を置いた。

「おかえり」と彼は言った。

おかえりって、何を意味するのだろう。私は数日、意識がなかったようだ。血液の病気の一種——ポルフィリン症だった。彼らが言っていたことは聞こえたが、理解するには疲れ過ぎていた。

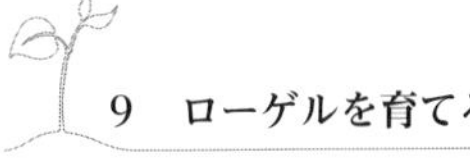

ただ目を閉じて、眠りに戻りたかった。

私は病院で看護されていたが、数日は数週間になっていった。医師たちは、どうやって私を救ったらいいのか分からなかった。回復するかしないかのどちらかだった。難病のポルフィリン症には治療薬がなかった。ただ様子を見るだけだった。ローゲルは、シーモンとヴァールボリのところで面倒を見てもらっていた。どんな呪いだろうか、ローゲルの両親が次から次へと病気になるなんて。

少なくとも、彼は祖父母のところでしっかり世話をしてもらえているのが分かっていた。しかし永久に続けられる訳ではない。私は彼の世話ができるように回復しなくてはならなかった。しかし、どんどん良くなるどころか、どんどん悪化していった。

ある医者が私の体温を計った。私は期待しながら彼を見た。

「カーリ、残念ながらあまりよくないね」

私は自分を弱々しく感じた――一日中寝ていたのに、それでも足りなかった。

ある日、私の周りで口論している声で目が覚めた。目を開くと、ダニエルの母親が医師の一人と言い争っていた。彼女が来てくれてうれしかった。彼女は人のために闘える人だった。

医師は私の方を見た。「カーリ、あなたの義理のお母さんは、あなたを信仰療法を行う人のところに連れて行きたいそうだ。私はその決定には賛成できない。あなたを困らせて、何の利益もない。退院すべきではないと思う」

「私をそこへ連れて行って、お願い」と言った。病院から出る以外のことは何も望まなかった。

ダニエルの母親は私が必要としていた人だった。彼女は私に、ダニエルが近くにいるという感覚を与えてくれた——彼の一部が私を救おうとしていた。

私たちはリンショーピングを後にし、スウェーデンの田舎を数時間行った、深い森のある場所に来ていた。ダニエルの父親が車を運転していた。

到着すると、彼は私を抱きかかえながら車から降ろし、私の力のない身体を森の中へと運んだ。私たちは森の奥深くにある、小さな小屋に到着した。外にはシャベルと薪があった。ダニエルの母親がドアを叩いた。

私はどこにいるのか分からなかった。もしこれが人生最後の日だったら、ここで死ぬとしたら……。

「お入り下さい」という声が聞こえた。

中に入ったが、ダニエルの父親にまだ抱かれていたので、私には天井しか見えなかった——梁と天井の覆い。暖かくて気持ち良かった。パチパチと燃える炎の音を聴いた。彼らは私を椅子に座らせようとしたが、私には座る力がなかったので、テーブルに横たえられた。

私は自分の体重を運ぶ力すら残っていなかった。その時、老人が目に入ってきた。彼の髪の毛はボサボサで、長いひげは編んでいた。

「私にカーリを託して下さい」彼はダニエルの両親に言った。

「でも……」ダニエルの母親は反論する素振りを見せた。

「大丈夫です。心配いりません、約束します。外で待っていて下さい」

そして2人は出ていった。彼が部屋で動き回る音を聞き、香をたいた匂いを感じた。強いラベンダーの香りが、私の鼻腔に広がった。その香りでリラックスできた。それから彼の手のひらを背中に感じた。

「怖がらないで、私の子どもよ。神を信じますか？」

「はい」

彼がゆっくり聖歌を歌うと、何かが私に降りてきた。彼は祈りを捧げたが、それまでの人生で一番神に近づけた日だった。

腕と足が急に強くなったように感じた。

「椅子に座って」

「できません」

「試してみて」

目を閉じて、強張った筋肉を動かそうとした。すると数カ月ぶりに筋肉が反応して、私の言うことを聞いてくれた。老人は他の人たちを部屋に招き入れた。彼らが入ってくると、椅子に座っている私を見た。ダニエルの母親は泣き出し、老人をハグしようとした。彼は遮るように手を伸ばし、笑顔でうなずいた。

「彼女はだいぶ良くなったと思いませんか？」

私には説明できない。奇跡だった。奇跡を信じる人もいれば、信じない人もいる。命を救われたら、信じないでいるのは難しいと思う。

3日経つと、数カ月具合が悪かったのがうそのように元気になっていた。数週間、数カ月と過ぎると、体力は回復した。私を治してしてくれたのは信仰療法を行ったあの老人かどうか分からないが、そう信じている。今でも神にこの奇跡、寿命が延びたことを感謝している。寿命が延びた——まさにそう感じた——まるで、新しい人生の契約書にサインするように感じた。

シーモンは、ローゲルを私のところに連れてきてくれた。ローゲルと再会することができ、とてもうれしかった。自分の小さな息子が帰ってきた。私はまだ弱っていたが、それでも私たちは一緒にいることができた。ローゲルが家に戻ってくると、全ては元の生活に戻ったかのようだった。生きていられることができて、とても感謝した。

1週間後、シーモンが様子を見に来た。ローゲルはおじいさんがドアから入って来ると大喜びで叫んだ。ローゲルが日中、私とだけとしか一緒にいられないのはつまらないだろうと思った。というのも私は以前のように、一緒に遊んだり話したりできるほどには回復していなかった。彼はもうすぐ5歳になろうとしていて、エネルギーであふれていた。

私たちはキッチンテーブルでランチを食べ、シーモンが農場で何があったか話してくれた——前の日に子ウシが生まれていた。彼は、真夜中に母ウシが子ウシを出産するのを手伝ったと話した。2頭とも元気で、子ウシはすでに自分の足で立ったと言った。ローゲルは熱心に話を聞いていて、私は彼に、もうすぐ子ウシに会いに行こうと約束した。

「子ウシはどんな鳴き方をするかい？」シーモンは眉を上げながら、ローゲルに聞いた。

9　ローゲルを育てる

「コッコ、コッコかな？」

「違うよ！」ローゲルは笑い転げた。

「メェーかな？」さらに大笑いした。

「おじいちゃん、モーだよ！」

「本当かい？」

「モーーー」

ローゲルは祖父の膝に座り、シーモンが話している間、ローゲルは自分の手でシーモンの手を叩いた。

私は一緒にいる彼らを見た。２人の異なった手を。一つはすべすべの小さな手、もう一つは耕地での重労働によってできた傷跡で覆われ、酷使された大きな手。私はシーモンの手を良く知っていたが、急に年寄いた手になったように見えた。

次の世代の手であるローゲルの手の隣にあったから、そう見えたのかもしれない。シーモンはさようならを言うため、ローゲルを抱き上げた。額にキスして、ローゲルが次に農場に来た時に、生まれたばかりの子ウシに名前をつけていいよ、と約束した。ローゲルは大喜びだった。

私はシーモンについてドアの所へ行った。遅くなり始め、彼はマレクサンデルの家まで運転しなくてはならなかった。私たちはさようならを言い、彼は出発しようとした時に、玄関に立って私の方を見た。彼は何も言わず、ただ私を見ていた。彼がじっと立っているなんて、彼らしくない。私は彼を見返した。加齢は彼から色を奪って行った——髪の毛は白くまばらで、体格はよかったものの、丸みを帯び背が低くなっていた。目の周りには皺があり、眉毛はあちこちに伸びていた。しかし頬には色が残っていた——私がずっと愛していた、あのピンク色の頬とあの微笑み。その微笑みを浮かべ、またしばらく私を見てから向きを変えて出て行った。

今になって、彼がやったことが初めて分かった。彼は最後に、全てを自分の記憶に焼きつけようとしていたのである——いつも農場で自分の後をついて回っていた女の子、焚き火の前で彼の肩に寄りかかっていた女の子、彼の自転車のハンドルにぴったりとおさまる女の子を。

3時間もしないうちに、電話の音で目を覚ました。ヴァールボリだった。

「すぐに来て」彼女は言った。「シーモンが死んだ」

彼女はストレートにそう言った。胸にナイフが刺さったように感じた。自分の目で見るまで信じたくなかった。

数時間前は元気だったのに——生き生きしていたのに。

涙が頬を伝った。私は涙を拭き、必要な物を詰めた。家の中は暗かったが、ローゲルを起こしに行った。ベッドで寝ていた彼をゆすって起こした。「坊や起きて」

彼はギュッと目をつぶり、脚を伸ばして目を開けた。月明かりが彼の部屋に入っていた。全ては、ぼんやりした青色だった。彼は混乱しているように見えた。暗闇の中でも、ローゲルに起こったことを教えることができた。彼は泣き始めた。

「よしよし」ローゲルの背を軽く叩き彼を抱き寄せた。彼の涙が私の涙に勢いをつけるのを知っていた。

「マレクサンデルに行かないと」と告げた。彼の靴を出し、ひざまずいていて履かせた。

「おじいちゃん！」彼は言って涙を拭いた。

もっと辛くなった。ベッドの上で彼の隣に座り、腕を回した。

「おじいちゃんは亡くなったの、ローゲル。今夜、家に着いた時に亡くなったの」

言い終わった時、ただその言葉を言わなかったことにしたかった。小さな子どもにとって、あまりにも突然で重たかっただろう。驚いたことに、彼は言葉の意味を分かっていた――死。私は彼を抱きかかえ、車のキーを取った。彼の頬を涙が伝った。私は彼を肩に引き寄せて、彼を落ち着かせようと揺すった。キッチンへ行き、冷凍庫からアイスクリームを出した。道中、彼は後部座席に座って、時々アイスクリームをなめていた。全ての涙が入ったアイスクリームは、しょっぱかったに違いない。そんな彼を見るのは心が押しつぶされそうだった――目は涙で真っ赤になり、顔じゅうアイスクリームだらけだった。

シーモンの部屋の明かりが灯っていたのを見た。私たちが車で入っていくと、いつものようにタイヤの下で石が軋む音を聞いた。

この旅行を何百回もしてきたが、もう二度と同じにはならないことが分かった。駐車し、ローゲルを後部座席から降ろすと、ローゲルの顔についたアイスクリームを拭き取ろうとした。私たちは中へ入った。キッチンは火が消え、寒かった。ヴァールボリが部屋に入ってきたが、憔悴していた。

「彼はここにいる」と言った。

私はローゲルを彼女に手渡すと、シーモンの寝室に入った。彼はベッドの上で動かなかった。顔は白かった。トレードマークの、ピンク色の頬は色がなくなっていた。私は走っていき、脈があるかどうか、彼の首を指で触った。何もなかった。私が数時間前に見た服のままだった。彼の具合がここで悪くなったのか、ヴァールボリがどうにか彼をベッドに寝かせたのか分からなかった。脚は一方にダランと垂れていた。

彼が楽に横たわれるようにと足をまっすぐにした。彼の身体が楽かどうかはもう関係ないと思うと、ワッと泣き出した。彼はもういない。そして二度と戻ってこない。私は隣の椅子に座って、彼の手を握った。冷たかった。力がなく、生気がなかった。それでも手の中で握っていた。

私たちが一緒に過ごした日々、彼の自転車で野原に行ったこと、アンナおばあさんに会いに行ったこと、そして、とりわけ彼の笑顔を思った。

私たちの会話を思い出そうとした――彼が言っていたことを必死に思い出そうとしたが、何も思い出せなかった。彼の手を戻して立ち上がり、クローゼットに寄りかかったが呼吸は早かった。頭の中は空っぽで、手足は何かに刺されているような感覚だった。私は目を閉じ、必死で倒れないようにした。

呼吸が静まるのを待った。その次に自分がしたことに驚いた。

「どうしたらそんなことができるの！」自分が叫ぶ声を聞いた。私はひざまずいて、ベッドをこ

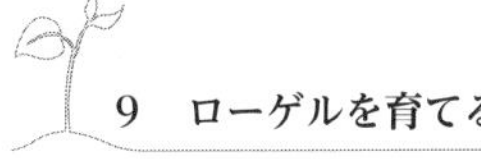

ぶしで叩き始めた。

「どうして私たちを置いていったの！　どうして私を置いていったの！」

床に座りこみ、嗚咽をあげた。彼の心臓は破裂し、この世からいなくなった。もう彼の笑い声を聞くことができないなんて、信じられなかった。

私はキッチンへ戻った。ヴァールボリはローゲルと座っていた。彼女はローゲルのお粥を作ってくれ、ローゲルはスプーンの熱いお粥をフーフーと冷ましていた。数時間前、おじいちゃんの膝に座って幸せそうな彼を思い出すと、私の中で再び怒りが込み上げてくるのが分かった。ローゲルには、もう愛情に満ちあふれたおじいちゃんがいない。今となっては、ヴァールボリの冷たさだけが残った。

彼女はぼんやりしていた。

「何があったの?」私は彼女に尋ね、まるで彼女のせいにするかのように、まるで彼女が彼の世話を十分しなかったかのように、じっと彼女を見た。

もし自分がここにいたら、こんなことにはならなかったと思った。そうなることを絶対に許さなかった。しかし、彼女はシーモンの心臓を心配したことがなかった。彼女は私のように、彼のことを大切にしていなかった。

彼女は淡々と話した。

「彼はいつもそうするように、着替えるために自分の寝室へ行ったの。そして数分後、叫び声が聞こえたの。私が走って行くと、彼は床に倒れていて、胸をつかんでいた。そして膝をつくと、もう亡くなっていた。あっと言う間の出来事だった」

あなたはもっと早く走れたじゃない。あなたは兆候に気付いているべきだった。彼に、痛みを感じさせないようにすべきだった。彼女の前に座っていると、子どもの私にしたことを思い出した。私は10歳だった。外で遊んでいたが、ご飯ができたと彼女が呼んだので、家の中へ入った。私は食事をするために、今、私たちが座っているキッチンテーブルに座った。

その時、彼女はうんざりしながら私を見てこう言った。

「何であなたはそんなにみにくいの、カーリ？　どうしたらそんなにみにくくなれるの？」

私は、あの時に感じたことを決して忘れない。あの瞬間ほど歓迎されていない、と感じたことはない。私は食べものがのどを通らなかった。ショックを受け、ただそこに座っていた。決してあの出来事を忘れない。それでも、これから共に生きて行くために、胸の奥にしまっておかなくてはならなかった。あの時と同じ椅子、同じテーブルに座っていて、隣の部屋でシーモンが死んで横たわっている今、休戦は終わった、と感じた。

私は、ローゲルをベッドに寝かしつけた。私の身体はまだ弱っていて、彼を抱きかかえると重かった。今はまだ何もできないと思った。

ヴァールボリがなぜ私を呼び寄せたのか、その理由がすぐに明らかになった。それは私への配慮ではなく、私が自分の父親に最後の忠誠を見せられるようにするためでもなく、私に葬儀にかかることを任せようとしたのである。彼女は親戚の誰に連絡すべきかあまり気にせず、また葬儀がどのように執り行われるかについても気にしていなかった。彼女はただ彼を土に埋める、それ以外については全く興味がなかった。少なからずそう見えた。意地悪な見方かもしれないが、あの恐ろしい日々にそう感じた。

私はシーモンとヴァールボリが一度でも愛し合ったことがあるのか、あるいはただ単に打算的な結婚だったのかと思った。シーモンが亡くなった翌日、私はキッチンに座って、葬儀用の写真を選ぶため古い写真を見ていた。シーモンとヴァールボリが一緒に写っている写真はどれも、二人の間に空間があったことに気付いた。私の大きさの空間、と思った。私は少なからず彼を愛していた。私は空間を埋めることができた。彼が子どもをほしがったのは、不自然なことではなかった。あの日、孤児院で彼が私を救ってくれた。しかし私たちの写真を見ていると、ある意味、私も彼を救ってきたのが分かった。私は彼の人生、そして心の空白を埋めてきた。

葬儀の日を迎えた。あの日、自分の身体の一部も土に埋められるかのように感じた。私の人生において一番辛かった日。土が棺桶にかかると、大声で叫ばずにはいられなかった。

この世の中はシーモンなしでは恐ろしい場所だった。彼と出会うまでは何もなく、またこの先、何もないと思った。弱りきって疲れていたが、葬儀の準備でさらに衰弱した。親戚は各地から来た。彼はとても愛されていた。お墓の周りに多くの人が集まり、慰められた。私は空を見上げ、彼が皆から愛されていたことを知っていてほしいと神に願った。

10 別れを告げる

葬儀から数日して、私は農場を後にした。シーモンなしでは農場にいられなかった。しかしリンショーピングに帰ってくるのも、正しい選択とは思えなかった。私はまだ怒りが収まらず、疲れたままだった。夜眠るのが大変だった。食事もろくにできなかった。曜日も分からなくなっていた。時間はただ過ぎていった。

最初の頃は様子を見に来てくれる友人がいたが、数週間が数カ月になると、私を元気にできる人は誰もいなかった。ついに誰も来なくなった。アパートの中はちらかっていた。私は以前できていたことができなくなっていた——私にとって当然だった母親としての務め。世界は陰気な場所となった。そんなふうに世界を見たことがなかった。一番暗いと感じられる時でも、いつも光はあった。今は全てがグレーだった。出口を見つけられなかった。私は道に迷ったように感じていた。絶望していた。深いうつに陥り、病気の頃よりずっと体力が弱まっていた。もう何もできなかった。

そして最悪な事態が起きた。ローゲルが里親に預けられたのである。私が彼の世話ができるようになるまで。他に彼の居場所はなかった。ヴァールボリは一人でローゲルの面倒を見ることができず、私は病気だった。

ローゲルが去っていくのを見た時は、死んでしまいそうになった。しかし、その時私は彼にとって理想的な自分ではなかった。彼とした約束「絶対に手放さない」についてずっと考えていた。しかし、彼にとって最善のことをしなくてはならなかった。彼を真っ先に考えなくては。彼が去っていった日、私の心は再びズキズキと痛んだ。私たちが一緒に乗り越えてきたこと全ての先に、一体どうしてこんなことが起きてしまったのだろうか？

私はそれ以降、自分自身に対していらだっていた。自分をオーセのように感じた。自分の子どもを見捨てた。世界中で人々は病気になるが、それでも彼らは母親、そして父親でい続けた。皆、自分の愛する人を失っても人生を続けることができたのに、なんで私にはそれができなかったのだろう？

まるでローゲルを裏切ってしまったように感じた。そしてシーモンをも。

私は一日中ベッドにいた。起きても仕方がないと思った。ローゲルがどうしているか、とりわけ、彼が幸せかどうかを考えた。また彼と会えるように、強くなれることを毎晩祈った。

彼にとっても恐怖に違いなかった。しかし彼はよい家庭にいた。少なくともそれは分かっていた。郊外で子育てをしている夫婦の家にいて、彼らはローゲルにとても親切だった。ローゲルは生まれて初めて兄妹を持った。私が元気になって、ローゲルと暮らせるようになるまでに2年かかった。大変な時期だったが、ローゲルのために元気になろうと誓った。長くかかったが、ついに温かい支援のおかげで再び強くなることができた。

そしてあの日がやってきた。新しい家と仲良くなった兄妹から、彼を取り上げることに負い目を感じる私もいた。

しかし私の人生には彼が必要だった。彼は私の息子だった。彼はあの家から去る時に泣いた。さようならを言いたがらなかった。今となっては、私が他人になっていた。私にとっては素晴らしい日だった。やっと私たちは一緒に暮らせるようになった。私の家族。しかし彼にとっては2度目の拉致だった。

ローゲルが私を信じてくれるようになるまで、彼が再び私と一緒にいて安心できるようになるまでにしばらく時間がかかった。全ての変化に困惑しているようだった——現れては消えて行く人、彼は自分の祖父を失い、今度は里親家族。彼はとても静かで、私が覚えている笑ってばかりの子とは全く違っていた。まるで、私が彼を再び失望させるのを待っているかのようだった。彼を捕虜として捉えているような感じがした。彼が十分な年齢だったら、ドアを出て里親家族の元へと逃げると分かっていた。私は彼の意志に反して離さなかった。

今や彼は小さな男性となっていた、7歳。私が2年前に手放した、小さな子どもではなかった。彼の成長でたくさんのことを見逃したが、そのことを考えないようにした。私たちが終わったところに戻りたかった。

何も起きなかったことにしたかった——彼がどこへもいっていないことに。彼に一緒にやってきたことを思い出させようとした。父のこと、アヒルに餌をあげるために乳母車を押して公園に行ったこと、彼がノルショーピングを好きだったこと、またいつか、そこへ連れていくなど話した。私は彼の幼少期を呼び戻そうとした。

ある晩、私が寝かしつけていると、彼はおじいちゃんに会いたいと言った。

「坊や、私も同じ」

ローゲルの隣に座り、彼の頭を私の膝に置いて指で髪を撫でた。私はシーモンと自転車に乗ったこと、シーモンの母親のアンナのこと、シーモンがサッカーでゴールを決めた場所のことなどを話した。そしてローゲルがおじいちゃんに似ていること、いつか彼も今話したこと全てするようになること、彼の人生にいろいろなことが起きること、彼を本当に誇らしく思っていることなどを話した。未来があることを彼に説得するように自分自身にも説得しようとしていた。

ローゲルをしっかりと抱き寄せた時、一筋の涙が私の頬を伝った。彼は私にしっかりと抱きつき、自分の子どもが帰ってきてくれたのが分かった。私たち二人とも父親を、私たちを支えてくれる人を失ったが、私たちは強くなってお互いを支え合わなければならなかった。

「今はローゲルと私だけ」と私はつぶやいた。「でもきっとうまくいく。ずっとローゲルの傍にいるから」

11 小さなロマンス

何年か過ぎ、私たちは二人ともうまくやっていた。私は一日一日を大切にし、日々の生活に集中するようにした。そしてゆっくりではあったが、だんだんと自分の中で調和がとれるようになった。再び、昔のカーリを取り戻しつつあった。

ローゲルは私たちのアパートの近くの学校に通い始め、私はスウェーデンの航空機・軍需品メーカー「サーブ社」の医務室の仕事に就いた。病院の仕事には辟易していた。私自身が患者になって、うんざりしていた。病院の匂いは病気だった頃を思い出させた。今、元気になり、あの場所に戻りたくなかった。

ローゲルが10歳になった時、学校が彼にとってどんな影響を持つか分かるようになった。彼は学ぶのが大好きな、優秀な生徒だった。全く私に似ていなかった。彼は父に似たに違いない。私は算数がそんなに得意ではなかったが、毎晩彼の宿題を手伝った。算数はローゲル一人でなんとかしていたが、難しい問題で彼が助けを求めてきても、私は答えられなかった。そのことは私にダニエルのこと、彼のノートと美しい心を思い出させた。彼は、もはや私たちの所にはいない。ダニエルが自分の息子の宿題を手伝うことは、決してない。私はローゲルから父を奪ったように

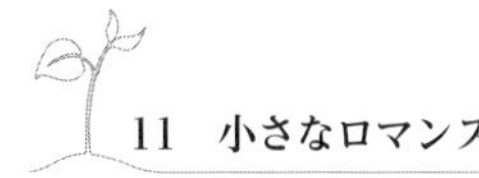

感じた。ダニエルはローゲルに、学校に通う意味を伝えられたかもしれない。私自身、学校では反抗的な生徒だった。先生たちが自分を好きではないと思ったので、彼らと闘った。ダニエルは、そんなことは決してしなかったはずだ。

しばしば、キッチンで宿題をしているローゲルと一緒に座っている時、自分自身が学校に通っていた頃のことが蘇った。

最初に登校した日、教室で自分の席に着こうとしたら、2人の先生が私の頭上で、まるで私がそこにいないかのように話していた。

「このもらわれっ子はどこから来たと思う？　フィンランド人？　あるいはどこだろう？」

私は、自分の顔が赤くなるのを感じた。彼らがなぜ私を違う目で見ていたのか分からなかった。その日の後半は従順ではなかった。休み時間の鐘がなると、私はサッカーのゴールポストに登った。担任の先生は降りてくるように叫んだ。しかし私は言うことを聞かなかった。彼女が諦めるまでゴールポストのてっぺんに座り、彼女に挑発的な態度をとった。彼女は教室に入って授業をしている間、私をゴールポストに座ったままにしておいた。

数時間そこに座っていた。根比べとなった。鐘が鳴って、他の子どもたちが家に帰ってしまうまで座っていた。しかし私は、頭からあの言葉が離れなかった。

その夜、家で、シーモンに聞いた。「シーモン、私はフィンランド人なの？」

「何を言っているんだ？」彼は驚いたように見えた。「誰がそんなことを言ったんだい？」

私は彼に、先生たちが話していたことを告げた——私の頭上で話をし、私をもらいっ子と呼んで、フィンランド人かどうかと話したことを。

彼は激怒した。先生に電話し、「二度と言うな」と怒鳴った。それほど怒ったシーモンを見たことはなかった。それから彼はキッチンを歩き回り、自主学習について話した。シーモンは私を学校に行かせたくなかった。私は、この考えがヴァールボリをぞっとさせたのが分かった。彼女が一日中、シーモンと私と一緒に家にいるという考え。彼女は、私が学校に行くのが一番良いと彼をなだめ、農場の世話と私に教えることを両立させるのは難しい、と主張した。しばらくして彼が納得し、私はがっかりした。農場にいられることを、とても気にいったからだ。その日から学校が大嫌いになった。

人生が私をどこへ導いていくのかを考えると、この一件を思い出す。頭が良いと言ってくれた、スヴェン・ストルペを思った。ここ数年、自分自身を向上させようと思ったが、実際の私よりももっと可能性があることを知っていた。

「ママ、ノルウェーの首都はなんていうの?」ローゲルが尋ねた声で、私は白日夢から覚めた。

「オスロっていうのよ、坊や」

彼は地理の宿題をやっていた。オスロ。私はどこにあるか知っていた。ローゲルが世界地図の上で指を動かしているのを見た。彼は私に刺激を与えた。順番が逆になることになったのかもしれないが、彼は好奇心の固まりだった。人々がそうあるべきであるように。私は学業に戻り、やり残した勉強を続けるとその時に決心した。私は学校を14歳でやめてしまったが、今の私の方がよく分かっている。私はもっと学びたかった。

私は、夜間の成人学校に申し込んだ。毎晩、ローゲルと一緒にキッチンテーブルでそれぞれの宿題をした。彼は母親にも宿題があって、うれしそうだった。それは私たちが一緒にできること、共通のことであった。彼が喜ぶのでやりやすくなった。私は数学を頑張り、試験にも合格し、成績をつけてもらうことができた。その日、私は本当に何かに達成したと感じた。何といっても私は賢かった。私はシーモンのためにやった――私のことを「もらいっ子」と言った先生に打ち勝つために。彼は喜んでくれたと思う。しかし、もっと大きな意味があった。成績を得ることで、背筋を伸ばすことができたと思う。ただの紙切れに過ぎないが、大変な数年の締めくくりを示すものとなった。私たちは嵐に乗り出すのに、十分に力強かった。ローゲルと私だけの小さな家族、私たちは前を見ていた。

私は試験を受ける時、休みを取らなくてはならなかった。上司の一人が私の学業が終わることを知ったのが、まさに絶好のタイミングだった。翌日、彼は工場の医務室にやってきて私を探した。

「カーリはいますか?」

「はい、私です」

「私はウルリーク・アーブラムソンです。上の階にある総務課で働いています」

「初めまして」とあいさつした。

「私たちの秘書の一人が辞めたのですが、秘書の仕事に興味はありますか?」

「私が、ですか?」

「今とても忙しい時期で、直ぐに始められる人が必要なのです。最近まで勉強されていたと聞きました。手紙を書くのが得意で、そういった仕事ができる人を探しているのです」

彼が言っていることを理解するのに、少し時間がかかった。晴天の霹靂（へきれき）だった。

「えーと……」

「興味がないのであれば、構いません。あなたは医務室で働きたいのかもしれません。しかし私たちの課では、秘書は労働条件に恵まれています。そのことは保証できます」と言いながら、彼は時計を見た。

「お願いします」と叫んだ。

「良かった。人事課と話をして、あなたが私たちの部署に移ってこられるように手配します。明日から来られますか？」

そうして、サーブ社で秘書になることができた。給料も上がり、早く帰宅してローゲルを学校に迎えに行き、食事を作ることができるようになった。

早く仕事を学ばなくてはならなかった。彼は正しかった。とても忙しい時期で、とにかくついていかなければならなかった。でも私は楽しんでいた。仕事がまた私に集中力を与えた。再び、自信を持つことができた。

とても社交的な仕事でもあった。秘書たちは上司と連携し、ディナーパーティーにも招待された。全てはちょうど良い時にきた。やっと私の周りに人がいてくれるのを感じた。サーブ社での人との付き合いは、かつて経験したことのないものだった。世界中のいろいろな人が集まる、素晴らしいパーティーを開催していた。彼らはとても知的で、そして何よりも良かったのは独身者が多かったことだ。私はそれまで時々、自分を珍しい部類の人のように感じていたが、ここではそんなことはなかった。そんな時にクラースと出会った。

11　小さなロマンス

階下の作業場に請求書をとりに行った時、初めて彼の存在に気付いた。彼は航空機のエンジンを修理していた。作業場の床で私のヒールが音を立てると、私が歩いて行く方を見ていた。彼はTシャツを着ていて、手にはレンチを持ち、力こぶには油の跡があった。黒い髪は肩まであり、あごにかけて無精ひげを伸ばしていた。彼は私に微笑み掛け、私が作業場から事務室へ戻る時にはウィンクした。私は赤くなるのを感じた。どうして良いか分からず歩き続けた。そういった注目には慣れていなかった。私は母親だった。でもうれしかった。再び若さを感じた。自分は魅力的だと、求められていると。その数日後、私は階下にある作業場に、より頻繁に行く理由を見つけているようだった。そうして、私たちのロマンスは始まった。

クラースは、私がかつて一緒にいた誰にも似ていなかった。彼はたくましく、男らしかった。静かで控えめであり、私が惹かれる何かがあった。まるで彼は自身の物語を書いているかのような落ち着いた内面を持ち、彼を慌てさせるものは何もなかった。セックスは、私を再び生きているように感じさせた。男性の身体を近くに感じたのは、しばらくぶりだった。

私たちが会っていることは、会社の誰にも言わなかった。その方が、よりスリルがあったからである——私たちの秘密だった。ある夕食パーティーで私たちは向かい合って座ったが、ワイングラス越しに視線を交わした。彼は他の客に気付かれることなく、自分の脚を私の脚に近づけた。私は足を彼の太ももに這わせ、自分の髪をかき上げた。

彼が何でもない振りを装い、会話に集中しようとしていたのが分かった。一つの会話がテーブルの上で行われ、そして〝もう一つの会話〟がテーブルの下で行われていた。

ドキドキする経験だった。私は再び女性を感じることができた。ある朝、隣に座っていたブリットが私の変化に気付いた。

「カーリ、あなたは変わったわね。何か私に話したいことがあるのでは？」

他の人皆が気付いていたのかもしれない。気付いていただろう。私たちは自分たちが想像していたほど、隠すのは得意ではなかった。

しかし、そう長くは続かなかった。クラースは私よりも若かった。彼は人生の別のステージにいた。そのことを私は知っていたが、彼と一緒にいると自分まで若いと感じられた。私が離婚者でなく、まだ楽しむ未来があるかのように。

しかし、ただの遊びだった。長続きすることはないのが分かっていたので、終わりにした。疎遠になっていった。電話の回数が減り、意味ありげな視線もどんどん減っていった。すでに終わっていて、彼を愛していないことは分かっていた。もっと息子といる時間が必要で、この関係はうまくいかず、何よりもローゲルのことを考えないといけない、と彼に伝えた。

恋愛ではなかったとしても、クラースは特別な人だった。彼はダニエルと未来にある何かを結ぶ、私の橋だった。そのことで彼に感謝し続けるだろう。しかしクラースとの別れはダニエルをさらに思い出させた。過去に連れ戻された。

リンショーピングでの最初の時期。私は彼に対して不貞を働いているように感じた。何年も経ち、ダニエルを記憶から追い出そうとしても、彼は私の初めての恋人だった。クラースと一緒にいて、恋愛とは何かを思い出した。ダニエルの母親が私に、「また恋を見つけるでしょう」と言ったことを思い出そうとした。

私は自分の年齢でやりたい放題し、終わった関係に悲しみ、自分を愚かに感じた。ティーンエイジャーのように。まだ30代ではあったが、40代へと向かっていた。考えはまだ若かった。しかし責任感は年齢を重ねさせた。親としての責任。私は再び正しい方向性を探そうとした。またローゲルと一緒にいられる時間がもっと多くなり、うれしかった。そして、彼だけを見ることができなかったことに、負い目を感じていた。私は彼に人生の勉強を教えようとした――とにかく母親がすべきことについて。シーモンはいつも微妙な方法ではあったが、人生の勉強を教えてくれ、言わんとしたことはいつも届いていた。シーモンは、全ては遊びだと思わせる巧みな技を持っていた。

ローゲルと私は一定の行動パターンで動いていた――朝は目覚ましの掛け声、朝食、学校へと飛び出し、夜にはキッチンでの宿題、週末は公園での散歩。私は自分の生活と自身の恋愛に忙しく、ローゲルにもわくわくすることが必要ということを忘れていた。

そうしてあの日曜日、いつもと同じように家にいる代わりに私たちは着飾り、彼にサプライズがあると言った。

「サプライズ？」彼はジャケットのボタンを留めている間、目を大きく見開き、傘を取りに行った。彼の背丈は伸びていた。12歳になろうとしていた。大きくなり、母親と出かけるのはあと少しの間だった。彼が私のかわいい男の子でいる時間を大切にしたかった。

私たちはドアを出て数ブロック歩き続け、それから左側に曲がった。ローゲルは歩道の途中で立ち止まった。

「公園はあっちだよ。毎週日曜日は、公園に行っているじゃないか」

「ええ、そうね。でも必ず公園に行かなくてもいいの、ローゲル。あなたに見せたいものがあるの」

巡回式の教会が来ていた。郊外で芝生にテントをはっていた。私たちがそこに到着すると、テントの外に立っていた女性が私たちにあいさつした。「ようこそ」

彼女は腰まで届く長い髪をしていた。グレーのカーディガンと長いパッチワークのスカートを履いていた。私の祖母を思い出させた。

「あなたは誰かしら」と言って、ローゲルに微笑んだ。

「ローゲルです」

彼は地面を見下ろした。彼は初めて会う人の前では、もじもじすることがあった。

「ここを気に入ってもらえるといいのですが……。お入り下さい」

外側は普通のテントのように見えたが、内側は全く異なっていた。廊下と同じ長さのビロードのカーペットが敷かれていて、中には色鮮やかな服を着たたくさんの男性と女性が身体を動かしたり、ゴスペル音楽を歌ったり、手を叩いたりしていた。

ローゲルは見上げ、不思議そうに見ていた。

「これは何？」彼は、リズムとアカペラの歌が気に入ったようだった。

「教会よ」

私はベンチで座る場所を見つけ、彼に言った。なぜ教会をサプライズにしようとしたのか分からない。おそらく、クラースのこと、今周りで起きていることで、自分の進むべき道が分からなくなっていたのかもしれなかった。

儀式の後、私たちが帰路に就いた時に、ローゲルはなぜ、いつもの教会ではなく別の教会に行ったのか尋ねた。

「それはね、あなたにいろいろな教会があり、いろいろな人がいることを知ってほしかったから。そしてあなたは、自分の人生でやりたいと思ったことを選ぶことができるの」

ローゲルは、この意味を理解しようとしているように見えた。彼はいつも何かを考えると額に皺を寄せていたが、まさにそうしていた。そして黄緑色のカエルが歩道を跳ねて横切ったところで、その瞬間は終わった。彼はカエルの後を追いかけ、よく見ようと顔を近づけた。私に見にくるようにと手招きをした。「ママ、カエルがいる！　この色を見て！」

この日彼に一番強い印象を与えたのは、カエルなのか礼拝なのか分からない。しかし、一緒に出かけられて良かったと思った。私は、成長するというのは何を意味するか、みんなと違うと思いながら成長するのはどんな感じなのだろうか、と考えた。彼もまた他の子たちとは異なっていることは分かっていた。そして他の子どもたちがそれに気付いたらどうなるのか、と不安だった。

ローゲルはスウェーデン以外の国に住んだことはない。彼はスウェーデン語を話し、スウェーデン人のように見えたが、同時にノルウェー人であり、ドイツ人でもあり、私と同じようによそ者だった。まだ、彼にその話はしていなかった。

その日私は彼の祖母のオーセについて話そうとしたが、その時期が来ていないと思った。まだ話を聞くには幼なすぎた。彼は問題を抱えることなく、子ども時代を楽しむ必要があった。いつかは真実を知らなくてはならなかったが、それはあの日ではなかった。

12 私たちは再会する―オスロ　1986年

1965年の最初の出会い以来、オーセは何度か私に手紙をよこした。ほとんどは、たわいのない内容だった。天気や時にはペールについて書かれていた――ペールがどうしているか知らされた時にはは。彼らは別々に暮らしていたが、彼女はいつも彼を誇らしく思っているようだった。私はペールと接触できなかったので、彼についての便りを読むのは辛かった。オーセの所で一緒に過ごした、オーセと私の時間を思い出していた。

手紙は短かく、なぜオーセがわざわざ手紙を書くのか、しばしば疑問だった。まるで彼女がいつもどこかにいることを思い出させるかのようだった。彼女はいつも同じように手紙を締めくくった――あなたの母オーセより（Your mother, Åse）と。

実際にこれが私の母の全てだった――何枚かの紙にあのサイン――さっと書いた3つの単語。そして何年もの間に、この3つの単語に多くの意味があることを悟った。20年間に彼女は6通の手紙を送ってきた。そうすることによって、彼女は私の人生の中に存在し続けていた。しかし、今となっては私自身が母親になっていて、この数年はローゲルの面倒を見ていたので、オーセは過去のことになっていた。あるいはそう思っていた。

私が42歳の時、再びオスロへ行った。休暇中、ある旧友を訪ねた。出発前にオーセに知らせようかと思ったが、やはりやめることにした。ただ休暇を楽しむことにした。ことを複雑にしないために。

しかし私の心の奥底では、過去を訪れる準備ができていた。ただそれを認めたくなかった。私はノルウェー行きの航空券を予約した。ノルウェーはオーセを訪ねて以来だった。ローゲルは成長していた。これを最後に、人生のあの部分と和解する時がきたのかもしれなかった。

オスロに到着した時、街の全てのこと——建物の色、通りの名前が書かれている看板、ノルウェー語の陽気な抑揚——全てが母親に会いに行った最初の旅を思い出させた。彼女のことを考えないようにしたが、彼女くらいの年齢の女性を見ると、自然とそちらの方へ顔を向けた。偶然に彼女と出会えることを、ずっと期待していた。全ての年配の女性の顔がオーセの顔と重なり、全ての他人の会話の中にオーセの声を聞いた。お店や街角で偶然彼女と会ったとしたら、どんな会話になるのか想像していた。

全てを過去に残してきたと思ったが、そこにいたことで全てが戻ってきた。感情はあまりにも強く、気持ちを落ち着かせるためには何かしなくてはと思った。何もしないと、気が変になりそうだった。

公衆電話を見つけた。中には電話帳があった。住所を見るためハンドバッグからオーセの手紙を取り出し、彼女の名前が見つかるまで電話帳をめくった。そして、そこには——オーセ・レーヴェとあった。電話番号を押すと、発信音に続き彼女がでた。

「もしもし」

「もしもし……、オーセ？」私は何と彼女を呼んでいいのか分からなかった。「カーリです。今、オスロにいます」

沈黙。

その時、彼女は私を覚えていると思った。忘れる訳がない。

「あなたの所へ、ちょっと行ってもいいかなと思って」

彼女が何か言おうとしているのが聞こえた気がした。口ごもっていた。

オーセは「ええ」と言い、再び黙った。彼女が再び何かを言い出した時、なぜ私がノルウェーにいるのかを知りたいのかと思った。

「新しい住所を持っている？」と聞かれた。

「ここに――あなたの手紙の中に」

「分かったわ」

彼女が、いかにボソボソと話すのかを忘れていた。しかし彼女を驚かせてしまったのだから、と思った。年齢を重ね、しばらくぶりに私の声を聞き、ショックを受けたのだろう。私はいつも彼女に寛容だった。

「カーリ……」

「はい」

「午後の方がいいわ」

「今日の午後行きます」

受話器を置いて、新鮮なノルウェーの空気の中へと出た。

近くにベンチがあり、ショックから気分を鎮めるためそこに座った。彼女はいつも私を緊張させた。私は訪問をキャンセルしようかと思った。彼女は電話ではそっけなかった。私は、もらった手紙のことを考えていた。言葉は今となっては意味がなかった。

急に寒気がして、私が知っている全ての物から遠くにいると感じた。ローゲルを抱きしめたくなった。まだ彼にオーセのことを話していなかった。彼は成人した男性に近づいていた。もう17歳だった。

彼が小さかった頃、マレクサンデルにある祖父母の家で遊んでいたのを思い出した。マレクサンデル――シーモンがいなくなってしまった今、あそこはもう私の家と思えなくなった。今となってはあの家は寒く、彼なしでは部屋は空っぽのように思えた。

ローゲルにおじいちゃんが亡くなったと話した時に、彼がどんなに泣いていたかを思った。シーモンが亡くなった後、彼がヴァールボリと遊んでいたことを考えた。彼は、私が決して見ることがなかった彼女の柔らかい部分を引き出した。彼は寛容だった。そしてあの最悪の日を思い出した。ローゲルが私から奪われた日、彼に別れを告げた時、心が張り裂けそうになった日。しかしローゲルは私を許してくれた。彼は私にもう一回、チャンスを与えてくれた。

私は何年も母のことを考えていた。連絡を取るべきか、そうするべきではないのか分からなかっ

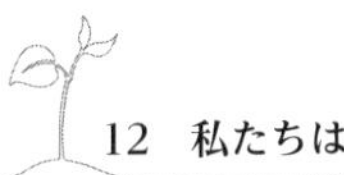

た。そして最後にはいつも、するべきではないと思った。しかし、当時は今よりも若かった。若い人は白黒はっきりさせたがるものだ。今の私はもっと年をとった。自分自身が母親になり、子どもを育てるのがどんなにか大変かを知っていて、時には子どものために厳しい選択を迫られることもあった。

そして今、再びノルウェーにいた。人生が何らかの方法で私をここに呼び戻した。橋の下では大量の水が流れ、もしかすると今度は私がオーセを見捨てたのでは、と思わずにはいられなかった。彼女に対して厳しすぎたかもしれない。もしかすると彼女も何年もの間、私のために厳しい決断をしてきたのかも知れない。

もう一つ考えていたことがあった。母にローゲルに会ってほしかった。そして彼に、私がどこから来たのか知ってほしかった。もし彼女がローゲルを自分の人生に受け入れてくれたら、彼への愛情が芽生えると思った。ローゲルは彼女の柔らかい部分も引き出すだろう。そうしたら私の母の柔らかい面を見出し、愛情が芽生えるかもしれない。

今私は何をすべきか知っていた。もう一度彼女と会わなくてはならなかった。

決心して、中心街に向けて歩いていった。ローゲルのため、そして自分自身のため、もう一度母に会おう。シーモンの死後、より一層自分の過去を知りたいという気持ちが強くなった。心のどこかでオーセが、シーモンが残した空虚を埋めてくれるのを期待した。私は再び守られていると感じたかった。

バスに乗って、オーセの新しい住所へと向かった。私たちの最初の出会いを思い出した。今回ドアは開かなかった。私はノックし、ドアの背後に立っていた。初めて彼女と会った時と同じ感傷的な気分になりながら。なぜだか彼女は依然として私に対して権力を持っていた。そしてそのことは私を不安にさせた。私の人生において、誰にもそのようにさせなかったのに、なぜ私は彼女にそうさせたのだろうか？

私は深呼吸した。何を期待したらよいのか分からなかった。しかし、心にわだかまりを持たないようにしていた。今回は前とは違うだろう。私たちは大人の女性として、話しあえるだろう。私は彼女に聞きたい質問があった。なぜ私を見捨てたのか？　あるいは前回彼女が言ったように、なぜ私が彼女の元から連れ去られたのか？　そしてそれに対して彼女はどう感じたのか？

もう一度、少し強めにドアを叩いた。ドアは開き、そこに彼女は立っていた――オーセ。私は平静を装った。私が覚えていた彼女よりも、ずっと年をとっていた。20年が過ぎたが、彼女は私の心の中で凍りついていた。そして筋が通っていないのはよく分かっていたが、最後に会った時の彼女のままでいてほしかった。彼女は時間の経過とともにくたびれていたように見えた。

「入って」と彼女は言った。笑顔はなかった。

「いらっしゃい」玄関からキッチンへと私を案内している時につぶやいた。

キッチンは狭く、二人でちょうどよい広さだった。私に座るように身振りで示し、私はテーブルから椅子を引き出し座った。彼女は、私の真向かいに座った。彼女を見た。彼女は視線を外らした。彼女は私に会ってうれしくなかった。

私は咳払いした。

「数日間オスロにいるの……。なので会えないかと思って。元気だった？」

彼女は人差し指で目をこすった。

「元気よ、カーリ。コーヒーはいかが？」

「いいえ、結構です」

彼女がそう尋ねたのは、彼女がやるべきことだったたからだ。会話は堅苦しく、沈黙は長かった。

そして、私は再び試みた。

「あなたから手紙をもらって……」

彼女の顔を見て、あの単語の羅列が彼女の顔と一致するか考えた――Your mother, Åse（あなたの母オーセ）。手紙を投函するために、この同じキッチンで、テーブルに向かって、あの言葉を書いていた姿を想像できなかった。しかし彼女は実際にそうしていたのである。気にかけてくれたに違いない。とは言っても、彼女自身の肉と血である私が、今、彼女の目の前に座っているのに、彼女は私と話すことすらできなかった。一瞬、彼女は私の言っていることが聞こえていないのかと思った。

「カーリ、もう忘れない？」私は脈が上がるのを感じた。

「分かったわ。また日を改めて、明日、あなたがもっと……」

「今、私たちは会ったわ。もう会った」

彼女は話している間、私の方を見なかった。その代わりに、疲弊しているかのように両手で顔を覆っていた。まるで私が不合理なことを頼んだと言わんばかりに。

「過去は全て忘れましょう。ただ忘れるの」彼女は言って、私と目を合わせるためにちらっと見上げた。私は何と言っていいのか、分からなかった。

何を言えただろう。

「ええ……」私は黙った。言葉が見つからなかった。

少しの間、私たちは黙って座っていた。

そしてついに彼女は「外は寒そうね」と言った。テーブルから立ち上がり、ドアに向かって歩き始めた。私は当惑した。なぜ彼女が天気の話をすることで、いとも簡単に私を拒絶したのか分からなかった。私は40代の女性ではあったが、再び子どものように感じていた。私は歓迎されておらず、彼女はそのことをはっきり示した。

私はドアまで歩いてドアノブをつかんだ。その時、肩に手を感じた。振り返ると、彼女は手に持っていた美しい刺繍が施された、真新しい白いリンネルのテキスタイルを私に差し出した。私に受け取るように身振りで見せた。

「私が一つ縫って、あなたのおばあさんのアンナがもう一つの方を縫ったの。受け取って」そう言って、私の手の上に乗せた。私は丸めてあるテキスタイルに目をやり、彼女の方へと視線を移したが、それが最後になると知っていた。そして出ていった。

再びバスに乗った。交通量も多くなっていた。急いで中心街へ行き交う人でごった返していた。バスの窓は再び曇っていた。バスがどこへ向かっているのかを見るため、手のひらで窓を拭いた。街の通りを窓越しに見たが、暗い雨の中、人々は帰路へ向かっていた。

一人の男性が道を横断する老女を助けていたが、彼女は彼の腕に自分の腕を預けていた。天気が悪くなると、他人同士で友情が生まれる。人々は家に向かう時、お互いのことを気にかける。私が寒い国で住むことで気に入っていることである。人と人の間のぬくもり。窓に映る自分の姿を見た——一番番見たくなかったもの。その瞬間、自分を見たくなかった。私は愛されていないと感じた。

私は膝の上に置いてあったテキスタイルを見て、ポピーやマーガレットといった花の刺繍が施されているポケットの辺りを指でなぞった。私の残念賞、と思った。オーセを、そして丸められたテキスタイルを与えた意味を決して理解できないだろう。彼女は自分を思い出すものとして、何か私に持っていてほしかったのかもしれない。

そうして彼女は私に選択肢を与えることなく去っていった。１９８６年のあの日、これを最後に自分の過去の扉を閉めなくてはならなかった。

私はローゲルにオーセの話をするのをやめた。あまりにも苦しかった。彼にとっても、このドラマに関わらない方がよい。もう終わり。と少なからずそう思った。しかし自らがコントロールできないものがあり、そして私は次に起こることを、全くコントロールできなかった。

13 失業者の場所

恋愛は思いがけずやって来る――あえて求めていないときにやって来ると言われる。私の場合もそうだった。

クラースの後、ロマンスには年をとりすぎていると決めていた。

ダニエルに恋をし、素晴らしかったが終わってしまった。それについては満足している。恋愛することができない人もいる。私は恵まれていた。

恋愛は人生のそれぞれの段階によって異なっていた。私がティーンエイジャーだった頃は、たくさんのボーイフレンドがいた。いつも恋愛には恵まれていた。男の子たちは私に惹かれていった。結婚生活は短かったとしても、多くの人が生涯経験する以上のことがあった。

しかし、誰かと自分の人生を分かち合うことができたら、と時々考えたことがあった。49歳になってローゲルが家を出ていき、再び一人になった時にその考えは強くなった。私は時間がどこにいってしまったのか分からなかった。しかし、時間は過ぎていき、そのほとんどは幸せな年だった。ローゲルは大学に進学することになっていた。彼は高校を卒業し、先生は彼には才能があり、明るい未来があると言っていた。人生はちょうどそうなるようになっていた。私たちはうまくやっ

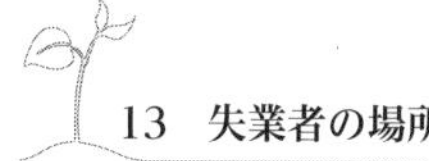

てこられた。彼と私。

1993年になっていた。美しい秋のリンショーピングでの、ある一日だった。木々は茶色、赤色、オレンジ色の葉っぱを落とし始めていた。空気は冷たく、生きていると思い出させるには十分だった。

ローゲルが家を出ていくと、自分のための時間がたっぷりあった。私は市民会館に通っていたが、そこではいろいろな講座や講習会に参加し、人との交流があった。私にはもちろんヴァールボリがいたが、彼女はシーモンが亡くなってから別人のようになってしまった。彼女は温かい人ではなかったが、彼女の中にあったわずかなきらめきも、彼と一緒に死んだ。シーモンが亡くなって、彼女も死にたかったのだと思う。実際のところ恋愛というよりは、目的を失ったからである。彼女は高齢者施設で暮らしていて週末に時々訪問していたが、お互い話すことはあまりなかった。これまでも話すことは、あまりなかったのかもしれない。ヴァールボリと私。シーモンだけが私たちをつないでいて、そして彼はいなくなってしまった。しかしそれでも通い続けた。義務感からだと思う。

オーセは私に手紙を書かなくなっていた。これまで、手紙は予期せぬ時に来ていた。数カ月経つこともあれば数年になることもあったが、ノルウェーからの手紙が届いていた。切手から、そして封筒に書かれた筆跡から分かった。これが私の母であった――私の郵便受けに入るために国を超えて送られてきたこれらの反古（ほご）。しかし、1986年に最後に会ってから手紙は途絶えた。まさに彼女が言ったように、私たちは全てを忘れた。文通は終わった。時々彼女に手紙を書こうと思ったが、ただ自分が腹立たしくなり、ペンを置いた。

彼女の手が、彼女の髪がどんなであったか思い出そうとした。思い出せたと思ったが、イメージは思い出と想像の混ざったものだった。月日が経つと彼女の微笑みは柔らかくなり、触る手は温かく心がこもっていた。何が真実で何が理想だったか区別するのが難しかった。時々、夜遅くに彼女の手紙を取り出して何度も、何度も読み返した。たくさんではなかったが、手紙が来ている間は彼女がどこかにいるのが分かった。しかし手紙が来なくなって、生きているのだろうかと思った。

私はあの日、市民会館に向かって公園の中を歩いている時に彼女のことを考えた。初めて彼女に会った日を思い返した――どんなにか恐ろしく、どんなにか恥ずかしいことだったかを。白日夢を見ていた。あの場所に戻ることができた――彼女のアパートのステンレスの匂いを嗅ぐことができた。首の後ろに緊張が走るのを感じた。突然顔に雨粒がかかり現実に戻った。リンショーピングへと、１９９３年へと。

雨が降り始め、ひどくなる前に雨宿りしようと市民会館のドアまで走っていった。急いで中に入ると、コートから水滴を払った。私は手ぐしで髪をとかし、コートを脱ぎ、受付と館長が何かについて言い争っているのを聞いた。何について言い争っているのか知りたくて、メインルームに入った。彼らは失業者が会館を利用することを認めるかどうかでもめていた。

「そんなのだめです」

気がつくと私は部屋の反対側から遮っていた。失業者の利用に否定的な受付に同感だった。

13　失業者の場所

「何で認めようとするのですか？」と私は尋ねた。

「会館を利用している人はたくさんいます。そして、私たちはたくさんのお金を払っています。失業者を入れなくていいと思います」

「そんなことはない！」部屋の反対側から声が聞こえた。

眼鏡をかけた背の高い痩せた男性が、椅子から立ち上がった。私は彼がそこに座っていたのに気付かなかった。彼はカーキー色のジャケットを着ていたが、会館の緑色にとけ込んでいた。彼が立つと、異常なほど背が高かった。皆、彼を見上げた。

「あなた方は、私のような人を入れたくないということですか？　私は失業者です。私が会館を壊すのでしょうか？」

彼はすごい剣幕で私を見た。彼は私の前にそびえ立った。彼のような人が失業者とは思わなかった。謝らなくてはならない。私の目の前に今、高学歴で失業中のハンサムな人が立っていた。

「ごめんなさい」と私は謝った。「私は決して、そんなつもりでは……」

「そうだ、その通りだ。君は何も考えていなかった。誰も考えていない」

彼は少しの間じっと私を見ていたが、私が反省したことで穏やかな表情を見せ、手を差し出した。どんな反応をしてよいか分からず彼の手を握った。

「スヴェン・ロースヴァルです」と彼は言った。

「初めまして。カーリです」そう言って顔を赤らめた。

彼は笑顔になった。

その後の数週間、私たちは会館でお茶を飲んだり何時間も話したりした。会う約束をしていなかったが、どうしたものかいつも同じ日、同じ時間に遭遇したので驚き合った。

私は49歳だった。この年は私が50歳になる年で——節目の年齢と言われていた。人々は年をとって白髪になり、死に近づく話はするが、年齢に伴う自信については語らない。自信。当然ながら、しこりやイボでいっぱいになり、身体は以前のようではないかもしれない。そして傷や皺もあるかもしれない。しかし、その年齢を重ねた皮膚の方がより快適に感じ、不思議なことに痩せていてミニスカートをはいていた時代よりも心地良いのである。私は、この男性と一緒にいると私自身でいられた。私たちはお互いを笑わせることができた。

数週間が過ぎ数カ月となっていくと、生まれて初めて経験する友情へと発展していった。私は彼に会うことなく、人生のこの段階まできたことを不思議に思った。私たちは何時間も話をした。私たちは議論し合った。彼は私を刺激してくれた。彼には人生観があった。彼の会社は倒産し、失業したが、未来に対して楽観的だった——彼は常に前を見すえていた。私は彼のおかげで、全ての物事の良い面を見るようになった。私の内には、手を施さなければならない傷がたくさんあった。しかしスヴェンと会うまではそのことに気付かなかった。

彼はいつも、たくさんの「なぜ」と「どうして」を私に投げかけた——なぜ私がそれらのことをしたのか、そしてそれについてどう感じたかを尋ねた。私にそんなことを聞いてくれる人は誰もいなかった。ただのカーリだった。私は表面的にはなんとかやってこられた。彼は表面の下にあるものを知りたがった。

私たちの友情はさらに発展し、友情から愛情が芽生え、情熱を感じるようになった。彼は私よりも年下だった。15歳近く年下で実際にローゲルの年齢、あるいはローゲルと私の間の年齢に近かった。

彼はローゲルを知っていた。彼らは同じ専攻で学んでいた。私は息子の知人の一人と友だちになるのは少し不思議ではないかと思ったが、お互いを知れば知るほど、他の選択肢がなかった。私たちの間には強い絆が結ばれ、それはなかったことにはできなかった。ローゲルは私が最初にスヴェンの話をした時、当惑していた。ある晩彼が私の所で、「スヴェン・ロースヴァル？」と不思議そうに言った。彼は驚いていたように見えた。

「そう、あなたは彼に会ったことがあると思う」私は少し慎重に言った。

「彼は、ママには若過ぎない？」

「そうかも知れない……」私は言った。「私たちは良い友人なの」

私は誰もだましていなかった。数カ月が経ち、ローゲルが私たちと過ごすようになり、ローゲルはその考えに慣れ始めたように見えた。彼はおそらく、私を心配していたのだろう。長い間ずっと彼と私の二人だけだった。彼にとって母親以外の私の姿を見るのは、難しいことだった。そしてある日、彼は私たちを祝福してくれた。

「二人はとてもお似合いだと思う。二人はとても可愛い」と彼はからかった。そしてその後は物事がうまく進んだ。

私は息子にはいつも感謝している。ローゲルは親元を離れた今、私の人生に誰か必要だと知っていた。そして私たちが共にいて、笑顔でいるのを見た時にあるべき姿と思った。私たちの新しい家族の形態となった。私はスヴェンを愛していたし、彼と一緒にいなくてはならなかった。私たちが会えば会うほど、彼と一緒にいたいと思った。

私の50歳の誕生日が近づいていた。二人の年齢差を思い出させるので、誕生日のことをスヴェンに話したくなかった。しかし彼は当然知っていた。彼はたったの35歳だった。彼の50歳はずっと先だった。私はその日をどう過ごすか、あまり考えていなかった。

「夕食はどうかしら」私はスヴェンが尋ねてきた時、そう提案した。

「だからといって豪華でなくていいわ。素敵な夜を過ごせたら。私たち二人だけで」

誕生日当日は遅めに起床し、遅い朝食を食べようと思ってキッチンをうろうろしていた。予定では日中は家でゆっくり過ごして、夜はお気に入りのレストランで夕食をすることにしていた。ドアローゲルが別のアイデアを持っていたなんて考えてもみなかった。ドアを叩く音がした。ドアの掛け金を回すと、あっけにとられた。私が生涯教育の講座で出会った3人の親友がドアの外に立っていた。

「サプライズ！」彼らは叫んだ。「お誕生日おめでとう！」

「あらまあ！」と私は言った。

「ここで何をしているの？　なんて素敵なサプライズなんでしょう！」

「待っていて。まだ他にもあるから！」エーヴァ＝ブリットが言った。

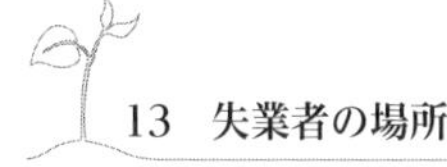

13　失業者の場所

「着替えて、カーリ！」とイングリードが言い、家の中へと追い立てた。

「急いで着替えて」彼女は時計を見た。「あまり時間がないから！」

「一体どういうこと？」と聞いた。突然、我が家を襲った歓声と興奮にとまどった。全ては大騒ぎのように見えた。

「急いで！　遅刻するわよ！」と彼女は叫んだ。

「分かった、分かった」二階の寝室に駆け上がり、何か着るものを探した。

「パンツを履いて！」イングリードが下から叫んだ。

「了解！」私は急いでブラウスを着て、ジーンズを履いた。

そして急に静かになった。私は他の皆がまだ残っているかどうか見るために、寝室の窓越しに外を見た。玄関のドアは開いていた。車のドアが閉まる音がして、クラクションが聞こえた。家の鍵をつかむと、一体これは何だろうと思いながら外へ出た。

エーヴァ＝ブリットが座っている車の後部座席に飛び乗った。皆振り返り、私を見た。私は急いで着替えたので慌てていた。

「さて……」とベーリットが言った。「わくわくしてる？」

私は笑った。「本当に何が何だか分からないわ！」

エーヴァ＝ブリットは、長いシルクの布を自分のハンドバッグから出した。

「これを使って」と彼女は言った。

「何に使うの？」不安は感じたが、笑った。

「カーリ」イングリードが、布を指差しながら説明した。「一番最後に驚くために、これで目隠しをして」

エーヴァ＝ブリットはその布で私の目を覆い、頭の後ろで結んだ。

「きつすぎない、大丈夫？」と彼女は私の肩に手を置いて尋ねた。

「大丈夫！」と答えた。「拉致されるみたい！」

彼らは笑っていた。車は走り続けた。まるで一番長いドライブに出かけているようだった。閉所恐怖症になりそうだった。道の全ての凸凹を感じとることができた。窓を開けるために開閉用のハンドルに手を伸ばし、冷たい風が顔に当るのを感じた。

「もうすぐ着くの？」

「あと少し！」急に勢いのついたエーヴァ＝ブリットがそう言った。

数分後、車は止まった。

「着いたわ！」とイングリードが言い、車のドアが開閉する音がした。

「カーリ、あなたが降りるのを手伝ってあげる！　目隠しはそのままにしておいてね」エーヴァ＝ブリットが言った。

車のドアが開き私は降りた。エーヴァ＝ブリットが私の手を握って言った。

「大丈夫だから。支えているから！」

私はゆっくり慎重に歩き始めた。エーヴァ＝ブリットは小さくて痩せていて、私が転んでも支えられないと心配した。

13　失業者の場所

そして靴の下で、砂利のザクザクとする音を聞いた。

エーヴァ＝ブリットは私を抱きかかえ、数歩前に導いた。「準備はいい？」

私は空気にガソリンの匂いがするのを感じ、セスナ機がブルブルと音を立てているのを聞いた。サーブ社で働いていたので、航空機のエンジンを何キロも離れた所から聞き分けられるようになっていた。「大丈夫！」と言った。そしてこれから起こることがとても気になっていた。イングリードは目隠しを取り払った。私は日の光に慣れるために目をぱちぱちさせ、目の前にあるものに焦点を合わせようとした。私たちは地方の空港の駐機場にいて、私の前には「PARACHUTE JUMPING（パラシュート・ジャンピング）」と大文字でかかれた垂れ幕があった。

「なんということでしょう！」私は叫び、驚きから口を開けたまま辺りにいた人たちを見回した。

「お誕生日おめでとう、カーリ！」

ちょうどその時ジャンプスーツを着た男性が格納庫から出てきて、私たちに微笑みかけた。

「あなたがカーリですね」彼はあいさつした。

「私はエーリックです。なんというサプライズでしょう。何歳になったのですか？　あるいはご婦人に年齢を尋ねてはいけませんか」彼は他の人を見て、意味ありげにウィンクした。

「気をつけて！」とベーリットは言った。「なんということでしょう……。彼は制服を着ているわ！」

「本当にびっくり！」そう言って、私は手に口を当てた。

「もう時間です」エーリックは笑いながら言った。「飛行時間がきました。あなたの番です」

私たちは飛行機に搭乗し、離陸した。それから空中をどんどん上昇していった。これまで、こんなに生きていると感じたことはなかった。エンジンはとどろき、機体のドアは大きく開いていた。見えてきたのは何十キロにも伸びているスウェーデンの田舎だけだった。

「怖いですか?」エーリックが尋ねた。

「大丈夫、準備できてるから」と返事した。本当にそう思っていた。

「了解です。では私が言ったことを覚えていますか。5、4、3、2、1!」

私は足が鉄製の柵を離れ、突然、大気の中を飛んでいるのを感じた。私の下に広がる世界はどんどん近くなっていった。エーリックがストラップを引くとパラシュートが開き、私たちはゆっくりと下降し始めた。全てはゆっくりとなり、私は空高く、雲の合間を浮かびながら辺りを見渡した。魔法のようだった。彼に、私たちがいた所からマレクサンデルが見えるかどうか尋ねた。彼は指差してくれ、地面へ滑りながら戻る間、遠く離れた所にマレクサンデルの湖や森があるのがすぐに分かった。

その日の後半は、気分が高揚していた。素晴らしい誕生日プレゼントだった。ローゲルのアイデアに、みんなが協力してくれた。彼は私が喜ぶのを知っていた。そして、みんなから愛されていると感じられた。私たちが何年か前、空港のパラシュート・ダイビングの広告の前を車で通り過ぎた時に一度話したことがあった。後で私は、スヴェンがこの計画に参加したがらなかったと知らされた。彼は関わりたくもなければ、何も起きなかったことにしたかった。彼は私が安全に着地するまで、落ち着かなかったそうだ。私の身に何か起こるかもしれないという考えが彼を凍りつかせた。そのことはよく分かった。私も彼と同じだったと思う。その時、彼が私のことを、本当に心配してくれているのが分かった。

こんなこともあり、彼が一緒にアイルランドに引っ越さないか、と尋ねた時に決定は簡単だった。私は地図を取り出し、アイルランドがどこにあるか見た――ヨーロッパの西側にある小さな島。大きな挑戦になるだろう。スヴェンはアイルランドの「マイクロソフト社」から仕事のオファーがあり、私について来てほしかった。私は即決した。

「引っ越しましょう！」

そして数週間後、私たちの生活を詰め込み、スウェーデンに別れを告げた。私は人生の新しい章を踏み出す準備ができていた。

14 アイルランド 1997年

「アメリカへ行く前のラストストップ」スヴェンは私たちが飛行機に搭乗した時にそう言った。私は笑った。これは冒険になると感じた。もう私をスウェーデンに引き留めておく理由がなかった。ローゲルは自分の人生を切り開き、仕事で忙しくしていて、ヴァールボリは亡くなっており、私は何か新しいことをする準備ができていた。スヴェンの仕事は将来が約束されていて、アイルランドの経済は成長していた。可能性でいっぱいの島だった。

ダブリンは私たちの新しい『家』となった。私たちには大きなステップになるのが分かっていたが、直面する全ての階段に本当に準備ができていたか、まだ分からなかった。少なくとも彼は。

「結婚について考えたことがある？」ある晩、食事をしていた時にスヴェンに聞いた。彼はワインを少しずつ飲んでいた。

「少し様子を見よう、カーリ。あまりにも急で重すぎるかもしれない。僕らがどうなるか様子を見てみよう」

私は、私たちの関係に時間をかけることに賛成だった。二人とも大人だったし、お互いが出会う前に、それぞれ長い人生を送っていたのである。私たちは恋愛についてはナイーブではなかっ

た。大きな決断をする前に、うまくいくか試してみたかった。

私は年齢差が理由の一つだと思った。私たちは特別長い間、知り合いだった訳ではない——たったの4年——そして今や私たちは新しい国にいた。友人や家族、私たちにとって近しいものから遠く離れていた。これは究極のテストだったのかもしれない。

私たちはダブリンで一緒に暮らし、家庭をつくった。数カ月過ぎるとお互いの存在に居心地の良さを感じ、正しい選択だと感じられた。直ぐに私たちの関係がテストに合格したと思った。どこにいても一緒にうまくやっていけた。

1998年のバレンタインデーに、スヴェンはプロポーズしてくれた。私は二人のために料理をしようと、買い物に出かけていた。いつもそうするように家まで近道をした。しかし緑地を曲がろうとすると、何か奇妙なものを目にした。スヴェンの車が私道にあった。彼はその日は仕事をしているはずだった。少し速めに歩いて、何も起きていないことを願った。

私道で立ち止まった。スヴェンはドアの所に立って私を見ていた。彼は、私が通りを上がってくるところを見ていたに違いない。

「スヴェン」と言って、真っ直ぐ彼の所へ行った。「大丈夫？」

その時、彼がまじまじと私を見ていたのに気付いた。何かが起ころうとするのを感じた。ドアまで歩いて行った。私は話そうと口を開いたが、スヴェンは私の唇に自分の指を押し当てた。

「カーリ」と彼は言った。「何で僕を愛しているのか、言ってくれる？」

私は彼を見て微笑んだ。「あなたは優しくて、思いやりがあって、面白い。私たちには共通点がたくさんあるし……」

私はまだ続けられたが、スヴェンはさえぎった。

「カーリ、僕と結婚してくれないか？」

「もちろん！」即答した。出入り口で抱き合いキスをしていたので、隣人たちみんなから見られていた。映画の瞬間だった。レジ袋は私の足元に落ちた。両腕で彼を抱きしめ、一生離したくなかった。

「あなたのような男性を見つけられて、なんて幸運なのかしら？」そう言って彼の目を見た。

「幸運なのは僕の方だ」と彼が返した。

「どこで結婚しようか」

翌日、ペラゴニウムを植え、庭をきれいしながら彼が言った。素敵な日常に戻った。どこでするか、という質問だけが残っていた。

「市民会館なんてどうかしら？」

スヴェンは笑ってうなずいた。「それがいい」

数週間後、私たちは飛行機でスウェーデンに帰った。二人とも華美なものは望んでおらず、親しい友人や親族と簡単な式を挙げるだけでよかった。私はシーモンが一緒にいてくれればと思ったが、彼は空から笑顔で私たちを見守っているのを知っていた。

市民会館の天井からは、色とりどりの細長い旗がぶら下がっていた。会館には二つの長いテーブルがセットされ、真ん中に道がつくられていた。

全ては準備されていた。友人と親族が到着した。音楽が流れていた。そしてあの大きな一瞬がやってきた。

「あなたスヴェンは、カーリと……」

「はい」

「あなたカーリは、スヴェンと……」

「はい」

全ては完璧だった。お祝いは素晴らしかった。コンフェッティが宙に舞った。私たちはケーキを食べシャンパンを飲み、夜が更けるまでダンスした。

「信じられない」

私たちがテーブルに座り辺りが一瞬静まった時にスヴェンがそう言った。

「ええ、そうね」と私。「考えてもみて、ちょうどここで5年前に初めて握手したのよ」

「そして今、私たちはここにいる。ロースヴァル家として！」

人生がどうやって私たちを導いたか不思議である。

結婚式を終え、アイルランドに帰ってからスウェーデン・コミュニティの人たちや友人、隣人らが私たちの結婚をお祝いするためにパーティーを開いてくれた。私たちはシャンパンの栓を抜くと、私は再び若いと感じ、さらにもっと大事だったのは、家を感じたことである。新しい感覚だった。こんなに安心し守られていて、何か困った時、誰かが私のことを気にかけてくれると感じたことはなかった。お祝いの最中にスヴェンの視線を捕まえ、これが私たちのあるべき姿なのだと思った。お互いを見つめ合うと、周りの喧騒はどこかへ行ったかのようだった。まるで彼と私しかいなかったかのように。カーリとスヴェン。こんなに幸せだったと感じたことは、一度もなかった。

まるで若い鳥が巣を作るかのように、二人だけの全く新しい生活を作るかのような、とても希望に満ちた時間だった。

ある日、新しいソファーベッドを買うために家具店に行った時、お店の中で注目を集めていたようだった。人々は私たちをじっと見ていた。

ついにユニフォームを着たティーンエイジャーらしき店員が、私たちの前にやってきた。「何かご入用でしょうか?」彼は尋ね、出口にいた警備員に目をやった。

私たちは、ショールームの真ん中にあるソファーの一つに一緒に横になってみた。「キスするのに相応しいか、試さなくてはならなかったんだ」と、彼に言った。

彼は数秒私たちを見て、走り去った。おもむろに嫌気を見せて。私たちは笑った。私たちは愛し合っている。こういうことは、若い人たちだけのものと思われがちである。そういうふうに頭に刷り込まれている。しかし誰のものでもあるのだ。

私たちは今でもお互いを笑わせることができる。言動の中にある唯一大切なこと。私はその瞬間が好きだった。私は、異国でもう一度最初からやり直した。過去が再び目を覚ますまで。

「君の出生証明書のコピーが必要らしい」書類を調べていたスヴェンが言った。私たちは家を買うにあたり、銀行から融資を受けようとしていた。

「本当に必要なの？」

「そうみたいだ」

「それは残念、私にはそういうのがないの」

私はこれまでの人生で公的な書類を提出しようとすると、毎回この問題に直面するのに、うんざりしていた。

「分かっている。でも何かないの？　何か提出できるものは？」

「本当に何もないの」

人生を通じてこの質問「どこで生まれましたか？」をされるたびに、なんと答えたら良いか分からなかったが、公的な書類を記入する以外は、なんとかなっていた。

ほとんどの人にとっては四角にレ点を入れるだけのことだったが、私にとってはいつも問題であった。ノルウェー生まれというのは分かっていた。というのもオーセがそう言っていたので。しかしそれを裏付けるものが何もなかった。

「なんとかなるだろう」とスヴェンが言った。

「過去から逃れられない」と私は言った。「特に過去を持っていない人は」

スヴェンは、その話題を取り上げたことを後悔しているようだった。私がそんなふうに反応したのは彼に対して不公平だった。

「僕がこのことに触れなければ良かったね。僕は、君が出生証明書がないのを知っていたのに。

でも道はあるはずだ」

そして確かに道はあり、私たちはダブリン南部の郊外にあるダンドラムに家を買うことができた。最初に家を見に行った時、隣人たちがお茶に招待してくれた。私たちがそこに住むべきだと思った瞬間でもあった。正しい場所だった。

私たちは数カ月、壁のペンキを塗ったりカーペットを敷いたりして費やした。家の一部はアイルランドで、一部はスウェーデンだった。スウェーデンの友人らに、新しい国での生活に適応しながらやっているのを知らせるために、ブログを始めた。慣れるのが一番大変だったのは、アイルランドの方言だった。スウェーデン人の耳には難しい、とブログに書いた。声は熱意に満ちていたが、聞き取るのは難しかった。冗談を取り違えることもあるので、笑うところをおさえるのに気を遣った。ともあれ私たちはよく笑った。そして直ぐに私たちはダブリンなまりに慣れ、自分たちをプロのように感じた。ダブリンから離れた田舎で、もっと強いなまりに遭遇するまでは。その時、まだ学ぶものがたくさんあると思った。

私たちは新しいものを受け入れるのが大好きで、国中のありとあらゆる場所へ行った。たくさんの新しい人と会おうと心がけていた。スヴェンはあるバイククラブにまで入った。彼はバイクが大好きだった。ある日彼が帰宅すると、24人の名前が掲載されたリストを見せてくれた。「会員全員の名前を掲載しているということは一つの挑戦だ」と彼は語った。「皆に会いに行かなくては」

彼はリストのそれぞれの住所にバイクで行き、それを証明するために写真を撮ってこなくてはならなかった。彼はその挑戦を受けて立ち、ルートを計画し始めた。

毎週末、彼は私にキスをして、新しい場所を探求するためにバイクにまたがった。私はアイルランド地方女性協会に入った――それは女性のグループで毎週集まり、手仕事をしたり講演会に行ったり遠足をしたりする会である。

そしてスヴェンと私はたくさんの休暇を一緒に過ごした――私たちは南米の友人を尋ねたり、ヨーロッパの都市を探検したりした。

もしスヴェン・ストルペが今の私を見ることができたら！　と私は思った。私はマレクサンデルから遠く離れたところにいた。

私たちは人生を楽しんだ。さらに私たちが「アイルランドの時間」と呼んでいた生活を始めた。時間が経つにつれ、アイルランドのリズムの中で心地よく過ごせるようになった。人間が全てで、時間厳守はどうでもよかった。アイルランドでは、遅刻は許されていた。実際に遅刻するものと思われている。私たちがそれを学ぶのには、少し時間がかかった。8時に招待され、ちょうどその時間に訪問したなら、それはホストに迷惑なことだった。8時と言うのは、一番早くて8時30分を意味するとすぐに学んだ。

私たちはこれら全てを時間の流れと共に学び、そして時は過ぎていった。

気がつけば10年が過ぎ、私たちはアイルランド人よりもアイルランド人ぽくなっていた。もはや新参者ではなかった。地元民だった。

ある晩、アイルランド・スカンジナビアクラブでの夕食会に招待された時、何時に行ったら良いのだろうと考えた——アイルランドの時間、あるいはスウェーデンの時間なのであろうかと。私たちは真ん中をとることにした——8時15分。このパーティーが残りの私の人生を変えようなんて思っても見なかった。あやうく欠席するところだった。

15 ビヨーン

寒い冬の夜のことだった。

「カーリ！」スヴェンが車から叫んだ。彼は窓の氷を溶かすためにエンジンをかけっぱなしにしていた。

私はチェストの中から手袋を探していた。

「カーリ、遅刻するよ」

「今行くわ！」

友人の家に到着した時、辺りは騒がしくなっていて、友人は私たちのためにワインをとりに行った。暖炉の火はパチパチと音を立てて燃え、家の中を暖かく感じ良い雰囲気にしていた。寒い外から中に入ってほっとした。ディナーが振舞われるのを待っている間、客たちは居間で歓談していた。歓談には見たことのない顔もあった。アイルランド・スカンジナビアクラブの良いところは人と人をつなぎ、いつも新しい人と知り合いになれたことだった。

私はスウェーデン人の女性との話しに夢中になっていたが、彼女は急に向きを変え、一人で立っている男性に紹介しようとした。

「カーリ、あなたはビヨーンに会ったことはある？」彼女は彼を会話に入れようとして尋ねた。

「こんにちは。どこからきたの？」と彼は聞いてきた。

「ダンドラムよ」

「いやいや、本当の出身は？」

私は再びダンドラムと言いたかったが、その代わりに「スウェーデン」と言った。

彼が聞きたいのは、これかと思った。

「カーリってスウェーデン人ぽくないね。スウェーデンのどこで生まれたの？」

「それが……。実際にはスウェーデンでは生まれていないの」

「では、どこで？」

「ノルウェーで」

「僕はノルウェーが大好きなんだ。夏によく行くんだよ。どの辺？」

「オスロよ」

「いいね。ではなぜスウェーデンで住むようになったの？」彼は一握りのナッツを口に放り込んだ。

「ええ……。私はスウェーデンで大きくなって」

なんという質問の数だろう。

「君の両親がスウェーデンに引っ越したの？」

「いいえ」と私は言った。小さなグループの人たちが私を見ていた。

15　ビヨーン

「養子に出されたの。生みの母はノルウェー人なの」

　私は一握りのスナックを取ろうと、コーヒーがセットされているテーブルに近づいた。会話がもう終わることを祈りつつ。

　私は肩に手を置かれるのを感じた。また、ビヨーンだった。

「カーリ、奇妙に聞こえるかもしれないけど、何年生まれか聞いてもいいかな？」

　まさに尋問だった。

「ちょっとおかしいのでは？　あなたのことを何も知らされていないわ！　あなたがビヨーンと言う以外には」

「分かってる……。申し訳ない。僕はただ……、興味があって」

「１９４４年。でも、女性には年齢は尋ねないものでは？」

「心配しないで。ここでは皆友人だよ。お母さんのことをどのくらい知っているの？」

　個人的な話に踏み込んできた。養子と言ったらそれ以上聞かないものだ。最悪の事態を想像して話題を変える。

「そうね……。あまり知らないの。彼女がノルウェー人というくらい」

「そして、君のお父さんは？」

「会ったことはないの。彼はドイツ人だった」

「ドイツ人だって？」

「ええ」

ナッツを取った。

「何のこと？」

彼は自分の考えを言うべきか言わないべきか、ためらっているように見えた。さらに一握りの

今となっては、私も興味があった。「何のこと？」と聞いた。

「そうだね、どう話したら良いか分からないのだけど……。忘れて」

「あなたは私を困惑させたわ、ビヨーン」

「君の家族の過去について調べてもいいかな」

私はワインを一口、口に含んだ。

「なんでもないのかもしれない。でも、確認したいことがあるんだ」

「どういうこと？」

「1944年って言ったよね？」

「ええ」

「そして君のお母さんの名前は？」

「オーセ・レーヴェよ」

「分かった。君に連絡する」と言って、部屋の反対側へと消えた。

私は何が起きたか分からず、ぼうぜんと立っていた。スヴェンが私の隣にきて、肩を抱いた。

「大丈夫？」心配そうに聞いてきた。

「大丈夫」と言って、続けた。「だと思う」

夕食の間、私はずっとビヨーンを観察し、彼が何者であるか知ろうとした。彼はごく普通で、私が想像しうるような変わり者ではなかった。私が受けた印象から判断してとても知的だった。彼はアイルランド・スカンジナビアクラブの歴史学者で、アイルランドとスウェーデンの歴史に長けていた。少なくともそのことが、私の家族の過去への興味の理由なのかも知れなかった。それでいても全てが不思議だった。

その晩、帰宅すると私たちの会話のことを、スヴェンに話した。私は彼が不思議に思うか、知りたかった。

「いいや、彼が協会のためにやっている何かだと思う。彼はあそこで、歴史学者として何らかの役割を務めているのではないかな。心配しないでいいと思うよ。デザートは美味しかったね」

私たちは次の月曜日まで、ビヨーンのことはそれ以上考えなかった。書斎でパソコンに向かってローゲルにメールを書いていた時、スクリーンの一番下に「ビヨーンからのメールを受信しました」というメッセージが表示された。リンクをクリックすると、彼からのメールが開いた。


こんにちは、カーリ。

先日、アイルランド・スカンジナビアの夕食会でお話しできてうれしかった。僕は君の家族の過去について、少し調べてみた。

君が興味を持つ情報があるかもしれない。時間があったら教えてほしい。コーヒーを飲みながらでも、その話ができればと思っている。

心をこめて　　　　　　　　　　ビヨーン

メールを閉じて、このメッセージで一体何を伝えようとしているのか考えた。誰かが自分のことに介入してくるのは本当に好きではなかった。

ローゲルへのメールに戻った。今、私の息子はストックホルムの日本大使館で働いていて、出張で東京に行っていた。彼の私へのメールは20分前に送信されており、彼がオンライン中に、私たちが彼のことを考えていると伝えたかった。

ローゲルにメールを送り、壁の時計を見た。午後5時35分。スヴェンがまもなく帰って来る時間だった。急いでキッチンへ降りて、グラタン用のジャガイモの皮を剥き始めた。数分後、ドアを開けてスヴェンが入ってきたが、息を切らしているかのようだった。

「僕はこの晴天を楽しむため、自転車に乗ったよ」と言って、私の頬にキスして居間へと向かった。彼は自分の鞄を投げ捨て、ソファーに倒れこんだ。「おー！」と言った。「気分がよくなったよ！」

夕食の支度を終え、私たちはテーブルについた。スヴェンは疲れているように見えた。彼は事務所で忙しい日を過ごしていた。職場での地位は多くの責任があることを意味し、プレッシャー

15　ビヨーン

は常に大きかった。しかし彼は有能で、動じることはなかった。プレッシャーに翻弄されることはなかった。私は男性の中のそうした側面に魅力を感じていた。安心感を与えてくれた。

彼は、二人で作っている鉄道模型に必要な部品を幾つか入手したと話した。夕食後、居間に移動した。静かにそこに座り、車両の一部を典型的なスウェーデンの赤色に塗ることで夜を楽しんでいた。その時突然、メールのことを思い出した。

「どう思う?」メールの内容をスヴェンに伝えて、聞いた。

「彼に会うべきだと思う」

彼はビヨーンが好きだった。彼らはあの夕食会でかなり話していた。スヴェンもまた詳しい歴史学者であり、ビヨーンの知性と好奇心を評価しているのが分かった。

「彼の話は聞く価値があるのでは」とスヴェンは言い、ミニチュアのエンジンの部分を黒く刷毛で塗った。

「もしかすると、彼は協会の歴史的な文献に君の助けが必要なだけなのかもしれない。さてなんだろうか。コーヒーを飲みながら会ってみたら」

翌日、私はビヨーンのメールに返信し、週末に彼を家に招待した。

その土曜日、ドアを叩く音がした時、スヴェンと私は庭にいた。

「鍵は開いているよ」とスヴェンは叫んだ。「僕らは家の裏にいる」

ビヨーンは私たちの声がする方へ来て、戸口から私たちの仕事を見て感心した。

「素晴らしい庭師だ！」と彼は言った。

「だんだんと形になっていっているわ」私は庭用の手袋を外し、シャベルが危くならないように土に刺した。私たちは手と靴の土を払い、キッチンへ入った。

「さあ、コーヒーとビスケットを食べましょう」そう言ってケトルを火にかけた。

私たちが座るとすぐ、ビヨーンは核心に触れてきた。

「カーリ……、先日の僕の振る舞いについて説明しなくてはならない。君のことである予感がしたんだ。そして結果的に、僕は正しかったと思う」

「続けて」スヴェンは言った。私を助けるように。

「そうだね。君にとってショックかもしれない。でも僕が間違っていることも考えられる……」

「どういうことなの？」とビヨーンに尋ねた。彼がこれから話そうとしていることに、急に不安を感じた。

「ノルウェーのある団体が僕らに連絡をしてきたんだ。彼らはあらゆるスカンジナビア協会に、ノルウェー人が巻き込まれている裁判の件で連絡を取っているんだ、影響を受けている可能性のある人は事実を知るべきだと」

「裁判って？」

「そうだ、カーリ、でも心配しないで」彼は、私が不安になり始めたのが分かった。スヴェンと私は目を合わせた。

「ビヨーン、ありのままを話して。僕たちは受け入れられるから。それが何であれ。カーリは今までの人生で、多くの経験している」

ビヨーンは私を見た。

「僕は、君が『レーベンスボルンの赤ちゃん』だったと考えられると思うんだ」

何を言い出したんだろう……。まるで言葉が宙に浮いているようだ。

「それは何を意味するの？」

「そう、はっきりとは分かっていないのだけど……」

「そのレー、ベンス、ボルンってなに？」

「さて……、どう説明したらいいだろうか。第二次世界大戦の時、ドイツ人は、つまりナチスは青い目で金髪の子どもを産ませることによって、『特別な種族』をつくりたいと思ったんだ。そして彼らはナチス親衛隊との子どもをつくるように、アーリア人の特徴を持っている女性を選んだ。そうした将校たちは、アドルフ・ヒトラーとナチスに対して忠誠を誓ったエリート軍隊に属していて……、そして……、どうやってこのことを言ったらいいか……」

「続けて」とスヴェンが言った。

「さて、女性の多くはノルウェー人だった。そして戦争が終わると、子どもたちはスウェーデンに送られた。これが君の名前、養子縁組、そしてスウェーデンへの引っ越しを説明している。そして君のドイツ人の父親」

「親衛隊？　ナチス？」全ては、別世界のことのように聞こえた。

スウェーデンは相対的に戦争からの影響は少なかったので、ナチスについて深く考えたことがなかった。

「残念ながら、そうではないかと思っている。レーベンスボルンは、ハインリヒ・ヒムラーの指揮のもとに行われたプロジェクトだった。僕は、ノルウェーの歴史学者ラーシュ・ボリエシュルードの著書を一部読んだ。君が望むのであれば、彼と会えるようにする。彼は僕から得られる情報よりも、もっと多くのことを知っているはずだ。先にも言った通り、僕が完全に間違っているのかもしれない。しかし僕たちは、このプロジェクトに関わった人に、この情報を知らせるように頼まれたんだ。レーベンスボルンの子どもの団体が、自分たちが晒されていたことに対して損害賠償を求めているので。僕は、君が知っておいたらいいのではないかと思っただけなんだ」

「全てのことが……、こじつけのように聞こえるわ」私は反論した。

「分かっている。そして僕が言ったように、実際はなんでもないのかもしれない。もし君が望まないのであればこのことは忘れよう。二度とこのことについて話す必要はないよ」

過去を再び掘り起こして、母をこれに巻き込むという考えは、とても荷が重いことのように思われた。

「もう忘れよう」とビヨーンは言った。

「こんな話をして悪かった。僕が口を出すことではなかった」

「でも興味があるわ」と言ってから、自分でも驚いた。「私は知り得ること全てを知りたいの」

「分かった」とビヨーンは言った。「できるだけ力になりたい」

「私は前にも、自分の過去について情報を探したことがあるわ。でも……、簡単ではなかった」

「さて、これが助けてもらえそうな歴史学者の名前だ」彼は紙に、名前とメールアドレスを書いた。「とにかく、これがスタートだよ」

話が終わると、私たちはビヨーンが来てくれたことに感謝し、さようならと手を振った。ドアが閉じられる前に、彼の語ったことを整理し始めた。

レーベンスボルン――それが何を意味するか理解できなかった。彼は、ナチス親衛隊について話していた。私は、母が父について触れた言葉「彼は優しい人ではなかった」を思い出した。彼について知り得たことは、ドイツ人ということだけだった。彼がナチス、あるいはエリートのナチス親衛隊であるとは、みじんも考えなかった。その晩は眠れず、ただ寝返りをうっていた。

スヴェンを起こしてしまった。

「大丈夫、カーリ？」

「うん……。ただ寝られないだけ」

「なるべく考えないようにしないと。君が関係している証拠は何もない」

「そうね、あなたの言う通り。ただ……、もし……、そうだったら？」

16 過去を掘り起こす

翌日、レーベンスボルン・プロジェクトについてもっと語ってくれそうな、歴史学者のラーシュ・ボリエシュルードにメールを書き始めた。彼に、ビヨーンが言及したことについて助けてくれるかどうか尋ねた。自分が知っているわずかな情報を、彼に教えた――母オーセ・レーヴェは1944年にオスロで私を生み、父はドイツ人であったがそれ以上彼については知らないこと。それから私が3歳の時にスウェーデン人家族に養子に出されたこと。『暗黒の3年』に起きたことは何も知らないことを。

途中でキーボードを打つのを止めた。バカバカしい、と思った。見ず知らずの人に、想像も及ばないようなことを尋ねるために私の過去を語っていた。それまで打った言葉を消し始めたものの、再び手を止めた。ビヨーンの言葉が真実ではないと思われる理由を探した。しかし、彼が話したことのほとんどは納得がいった。もし、彼の言ったことが本当だったとしたら？　私は養子に出され、ノルウェー人の母とドイツ人の父がいた――彼が、プロジェクトについて話した内容と合致していた。私が、スウェーデンの孤児院にいくことになったことを説明していた。

その可能性はあった。ビヨーンがあの恐ろしい言葉「レーベンスボルン」「親衛隊」「ナチス」

を口にしてから、他のことが考えられなくなった。安堵が必要だった――それらの何れもが私とは関係ない、と確信する必要があった。メールを歴史学者に送信した。

翌朝は早く目が覚めた。スヴェンが仕事へ行くために、玄関のドアが開き再び閉まる音を聞いた。書斎に行って、メールが来ていないかチェックした。新しいメールが３通届いていた。

一つはローゲルからで、件名は「日本からのあいさつ」だった。もう一つは「こんにちは、カーリ」とリンショーピングの私の友人から。そして３通目はビヨーンからで、「昨日」だった。歴史学者からは何もなかった。

ビヨーンからのメールを開けると、先日のお礼と今後の究明に幸運を祈っているとあった。全てのことを説明した方法が間違っていた、と謝っていた。あまりにも自分勝手だと私に思われていないことを祈り、もし私がそのことについてもっと話したいのであれば、喜んで応じると書いていた。歴史学者から何らかの返事が来るまでは、何も考えないことにした。

アイルランド地方女性協会の手工芸フェアでの販売会を控えていた。グリーティングカードづくりの続きをしようと、階下へ降りていった。いつもは切ったり、貼ったり、縫ったりするのは気分転換にとても役立ったが、今回はだめだった。ビヨーンとの会話が、頭を離れなかった。

レーベンスボルン、親衛隊、ナチス――それらは衝撃的な言葉だった。それまで知らなかった概念が頭の中でぐるぐる回っていた。手がかりを探るために、母親と話したことをもう一度思い起こしてみた。しかし、オーセは秘密を守るのに極めて慎重だった。彼女が話していたあらゆることは、何の手助けにもならなかった。頭痛がしたので、２階のベッドに戻り、掛け布団の下に丸まるとすぐに眠りに落ちた。

次に聞いたのは、玄関のドアが開閉する音だった。おそらく一日中寝ていたのだろう。スヴェンが階段を上ってきて、私を呼ぶのを聞いた。心配しているようだった。帰宅する時に私が出迎えなかったのは、いつもの私らしくなかった。彼の足音が近づき、寝室のドアが開けられた。

「大丈夫かい？」

「昨夜あまり寝られなくて。少しだけ休もうとしたら、ずっと寝てしまったようね」

「お腹すいている？　ご飯作るよ」

「うん」半分眠りながらつぶやいて、再び横になった。

再び目を覚ました時にはスヴェンはドアを腕で抑え、トレーを持って入ってきた。

「ベッドでの夕食」と言って、トレーを置いた。

私は起き上がって膝の上の羽毛の掛け布団の上に場所を確保した。

「ありがとう、スヴェン！　なんて素敵なサプライズなの」

「気分はどうだい？」

「大丈夫、少し疲れているだけ。少し困惑しているだけ」

「分かるよ。でも、まだ僕らは何も知らされていない。知り得る情報がないかもしれない」

3日後、四六時中メールの受信箱をチェックするのをやめた時、メールが来た。ラーシュ・ボリエシュルードからの一通のメール。どんな返事なのか不安を抱えながらメールを開封した。まず冒頭部分で、私が出したメールに対してお礼を述べ、返信が遅くなったことを謝っていた。

彼は自分の論文のコピーを郵送したい、そして特に私に関わる章を分かるようにしておくと書いていた。それが最初の一歩になるのかもしれないと。残念ながら、私の家族については情報はないと記されていた。私はすぐに返信し、住所を告げ、彼の助けに対してお礼を書いた。

その週の終わりに、書類が郵便で届いた。直ぐに目を通し、彼が印をした部分を必死に探した。その段落を見つけると、何度も読み返した。日付が合致していた。ノルウェーの小さな子ども、乳児のグループがレーベンスボルンのプロジェクトの一部になるためにドイツに送られ、その後、子どもたちはスウェーデンへと輸送された。

ラーシュ・ボリエシュルードの論文には、レーベンスボルンの子どもがなんであるか説明されていた――まさにビヨーンが言っていたように。ナチスが「支配民族」をつくろうとした試み。子どもをつくり出す。一部の子どもはノルウェーから来ていた。

写真を見た。一列になった何人もの人間が、「ハイルヒトラー」のナチス式敬礼をしていた。スヴェンに電話して、できれば早く家に帰ってきてほしいと伝えた。彼は会合が終わり次第、できるだけ早く帰る、と言った。ラーシュ・ボリエシュルードの論文には、巻き込まれた子どもの名前のリストが、ノルウェーとスウェーデン当局の当時の公文書の中にあると言及されていた。

私はパニックに襲われた。ノルウェーの公文書管理局に電話して、私に関わる書類を開示してくれるようにと頼んだ。私がそのリストに入っていたのか、そして母が入っていたのか知る必要があった。とりわけ父について知りたかった。どんなものにも本当の証明はない、と自分に言って聞かせた。しかし、とても気分が悪いままだった。

当局は私をずっと待たせていた。彼らは私にかけるべき別の電話番号を教え、手紙を書くべき連絡先として別の住所を教えた。５人目の担当者に回された時、喉がつまるのを感じた。こんなに真実に近づいたことはなく、そして、私の名前が含まれている可能性がある、そして私の疑問に答えを与えてくれるようなこれらの書類はまだどこか鍵のかかった場所にあり、誰も私に見せようとしなかった。少なくとも、私はそう感じた。スヴェンが帰宅すると私は書斎の床に座っていて、周りにはビヨーンからの書類が散らばっていた。

「何があったんだい？」

私は彼に全てを語った。

17 写真

その後の数週間は大変だった。ずっと動揺していた。人生の大半を、答えや他人が私の過去についての情報を提供してくれるのを待って過ごすかのように感じられた。

ある朝、買い物に出かける支度をしていると、郵便配達人がポストに手紙を入れる音を聞いた。郵便を取りに出たスヴェンが書斎へ駆け上がって、私に叫んだ。

「何か君に来ているよ、カーリ。ノルウェーからだよ」

心臓がピクンと跳ねたように感じた。一瞬、母のことを考えた。彼女はノルウェーから私に手紙を書いていた、唯一の人だった。

「手紙を開けて、スヴェン」

玄関から書斎を見上げて私は叫んだ。彼は階段の手すりまで歩いて来て、言った。

「でも君宛てだ！」

「怖くて開けられない」と言って、キッチンへ行った。

数分後、再びスヴェンが手すりに戻ってくると、キッチンに向かって叫んだ。

「カーリ、早く来て。急いで！」

私は、オーセが亡くなったのかと思った。書斎に入ると、スヴェンが振り返って、何かを差し出した。

「これが君だ!」

「なんのこと? これが私って、どういうこと?」

赤ちゃんの写真だった。

「裏を読んで」

写真をひっくり返した。裏には「カーリ・レーヴェ 1944年9月6日生まれ」と書かれていた。

スヴェンを見て、その次に写真に目をやった。

「何ということなの!」

私はその時64歳だった。それまで、赤ちゃんの頃の自分の写真を見たことがなかった。スヴェンは、自分の幼少期の写真がたくさん入っているアルバムを持っていた。私はそれらをじっくり見て、彼のえくぼや着ていた小さな洋服を指差したりしていた。しかし、これは違っていた。全く理解できなかった。なぜ60歳を超えた私に、赤ちゃんだった時の写真を送ってきたのだろう。誰が送ってきたのだろう。そして何を意味するのだろう?

私にとって青天の霹靂(へきれき)だった。自分が赤ちゃんだった時の写真はない、と思い込んでいた。私の人生は、シーモンとヴァールボリが孤児院から私をマレクサンデルに引きとるまでは存在しなかった。

17　写真

封筒の中を見た。そこにはノルウェー政府からの書類が、たくさんあった。1930年代と40年代の公的な記録で、1通の手紙には、ようやく政府が開示した、と記されていた。それらがどんな種類の書類で、また私にどう関係があるのかを知るのは大変だった。私はこの言葉を再び考えることになった――レーベンスボルン。

私が写真を見ている間に、スヴェンはページをめくり、記述をよく読んだ。

「カーリ」と言って、手を私の肩に置いた。

「正しいと思うよ」

「何が?」と聞き返した。急に部屋が寒く感じられた。

「ここに、君がレーベンスボルンの子どもであったと書いてある。そしてこれを見て」

彼は私に一枚の書類を差し出した。

そこには、私の誕生と私の両親についての記載があった。

母　オーセ・レーヴェ

父　クルト・ザイドラー

クルト・ザイドラー。私が目にした中で、最もドイツ人らしい名前だった。これが私の父だった。クルト・ザイドラー。これまでの人生でずっと疑問に思っていた男性、オーセがずっと秘密にしていた男性。

そこには、彼についての他の詳細な情報はなかった。名前だけだった。
スヴェンは他の書類を差し出した。「これを読んだらいいと思う」

18 真実

こうして、自分の人生の物語、あの謎めいた最初の3年を含む、全ての過去のパズルを解き明かすことになった。

私が発見したことは全く理解ができなかった。とても暗かった。しかし少なくとも、どこから来たのかが分かった。

私はレーベンスボルンの子どもだった。そのことは正しかった。しかしそれは何を意味するのだろう。私には、まだ未知のことだった。ホロコーストの恐ろしい話は聞いていたが、レーベンスボルンについては聞いたことがなかった。

スヴェンと私はそのことについて何時間も、何日も話していた。私たちは理解しようとした。私は歴史について、さほど考えたことがなかった。あまり興味をそそられることはなかった。しかし今となっては、パズルを完成させなくてはならないと心の中で思った。そのことがどう私とオーセに関わっていたのかを明らかにしなくてはならない。

私たちは、できる限りの情報を調べた——見つけられる限りの本とインターネットから。私たちは全てをゆっくり、慎重に一つ一つ見ていった。私はこれが何を意味するのか、正しく知らなくてはならなかった。

全てを理解するために、私が生まれる前の1939年――第二次世界大戦が勃発した年――に戻らなくてはならなかった。

この年の9月1日、ドイツがポーランドを侵略した――世界中の何百万人の人生を変えることとなった行動。2日後、イギリスとフランスはドイツに宣戦布告した。そうして血なまぐさい戦いが始まり、6千万人の命を奪っただけでなく、大勢の人に影響を与えることになった。

翌1940年の春、ドイツはノルウェーを侵略した。オーセはノルウェーに住んでいた。その年、23歳だった。彼女にとって、とても恐ろしかったことに違いない。人間の歴史の中で、最も暗い時代の一つだった。

これら全ての中心に、ドイツの2人の男――アドルフ・ヒトラーとハインリヒ・ヒムラーがいた。ヒトラーは残虐な人間だった。彼の権力は、人種差別的なイデオロギーを基盤にしていた。著書の『我が闘争』で彼はアーリア人について書いているが、そこでは、ドイツ人は「イヌ、ウマ、ネコの血統を守るだけではなく、自分たちの純潔な血統も守ることを考えなくてはならない」と主張している。この『我が闘争』は、彼が1924年に起こしたミュンヘン一揆に失敗して投獄されている間に書かれた。彼は第一次世界大戦が1918年のドイツの敗北で終わったことに怒り、ドイツが再び立ち上がることを願った。

私は、暗くて静かな独房で深夜に何ページも書いていた彼を想像できる。檻の向こうに監禁され、世界に復讐することを考えていた男からしか出てこない、怒りと決意の言葉の数々。本はナチスの〝聖書〟となり、最終的に数百万部も売られることになった。これらのページ、これらの考えが、プロパガンダとなり、ヒトラーが1933年に権力者としてのし上がるのを助けた。第三帝国はここから勢いを得た。

ハインリヒ・ヒムラーはアドルフ・ヒトラーに次ぐ権勢をほこり、ナチス親衛隊の長官だった。彼はヒトラーの側近であり、レーベンスボルンの責任者だった。

人種の浄化と完璧な人種に固執し、ヒムラーは「レーベンスボルン」を考え出した。レーベンスボルンはドイツ語で「生命の泉」を意味している。1935年に秘密裏に始まった。ナチスの最大の秘密の一つだった。それは、ナチス親衛隊員たちがアーリア人の女性を妊娠させ、優位な人種をつくることを奨励した生殖プロジェクトだった。戦争の勃発とともに、ナチスのリーダーたちは第三帝国の未来を、強いアーリア人の血で確かなものにしたかった。そしてレーベンスボルン・プロジェクトは彼らの計画の重要な部分となった。

彼らは、多くのレーベンスボルン施設を母親と新生児のために整えた。その多くは、かつての老人ホームや裕福なユダヤ人が使っていた家を利用した。彼らは未婚の妊婦が、好奇な目や社会的な阻害を受けることなく、ナチス軍人の子どもを安心して生める場所を提供する、と約束した。当初、施設があったのはドイツだけで、全部で10カ所あった。ドイツが他の国を次々と侵攻していたので、ヒムラーはその一つのノルウェーにも目を向けた。彼はノルウェーに9カ所のレーベンスボルンを設立することにしていた。

ヒムラーには、自身の計画がうまくいく確信があった。自分のナチス親衛隊たちに、彼らが「第三帝国のための神聖な義務」——「優位な人種」の父親になることを全うするように奨励するメッセージを送った。彼は、次のように言った。「もし我々がこの北欧の人種を確立することができ、さらにその苗床から2千万人の人種をつくることができたら、世界は私たちに帰属するようになる」と。

ナチスは「最終的解決」の一部としてユダヤ人を虐殺したのと並行して、自分たちの人口をひそかに増加させようとしていた。ナチス親衛隊は、アーリア人と呼ばれる遺伝子的な種を供給しようとした。ナチスの世界観に合わない人たちを殺したり怯えさせたりする同じ軍人が、自分たちが「特別な人種」——イメージの中で未来の世代——となると信じているものを創造するために、女性を妊娠させた。

死の収容所と生殖の収容所があった。私は生殖の収容所で生まれた。

恐ろしい考えが私の脳裏をかすめた。私の父は、どんな種類の人間だったのであろうか。どんな恐ろしいことをしてきたのだろう。

それから、不思議な考えを思いついた。もし私がこのプロジェクトの一部であれば、ハインリヒ・ヒムラーはある意味、私の父なのではと。彼は私たち皆をつくった。彼は私たち全ての父親だった——第三帝国の全ての金髪で青い目の新生児の。彼が私たちを生産した。

私はその考えに、身の毛がよだった。

では一体、私は誰？　ある実験の生産物？　実験室で得られるようなもの？

ヒトラーの実験室からの、何かなのだろうか。

私はヒトラーが次のように言ったのを、どこかで読んだことがある。「私は百年以内、あるいはそのくらいに、ドイツ人のエリート全てがナチス親衛隊による生産物であることを少しも疑わない。半信半疑である人間もいるかもしれないが」

これが計画、彼の計画だった。ドイツに住んでいるナチス親衛隊の男性は、妊娠させるためにドイツ人の女性を探すことになっていた。そしてノルウェーのような侵攻した国にいる親衛隊員は、条件を満たすノルウェー人女性を探さなくてはならなかった。

オーセのことを思った。なんということだろうか。どこで、彼女はこれに巻き込まれたのだろうか。

１９４０年から45年まで、ノルウェーはドイツ軍に占領されていた。傀儡(かいらい)政府が樹立され、政権を掌握した。実際はこれよりも複雑であったが、この一連の出来事で重要なことは、ノルウェーがドイツ人の手の中にあり、このことはアーリア人の容姿を持ったノルウェー人に対して特別な興味を持っていた、ヒムラーの目的に相応しかった。ほとんどのノルウェー人は金髪で、白い肌、青い目をしていて、そして体格が良かった。彼らは、ドイツ人が望んでいた理想の姿を有した人種だった。

このプロジェクトの候補者と考えられた女性たちは、医者によって検査された。医者は、彼女らの身体の細部まで調査し、鼻の長さまで測った。彼女らは、３世代「純粋な血」を引き継いでいる家系の出身であることを、証明できなくてはならなかった。ナチスの未来への夢に参加したかったドイツ人女性もいたに違いない。しかし、その他の強制された女性にとっては、拷問だったただろう。彼らの将来はその検査にかかっていた――彼らが基準を満たしていているかどうか。そして親衛隊の子どもを生んだら、安息所を与えられることになっていた。

オーセは、彼らのテストに合格したに違いない。しかし、彼女がこの一連の出来事の一部であったと想像できなかった。このナチスの計画で、彼女の役割は何だったのだろうか。

私は、この狂気の及ぶ範囲を想像しようとした。ガス室で毒殺されたユダヤ人一人に対し、アーリア人の子どもを一人産ませようとしたのだろうか。強制収容所で焼き殺されたユダヤ人の子どもの最後の叫びと、レーベンスボルンのアーリア人の子どもの最初の叫びは、同じ瞬間に発せられたに違いない。ナチス党員は神のふりをした――彼らは命を創造しそして終わらせた。アウシュヴィッツの一人の子ども、ノルウェーの一人の子どもを。

叫び声が聞こえた気がした――つんざくような死の叫びと産声――私はどちらがどちらであるか、分からなかった。

ノルウェーでは、ほぼ1万2千人の子どもがレーベンスボルン・プロジェクトによって生まれた。私はその中の一人だった。

私は自分の前に散らばっている、全ての書類を見た。

私の名前。

私の誕生日。

これが真実だ、と思った。

18　真実

これは、ただの歴史ではない。これは私。

再び考えの中に戻ろうとした。それがどのようなものであったかを想像するために。戦時中に戻った。生まれた日へ。

目を閉じて、ゆっくりと細部まで少しずつ考えてみる。私の誕生の物語。

私はノルウェーで生まれた。

ノルウェー人女性とナチス軍人の間に。1944年9月6日だった。

世界は半世紀の間、2回目の戦時下にあった。その場面を想像してみた。オーセを訪ねた時、オスロにいた彼女を想像してみた。しかし1944年であれば、彼女はもっと若く見えたに違いない。

近くの海の匂いと、病棟の消毒液の匂いを感じた。外の通りを軍人たちが歩いているのが聞こえる。

一人の男性がベッドに近づく。黒い髪を後ろに流していて、青白い肌をしている。目の下に黒いくまがある。眼鏡をかけていて、将校の制服を着ている。袖には、クモが排水渠（こう）に吸い込まれているような紋章が入っている。

ハインリヒ・ヒムラーが、彼の名前である。彼は私を見ている――産着にくるまれた、生まれたばかりの子ども。彼は看護婦と笑っている。

「いい子だね」と彼は言う。私を見ると、彼は自分の娘を思いだした。

「彼女は丈夫だ。強い」

オーセ・レーヴェ、私の母は、出産の痛みから疲れ果て、湿った白いシーツに座っている。黙ったままで。任務をまっとうした――一人の子どもを産んだのである。48時間かかった。彼女は女の子を生産した。私である。体重は3・8キロ、身長は52センチ。

彼女が負い目を感じているのか、悲しんでいるのか分からない。彼女の感情を想像することができない。

彼女は最初の10日間、私を抱いてあやしてくれたに違いない。あるいは私に愛着を持ちたくなかったから、隣のベビーベッドで私を泣かせっぱなしにしていたかもしれない。

私は彼女のおっぱいを吸う。私たちはそのようにつながっていた。そうだったに違いない。彼女は私の母だった。それと同時に、そうではなかった。

私には分からない。私が持っているもの全ては書類である。それによると、私は病院で母と10日過ごした後、看護婦によって持ち去られた。

おそらくその看護婦は私が働いていた病院で着ていたような、白いユニフォームを着ていただろう。私には赤ちゃんを、その母親から奪うことは絶対にできない。一体、どうしたら看護婦がそんなことができるのだろうか?

その後私は、オスロ近くにあるレーベンスボルンの家へと運ばれた。ドイツ人の父とノルウェー人の母がいたからである。

母が、私を引き離すことに承諾していたのか、そうでなかったのか知ることはできない。それは書類に記載されていなかった。母が私に、それについて話すことは決してなかった。

分かったのは、私を生んで10日すると、母は私なしに病院を去ったことだけである。そして私はナチスの手の中にあった。私は彼らの所有物だった。

私の写真は、その時に撮られたものだと思う。実に何十年もたってから、郵便受けに届いた写真。私はダブリンのキッチンテーブルに座って、赤ちゃんだった頃の写真を見ている。カメラを見上げている赤ちゃん。彼女が見ている先にあるものを想像してみる――レンズの後ろにいる誰かを。カメラを持ったナチス軍人が赤ちゃんを見下ろす。私を見下ろす。第三帝国の所有物を。

写真撮影が終わると、一番元気な子どもを選び出した。彼らは私たちを家から取り上げ、箱に詰めた。私たちはドイツに行くことになっていた。もし生き残っていたら、さらに生きることができた。もし死んでしまえば、まるで動物のように捨てられることになっていた。私の番号はＩ／５４３１だった。

彼らが、私たちをオスロからドイツのリューベックへ輸送したのは分かったが、その旅がどんなであったかは想像することしかできない。ある運送会社の男がトラックの荷台に、市場に行く野菜、あるいはとさつ場へ行く動物のように、子どもたちをぎゅうぎゅうに詰めているのを想像する。それぞれの子どもは、その場しのぎのベビーベッドに横たわり、海へと向かう道を旅した。一方、私たちの監視者である運転手は、荷台から聞こえてくる叫び声を無視しようとしながら、車の窓を開けて煙草を吸っていた。車が凸凹の道を走ったことで泣き出す赤ちゃんたちの声を想像してみた。彼は私たちを、波止場で待っていた人へと、私たち、新生児の集団をドイツへと運ぶ船へと運搬することになっていた。

私たちは、利用されるためにドイツへ行った。商品。私はI／5431だった。私は生き残った。少なくとも、その点では幸運だった。試験に合格した。

私たちがドイツに到着した後、北西部のブレーメンにあるホーヘーホルストと呼ばれる、もう一つのレーベンスボルン施設へと運ばれた。私たちはアーリア人に含まれていた。金髪、青い目——ナチスの男と純粋なアーリア人の女性の間の、全ての産物。ナチスは誰を生かし、誰を死なせるのかを決めた。誰が、いつどこで生まれるかを決めた。

アウシュヴィッツの地面は依然として灰でいっぱいだそうだ。私は決してそこへ行くことができないと思う。考えの中ですらできないだろう。

しかし、写真は見たことがある。何も分からない裸の女性と子どもの列、彼らは房に詰め込まれ、洗われるのを待っている。彼らはナチスにとっては人類の暗い汚点であった。彼らは、迫害するべき悪だった。罪のない子ども。罪のない人々。

私自身がかつて、ヒムラーの計画に参加していたと考えるだけでぞっとする。彼が私を創り出したなんて。

ある日の午後、一人で家にいた。スヴェンは仕事に行っていた。書類が郵便で届いてから、数週間経っていた。頭の中は、質問と恐ろしい考えでいっぱいだった。

私は棚から、第二次世界大戦についての本をとった。あの男について、もっと知りたかったから——私の創造者。ページをめくって、ヒムラーの写真を見つけた。彼の髪は黒かった。権力を持っている人にしては弱そうに見えた。彼はナチスの会合にいる。何千もの男たちが列になって、

18　真実

彼の後ろに座っている。全ての人は制服を着ている。「カギ十字」の海だ。見ていると目まいがしてくる。膝には、血のつながった娘が座っている。彼女は金髪だ。彼は父親が抱くように娘を抱えている。世界から彼女を守っている。彼女は彼の腕の中で守られているように見える。私は、彼女の中に自分自身を見る。

本を閉じ、空気を吸うために裏口へ歩いて行った。玄関を通り、バスルームにある洗面台の鏡に映る自分を見た。

私は、カーリを見るのには慣れていた。しかし今、自分が誰なのか分からなかった。

完璧になるために飼育された——アーリア人。しかし、自分が完璧でないと知っている。私はそのことをコントロールできない。彼らは私をどうしようとしたのか。私がどうなるのを、期待していたのだろうか。私をどう利用していたのだろうか。

書類によると、生まれた最初の年、ホーヘーホルストに住んでいた。レーベンスボルンの中枢にいた。

私のこの世での最初の年は、ヒムラーの用心深い視線のもと、親のいない子としてナチス親衛隊プロジェクトの中で育てられていた。全ては、郵便受けに届いた書類の中で読むことができた。

私はそれら全てを想像してみた。文章では見たが、信じることはできなかった。あるいは信じたくなかった。まるで誰か別の人について話しているかのようだった。

ホーヘーホルストは、どんな場所だったのだろう。私の人生にどんな意味があったのだろうか。実際に起きたことを理解するためには、自分の目で見る必要があった。

その後、私はスヴェンと一通り話し、私の子どもの頃がどのようだったか、その跡をたどるのがよいのでは、ということになった。より自分を理解でき、一つの終わりをもたらせてくれるかもしれない。

私たちは地図を取り出し、計画を立てた。

「僕たちは一緒にやろう」とスヴェンは言ってくれた。私は、そんなスヴェンを愛していた。

ドイツ行きのチケットを予約した。レーベンスボルンの家で何が行われていたのかを明らかにするために、ホーヘーホルストへ行くことにした。

赤十字に手紙を書いた、何年も前のリンショーピングでの夜のことを思い返した。生みの両親に会いたかったことを思い出した。両親が、ドイツ人とノルウェー人だと知らされた電話のことを思った。私は、自分がどんな人間であるか想像した全ての人たちのことを思った。こんなシナリオになるとは、夢にも思わなかった。

人生を通じて、ずっと自分の過去を探し続けた。そして見つけた今、見つけられなかった方が良かったとさえ思った。

母に会うために、ノルウェーに行った。しかし、私の半分はドイツ人だった。同時にもう一つの過去にも直面しなくてはならなかった。

今回はスヴェンが一緒に居てくれて、ただうれしかった。私たちは、一緒に旅することになっていた。私は一人でなかった。

19 ホーヘーホルスト

数日後、私たちはダブリンの飛行場を出発し、ドイツのブレーメンに到着した。レンタカーを借り、地図に従いホーヘーホルストに向かった。私は旅の前途を案じて緊張していたが、スヴェンの落ち着きが安堵感を与えてくれた。最初の場所でどんな経験をすることになるのか気になるほど、彼は悠然としていた。私はいつもは飛行機や飛行場、新しい場所にわくわくしていたし、スヴェンと私は一緒に旅するのが大好きだった。私たちは全てのものを冒険と呼び、これもまた別の冒険のような感じがした。

車がホーヘーホルストに向かう最後の角を曲がり、目的地が近いことを意識した。

母がこのことを秘密にしていた、明らかな理由があったはずだ。ホーヘーホルストで何を見られるのか、分からなかった。私たちは向きを変えるべきだったのかもしれない。気持ちを落ち着かせるために、人生の大半の悪い記憶を忘れようとしてきた。訪問が私に何をもたらすのか分からなかった。

車がホーヘーホルストの建物の前で止まり、スヴェンが「着いたよ」と言った。彼は私の様子を見ようとこちらを見た。エンジンを止め、二人して車の座席に黙って座り、厚い鉄でできた黒いゲート越しに建物を見た。

車を降りてゲートに手をかけたが、鍵がかかっていた。左手の小屋の窓には看板がかかっていた。遠くからは読めず、近づいて看板の文字を読んだ——「レーベンスボルン博物館」とあった。その文字を見ただけで戦慄が走った。博物館をつくる、正当な理由が十分にあることが分かった。私は博物館の一部だった。

ゲート小屋の正面まで来ると、入口のところに別のお知らせが掛かっていた——本日休館日。お知らせの一番下には、電話番号とある男性の名前が小さな文字で書かれていた。

「帰りましょう、スヴェン」と言って、車の方へ戻り始めた。

ほっとした気分だった。建物と「レーベンスボルン」という文字を見た今、ここではそれ以上見たくはなかった。車に戻ったが、ドアはロックされていた。スヴェンが早くキーを持ってきてくれることを期待したが、彼はゲート小屋の前で歩きながら、携帯電話を手にして片言のドイツ語で話していた。会話を終えると次のように言った。

「大丈夫だよ。博物館を開けに来てくれるそうだ」

「何ですって」博物館に入らずに帰ることができなくなった、失望を隠そうとしたが、彼には分ったようだ。

「僕らは長い道のりをやって来たんじゃないか、カーリ。少なくとも、やるだけはやってみないと」

お知らせに書かれていた男性に電話して、入れないかと尋ねたところ、最初は嫌そうに「今日は休館日です。明日また来てください」と言われたらしい。しかし、スヴェンが「自分の妻はレー

ベンスボルンの子どもで、ホーヘーホルストで暮らしていた。それでこの博物館を見たい」と説明したら、男性は急に態度を変えたらしい。

「そこで待っていて」と彼は言った。「そのまま待っていてください。急いでそちらに向かいますから」

5分後、スピードを出した1台の車が角を曲がって来て、鉄のゲートの前で止まった。車から降りた50代の男性が、私の手をとってあいさつした。早口のドイツ語で話しかけてきたが、歓迎されていることは理解できた。

彼は興奮して目を見開き、派手な身振りをしながら話した。スヴェンも彼と握手した。スヴェンは少しドイツ語が話せたので、ラッキーだった。

彼はハンスという名前だった。博物館へと私たちを案内し、この出来事を風化させないために、全ての写真を集め、この建物の歴史を調べるために何年も費やしてきた、とドイツ語で語った。スヴェンは、それを通訳してくれた。

館内に入ると、通訳を必要としなかった。写真が全てを物語ってくれた。壁には女性と幼い子ども、ナチス軍人の写真でいっぱいだった。当然ながら、私は赤ちゃんだった自分を認識できないので一枚一枚の写真に自分自身を見た。私はこの赤ちゃんたちの一人だったかもしれないと、写真を見ながら想像してみた。それらの写真を見るのは、恐ろしかった。写真に写っている赤ちゃんたちが私を見返し、現実を突きつけているかのように感じた。これは私が持ちうる家族アルバムに一番近いものだった。そしてこれは、ある博物館の壁にあった。

今、現実味を帯びていた。

ある写真では、子どもたちが一人の看護婦の後ろに集められ、ナチス式敬礼をしていた。別の写真には、開いた窓のところに3つの小児用ベッドがあった。写真の赤ちゃんたちは毛布の下でぐっすり寝ていた。その中の一人が私だったかもしれない。

別の写真では、ナチスの制服を着た男が女性の顔を定規で測っていた——このプロジェクトの母親としてふさわしいかどうか、の測定。私は身震いがし、オーセのことを考えた。その写真の右手には、さらに別の、分娩室の写真があり、そこには尖った医療器具が手術台にあった。

このプロジェクト全体が、いかに臨床的だったのだろうか。あのようなところで分娩するなんて、どんなにか怖かったことだろう。私には想像できなかった。不吉な場所に見えた。それでも写真の子どもたちは笑顔を見せて、世話をしてくれる看護婦と遊んでいた。そして、不吉なナチス親衛隊の旗は彼らの上でずっとたなびいていた。子どもたちの無邪気さ——私たちが何に参加していたか、知る由もなかった。

部屋の中を歩いていると、ハンスが私を観察していることに気付いた。彼の生涯の仕事は、これらの子どもと新生児を記録することだった。子どもたちの過去を知っている彼の目の前に、子どもたちの未来の一人である私が立っている。静かな日曜日の午後、全く突然にどこからともなく出現して……。

この小さな博物館の目的が、過去に何があったかを率直に示して、犠牲者の痛みを知らしめることであり、もう二度とこのようなことを起こしてはならないという願いが込められていること

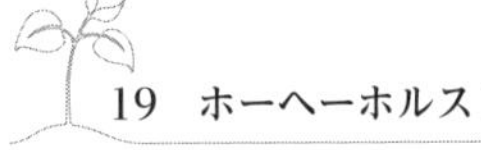

がよく伝わってきた。

彼は建物を見たいかどうか尋ね、私がうなずくと鉄のゲートを開けた。私たちは、庭を見渡す荘厳な建物へと歩き出した。

建物は3階建てで、正面全体に窓が並んでいた。影像がベランダに置かれていた。建物に近づくと、体が痺れたように感じた。ハンスがこの建物の子どもたちに何があったのか話してくれたのを、スヴェンが通訳した。私は身の周りの物全てを見渡し、それを吸収しようとした。必死になってそれらを記憶しようとした。

私たちは建物の前に到着し、柱廊に立つと中をのぞいた。そこにはシャンデリアと螺旋(らせん)階段のある部屋が、ずっと連なっているように見えた。窓越しに中を見た時に、男の顔が浮かんだので跳び上がって驚いた。スヴェンは笑って、私の肩に手を回した。窓の向こうの男は、びっくりさせるつもりはなかったというように笑って手を振った。

建物は今、麻薬常用者の施設になっている、とハンスは話した。彼は私たちに中に入りたいか尋ねた。そして今日になっても、なぜ中へ入らなかったのか分からない。もしかすると窓のあの男――そして建物内での日常の仕事を邪魔してしまうかもしれないという考え――あるいは、私の過去のその部分に近づきすぎてしまうかもしれない、という思いがあったのかもしれない。自分の中に取り入れるには多すぎたのかもしれなかった。私はナチスと一緒に暮らしていたのだ。赤ちゃんの時、ナチスに囲まれていた。彼らの一員だった。そして、あそこにある部屋に入っていたら、私の心はあの場所に戻されてしまうのではないかと危惧した。

スヴェンが私を見た。彼はいつも好奇心旺盛で、世の中のことをもっと知りたいと思っていた。私たちはベランダに立っていた。もし彼に決定権があったならば、私たちは中に入っていただろう。しかし決定権は私、私だけのものであるのが暗黙の了解だった。

ハンスは、建物が何年もかけて改修されたと話した。彼にとってはここが地元であり、生涯を通じてこの建物のこと、そしてここで行われていたことを聞いていた。

建物の歴史に言及した時、ホーヘーホルストに運ばれた後に、私の身の上に起きたことも話してくれた。これは私の人生の未知の隙間を満たしてくれた。

1944年、私はノルウェーから他の新生児と一緒に、ホーヘーホルストに到着した。間に合わせの新生児用ベッドに詰められ、海を越えて来た。

施設に着いた時には、すでに他の子どもたちがいた。その一部は私のように出生直後に、ノルウェーから送られて来ていた。年上の他の子どもたちは、特徴的なアーリア人の容姿であるがゆえに、東ヨーロッパから拉致された。

彼らは、ドイツ人として育てられることになっていた。過去は消され、どこから来たのかを決して知ることはなかった。全ては、彼らの金髪によるものだった。十分にアーリア人の容姿を持たない子どもたちは強制収容所に送られた、と言われている。私たちの運命は、鼻の高さや髪の毛の色で決められたのだ。

〝試験〟をパスした者については、費用は惜しまれなかった。私たちの新しい家となったホーヘー

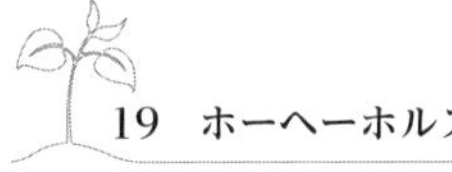

ホルストは、大きくて荘厳だった。そこには花崗岩の彫刻、長い廊下、高い天井、広大な芝生があった。天気が良いと、子どもたちは白いエプロンの女性に連れられて、バルコニーで新鮮な空気を吸うことができた。彼らは、私たちを木製の車輪のついたベビーカーで運んだ。

そこに私はいたのだ。他人に育てられるために、ノルウェーから運ばれた小さな子どもたちの一人として。

白い水しぶきをあげている噴水が、正面玄関の近くに象徴的に立っていた。それはレーベンスボルン――命の泉と訳される――プロジェクトの〝泉〟であった。私たちは命だった、ヨーロッパの未来の指導者とされたヒトラーの子どもだった。完璧なアーリア人だった。

当時私たちはそこで無邪気に、周りで何が起きていたかを知ることもなく、生活していた。私たちは世話されるべき対象として選ばれた子どもたちであり、ナチスの用心深い目で保護された。

これら全てが、シーモンとヴァールボリが私を見つけ、マレクサンデルに連れて行ってくれるまでに私の身の上に起きていたなんて、全く異なった過去のように感じられた。誰か別の人の過去のように思われ、自分自身の過去として見ることができなかった。

20 ヒトラーとヒムラー

このホーヘーホルストの家で起きたことで、決して知らされなかったことがたくさんあった。しかし何よりも私を怖がらせるのは、そこにいた私がアドルフ・ヒトラーに忠誠を誓っていたことだった。彼に従い、彼のために生きると約束したのだった。私は小さすぎて、話すこともできなかったとしても。それを考えると、戦慄が走る。しかし実際それが現実で、なかったことにはできない。

レーベンスボルンの子どもたちはナチス旗の下で命名されたと聞いたが、それは本拠に歓迎されたことを示していた。彼らは儀式を執り行った。祭壇は布で装飾され、その上には大きな「カギ十字」があった。祭壇の前の床にはクッションが置かれていた。赤ちゃんだった私は、そこに置かれていたに違いない。ナチス親衛隊は私の上で象徴的なジェスチャーで短剣を掲げ、『我が闘争』の一節を朗読した。軍人の一人が私の代わりに、ヒトラーとナチスのイデオロギーに生涯をかけて忠誠を誓うと宣言して、儀式を終えたはずだ。それで全ては完了した。私は誓った。私はカーリ・レーヴェだった。番号Ｉ／５４３１、ナチス親衛隊の子ども、ヒトラーの子どもの一人だった。

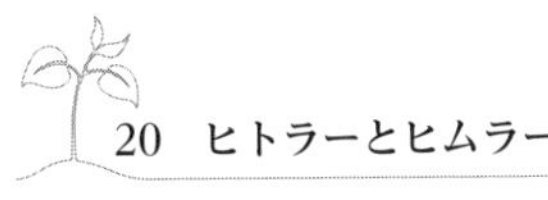

20　ヒトラーとヒムラー

命名式には、母も父もいなかった。そこには、シーモンもヴァールボリもいなかった。そこにいたのはナチス軍人だった。

私は時々、全てに対して憤りを覚える。戦争に、母にしたことに、私にしたことに。ヒトラーに強い憤りを覚えるが、ヒトラーがいなければカーリはいなかったかもしれない。この現実は、彼を憎むことを難しくさせる。でもそれでも彼が憎い。しかしヒトラーを憎むことは、自分自身を憎むことなのだろうか？　こんな考えは私の不自然な出生の結果である。

アドルフ・ヒトラーは、芸術家になりたかったという。彼は絵を描くことがとても好きだった。しかし、入りたかった美術アカデミーは彼を拒んだ。彼はこれに対して怒ったのだろうか。彼の芸術についての引用を読んだことがあるが、「空を緑、草原を青く塗る人は去勢すべきである」と主張したという。

私が広大な芝生のあるレーベンスボルンの家を目の当たりにすると、これが彼にとっての完璧な絵画なのかと思った。この命の泉。

私は、彼のような人間が愛されたことを想像することができない。一人の女性が彼を愛したことを。そして彼がその女性、エヴァ・ブラウンを愛したということも。彼らの恋愛物語は悲劇的だった。二人が結婚したのは10年以上付き合った後であり、それは１９４５年4月、自らの臆病さから隠れて暮らしていたベルリンの地下壕でのことだった。そして彼らが共にした生活は、数時間後に自殺によって終わった。彼らは青酸カリを飲み、ヒトラーは銃で自分の頭を打ち抜いた。

彼らには子どもがいなかった。それでも私たち、レーベンスボルン・プロジェクトの何千人もの子どもは皆、彼の子どもだった。私たちは彼の創造物、遺作だった。

ヒムラーもまた終戦時に自殺した。彼の行動から判断すると、彼の心はひどく混乱していたのが分かる。彼は、ナチス党員になるまでは養鶏家だった。彼は純粋な白いニワトリを生産するために、選択的育種を行った。ニワトリから人間に移行したのであった。彼は私たちを、飼育するニワトリのように見ていただなんて。私たちはヒムラーの純白のニワトリだった。

ナチスは第三帝国をユートピアのように見ていた。健康で元気な人間は、さらに健康で元気な人をつくると考えていた。彼らは弱い遺伝子を淘汰できれば、その子は阻まれたり打ちのめされたりすることはない、と思っていた。

ナチスは身体障害者や精神障害者を去勢した。病気や障害を持っている人は生きる価値がないという、非人道なキャンペーンが行われた。長い間病院で働いていた私にとって、そうした考えは全く受け入れられないものだった。

全ては「支配民族」の宣伝に含まれていた。女性は祖国の栄華のための資源にすぎなかった。総統の計画のみが進んでいた。人種の浄化とユダヤ人問題の最終的解決が、悪のために手を結んでいた。ヒトラーは、彼の統治が永遠に続くと信じていた。

しかしある日、戦争は終わった。ヒトラーは敗北した。

彼はいなくなったが、私たちは残っている。私たちはどうなるのだろう——戦争の壊れた残骸。

21 戦後

ハンスが、私たちにホーヘーホルストの歴史を説明してくれている間、スヴェンと私は書類に書かれた日時を重ね合わせていた。今となって、過去をはっきりと、あるいはあるだけのパズルのピースがはっきりとした。

ハンスはヒトラーの最盛期のホーヘーホルストがどうだったか、話してくれた。そしてあの家に住んだ私とその他の子どもたちにとって、実際のところ全てのレーベンスボルン・プロジェクトの子どもたちにとって運命を変えることになる、ドイツ軍敗戦の様子も話してくれた。

私たちは純粋な血と完璧さを持つ人間としてブランド化されたが、今となっては追放者だった。誰も、どこも、私たちを必要としていなかった。

ハンスは建物の最上階を指した。ホーヘーホルストは外国軍によって1945年に接収されたが、小さな赤ちゃんだった私はそこにいた。子どもたちは建物の屋根裏部屋に隠された、と彼は話した。私がそこに立って天井と屋根裏を見た時、頭髪にシラミがはい回るような感じがした。子どもたちは何週間も風呂に入れてもらえず、身動きすることもできなかった。一緒に押し込められていた隣の子の体臭を嗅いだ気がした。

屋根裏部屋で私たちの世話をしていたのが誰だったか、を想像しようとした。自分の人生もかき乱されただろう、白いエプロンをつけた女性たちだろうか。彼女たちも怖かったと思う。いたる所に軍人がいたはずだ。連合軍はドイツに攻め込んできた。一時期は権力を握っていたホーヘーホルストは崩落し、死んだ王国の記念碑のようにたたずんでいた。

私たち――天井裏に隠れていた小さな子どもたち――は、まるで残骸のようだった。私たちは何が起きていたのか分からなかった。私たちのいる家は同じでも、世界が変わった。私たちはかつて遊んだあの広大な庭とあの白い噴水から遠いところにいた。真夜中に聞こえる銃声が、戦争はまだ続いていることを教えていた。世界は恐ろしい場所となった。今振り返って、当時赤ちゃんだったことを神に感謝した。

私たちはノルウェーに送り返されるべきだったが、ノルウェー人はナチスに関わること全てを憎んでいた。過去の傷跡を思い出させてしまう私たちは、ノルウェーでは安全ではなかった。そのため、過去と関わりのない中立国のスウェーデンに送られることになった。

１９４５年７月23日、スウェーデン赤十字によって、私たちはホーヘーホルストから救い出された。彼らは私たちを安全なところへ運ぶため、赤い十字が記された白いバスに乗ってきた。３日後、スウェーデンにある孤児院に到着した。

私たちには新しい番号が与えられた。私は７７４０番だった。私たちにはＤＤＴが使用された。数日後、私は肺の検査をするためにある診療所へと運ばれたと書類に書かれていた。私は1歳にもなっていなかった。

21　戦後

８月23日に私は、スウェーデンのフィスケボーダという別の場所にある孤児院へ移送された。過去のない、ルーツをもたない子どもだった。私を家族として迎えてくれる家族が現れるか、そうでなければ国家の責任のもとで生き続けるしかなかった。

私はドイツではＩ／５４３１番だった。スウェーデンでは孤児となり、番号は７７４０番だった。

しかし、私はいずれの番号でもなかった。私は私、カーリだった。

シーモンとヴァールボリは、どこかにいた。私が彼らのことを知らないように、彼らも私のことを知らなかった。私は愛してくれる人がいない赤ちゃんだった。いつか彼らの娘になることになっていたが、その当時は〝悪の帝国〟からはじき出された「難民」だった。

22 孤児院

フィスケボーダ孤児院は、良い場所ではなかった。運の良い人は家族を見つけた。運――それが全ての結論だった。孤児院の責任者は孤児を迎えてくれる夫婦を探すため、地方紙に広告を掲載した。

子どもを養子に迎え入れようとする人たちが孤児院に来ると、私たちは見世物のように一列に並ばされた。まだ赤ちゃんだった私は看護婦に抱っこされて、列に並んでいたに違いない。訪れた夫婦が廊下の長さ分を歩き、子どもたちを見比べ、家に連れて帰りたい子どもを決めた。それ以外の子どもたちは残された。今日は家族が見つからなかった。

そのような日が、何週間も過ぎた。何人もが通り過ぎたが、誰も私を選ばなかった。書類では「グレース夫人」とだけ書かれていた女性が、私を養子にするかどうか検討するため、フィスケボーダにやってきた。9月8日のことだった。彼女は養子に出される幼い子どもがいる、と聞いた。赤ちゃんの方が、自分の本当の子どものように育てられると思ったのだろう。私は彼女の試験に合格した。私にとって運が良い日だった。移送から1カ月後の9月23日に養子縁組が決まり、グレース夫妻が自分たちの新しい子どもを迎えに来た。

新しい両親は、私のパスポートを申請した。彼らは私がスウェーデン国籍を持つことを望み、その時からスウェーデン人になることになった。これで全てが決まった、あるいはそう見えた。しかし6カ月後、父親になるはずだったグレース夫人の夫が亡くなった。私は葬式に出席したに違いない。数日後、私は孤児院に戻された。グレース夫人は状況が変わって、もう子どもの世話ができなくなったと孤児院に説明した。

孤児院の女性たちは、戻された私を見たくなかった。私の存在は孤児院にとって出費だった。一度養子に出された子どもは戻って来るべきではなかった。彼らはすぐに私を忘れたと思う。というのも、1946年7月12日、検査のために小児病院に送られることになった。孤児院もまた、私の面倒を見ることができないと決めたのであった。

彼らは、私には特別な支援が必要で、どこかの団体に送る必要があるという証明書を入手したがった。彼らは私とかかわりを絶ちたかった。医者は私を調べ、無反応と診断した。私はまだ話し始めておらず、私の年齢の子どもに期待される反応をすることができなかった。数週間後、私が孤児院に再び戻ってきたときに書類が届いた。医者と公衆衛生局からで、私には知的障害があり、永久に収容されなくてはならないと記されていた。私は既に二つの孤児院で暮らしていて、さらに養子縁組の家族からも戻された。私を取り巻く状況はさらに悪化した。

彼らは、私を保護施設へ送るための最後の書類を待っていた。数カ月経った。その間に他の子どもたちは孤児院を出て、私は残った。養子に出された子どももいれば、保護施設へ送られた子どももいた。二つの異なる道——一つは人生を意味し、もう一つは人生がないことを意味した。

ほぼ1年、順番待ちの状態だった。私の居場所はまだなかった。フィスケボーダから去らなくてはならず、入れられる施設に空きができるまでの間、別の孤児院へと送られた。新しい孤児院はイェーダヘンメット・オービーという名前で、そこに1947年の7月1日に送られた。これら全ての場所に送られたなんて、不思議な感じがする。

数カ月経ち、夏は冬になっていた。私は依然としてイェーダヘンメット・オービーにいた。スウェーデンでも身を切るように寒い冬だった。3歳になっていたが、まだ話すことができなかった。話し方を教えるための時間を取ってくれる人は、誰もいなかった。感情をどう表現すればよいか分からず、動物のような声を出していた。

この年の11月15日、私たちは一列に並ばされた。これは養子を迎え入れる親が来ることを意味していた。

一組の男女が入って来て事務所に座るのを、ドア越しに見た。男性は今まで見た誰よりも優しい目をしていて、私は無意識にその男性に向かって走り出していた。寮母は叱責して止めようとしたが、私は廊下を走って男性の前で止まった。彼は前かがみになって私を抱き上げ、膝の上に座らせた。私を追いかけた寮母は息を切らしながら、私を彼の膝から引きずり降ろそうと腕をひっぱり、男性に謝った。私は一層彼にしがみつき、彼は寮母を追いやった。

彼は私を一目見て、断言した。「私は、この小さな子と一緒でなければ帰らないよ。この子は私のものだ」

シーモンが私の父になった瞬間である。これは私の最初の記憶である。昨日のことのように、はっきりと覚えている。そう、私がシーモンを選んだ。私が両親を選んだのであって、その逆ではなかった。

ヴァールボリが母になったのも、その日だ。彼女もそこにいたが、私は彼女をはっきりとは覚えていない。でもシーモンのことは鮮明に覚えている。

シーモンは私が会った人の中で一番優しかったし、そこから私の人生の記憶が始まった。前述以外は、私が持っている書類の中に書かれていることだった。しかし私の人生は、私を大切にしてくれたシーモンと出会うまでは始まらなかったように思える。そしてその前に起きた全ての出来事——ノルウェー、レーベンスボルン、屋根裏部屋、そしてその他全て——はどうにかして記憶から追い出そうとした。しかしそれら全てに関わっていて、記憶の奥深いところに残っている。記憶とは面白いものである。自分の身の上に起きたことを理解するには幼すぎた。あの3年、『暗黒の3年』は常に私にとって、謎であった。今にいたるまで。

23 成長過程

私の人生の第2章である成長過程は、謎めいてはいなかった。私の過去を語り、成長を覚えていてくれ、幼少期の記録を取ってくれるのが両親だとすれば、その日から私にも両親がいたと言える。私は一人の人間だった、家族の一員だった。その時から、私は過去を持つことになった。3歳から。

シーモンとヴァールボリが孤児院に来て、娘として迎えるために彼らの農場のあるマレクサンデルへ連れて帰ってくれた日。孤児院は、私がまた戻されるのではないかと心配したに違いないが、引き取る人が現われたことは喜んでいた。ありがたいことに、戻されることはなかった。

マレクサンデルでの最初の夜は、シーモンが寝かしつけてくれた。私に、白くて柔らかなリンネルのネグリジェを着せてくれた。孤児院が私のバッグに詰めてくれたものである。袖はきつく、腕が痛かった。どうしたら、腕が痛いことを彼に理解してもらえるのか、分からなかった。まだ話すことを学んでいなかったからだった。痛いことを話したり身振りで示したかったが、ただ泣くしかなかった。シーモンは私を見て、どうにか状況が理解できたようだった。彼はキッチンからナイフを取ってくると、私を持ち上げ、ナイフを向けた。私は恐怖に怯えたが、彼はそのきついリンネルの袖をサッと切った。すぐに、安堵を感じた。腕に再び血がめぐった。

あの夜のことを決して忘れない。誰かが私を気にかけてくれた、最初の出来事だった。そして今でも、どうして彼らが私を迎え入れてくれたのかと思う。まだ話せず、会話することができない、野生的な子どもだった。なぜ彼らが引き取ってくれたのか、分からない。なぜ彼らが新聞の広告に返答したのだろうか。そしてあの日、養子になることを期待して廊下にたくさんの子どもが並んでいたのに、なぜ私を選んでくれたのだろうか。もし、私が彼らの所に駆け出していなかったら、私は誰と暮らしていただろうか。そして今、生きていたのかさえ分からない。

また彼らは、私がナチスとアーリア人の子どもの一人だったことを知っていたのだろうか。おそらく、知り得なかっただろう。もし知っていたら、私が成長する過程を違った目で見ていただろう。

シーモンとヴァールボリは、私に話すことをゆっくりと教えてくれた。そして学校に行くようになる頃には、スウェーデン語を話すことができた。他の子どもたちと同じように、会話ができた。

農場は唯一私が知っているもの、唯一私が覚えているものだった。私の家だった。しかしながら、私は他の子どもたちが持っていたものを持っていなかった――市民権。私は正式には、まだスウェーデンに帰属していなかった。

１９５１年、私が７歳の時に居住許可があると記された書類を受け取った。それは市民権ではなかったが、ある種の身分証明書だった。私にはそれ以外の書類がなかった。両親はこの証明書を常に持っているようにと言った。その書類が大事なものであるのは分かったが、それがなぜ大事なのか分からなかった。彼らは誰かが私に、身分証明書を見せるようにと言ったら、その書類を見せるようにと言った。そしてある日、学校に制服を着た男たちがやってきて、証明書を見せるように要求した。他の子どもたちは青い冊子を見せたが、私の紙は異なっていた。紙はカバンの中に丸めて入れていた。私は皆に見られている中、それを取り出そうと探している間も不安だった。自分が他の子と違っているのが、ひどく嫌だった。

その頃、孤児院での記憶は追い出され、マレクサンデルでの生活が唯一私の記憶となっていた。私はマレクサンデル出身、ヴァールボリとシーモンが私の母と父だった。なぜ、初日に学校で先生が私のことを「私生児」と言ったのか分からなかった。なぜ、他の親が自分の子どもと私を遊ばせるのを嫌がったのか分からなかった。全てのことは不可解だった。他の子どもたちが私を好いていたのは分かっていた。彼らは私の友人になった。敵意があったのは大人たちだった。

シーモンが、しかるべき時がきた、と決めたのはある晴れた春の日だった。私は湖の近くで、野生の花の間で遊んでいた。隣の草原で母ウシと子ウシが草を食んでいるのを見ていた。木登りをした時に膝を擦りむき、靴下は湿った草の上に座っていたので泥まみれになっていた。シーモンが私の方に歩いてきた。私は靴下を汚してしまったことを怒られると思って、ワンピースで膝まで覆って見えないようにした。

私は想像上の兄と、冒険に出かけていた。彼をペーテルと呼んでいた。私以外の人は誰も彼の姿を見ることができなかった。私たちは親友だった。毎日、一緒に森の中を走っていた。そして

23　成長過程

いじめっ子が私を追いかけてくるとペーテルが守ってくれた。私たちは柵の下をくぐったり、雌鶏小屋に入ったり、周りの農場に行ったりと、よく考えられた冒険に出かけていた。ただ彼を呼ぶだけでよかった。そうすると彼、私の兄はやってきた。

私がどこにいようとも、どの時間帯であっても。これがまさに想像上の兄のよいところである。彼が近くにいると、誰も私と喧嘩できなかった。大人がいる時は彼と話さないようにした。大人たちは、私が兄と話すのに気付くことがあると怒ったが、兄弟と話すのは他の子どもと同じだと感じていた。他の皆には兄弟がいて、私は一人っ子だった。シーモンとヴァールボリと私の3人だけだった。

「早く隠れて！　ここよ！」私はシーモンがペーテルに気付かないように、木の方を指差しながら目に見えない兄にささやいた。

シーモンは穏やかな笑みを浮かべ、私の方へと歩いてきた。私はペーテルがシーモンの探るような視線から身を隠すように、木の後ろを這って行くのを見た。しかし私は、彼が少し離れたところで私を見守っていてくれ、私が彼を必要としたらいつでも駆けつけてくれるのを知っていた。シーモンに私たち3人で遊べるようにペーテルの存在を伝えたかったが、シーモンがペーテルを気に入ってくれるかどうか分からなかった。シーモンはとにかく私のことを好きだった。彼はいつも私のことを、世界で一番の子どもと言っていた。

シーモンは岩の上で私の隣に座り、足を休ませていた。

「ああ、気持ちいいね。カーリはどうだい？」

「うん、パパ」

何も危険なことはないか確かめ、ペーテルが安全であることを確認した。

「カーリ、話があるんだ」

かつては白かった綿の靴下から草を払い、草でできたシミとすりむいた膝をどう説明しようか考えていた。私は彼にヒナギクを差しだした。

「パパ、どうぞ。パパへプレゼント」

シーモンは笑い、腕を回し私を抱き寄せた。

「パパとママが、カーリのことが大好きなのは知っているよね？」

私は不安になった。彼がなぜ、そんなふうに話したのか分からなかった。

私は頬を膨らまし、地面に足を叩きつけた。

「カーリ……、落ち着いて聞いてほしいんだ。嫌なことではないよ。パパはカーリに話さなくてはいけないことがあるんだ。ずっと前から話したかったことがあるんだ。カーリはその話を聞くのに、十分な歳になったと思う」

彼は私を抱き上げ、自分の隣の岩に座らせた。

「カーリはパパたちのところで、安心していればいいんだからね。パパがこれから言おうとすることを言う前に、それだけは分かっていてほしい。カーリ、聞いているかい？」

「はい、パパ」

「カーリのママとパパは、カーリがここにいてくれて本当にうれしいと思っている。私たちは、

23　成長過程

カーリをずっとほしいと思っていたから。カーリ、私たちはただ……」

シーモンは静かになり、ポケットからハンカチを取り出すと額の汗をぬぐった。彼もまた不安に見えた。

「ママとパパには、子どもができなかったんだ。だからカーリを養子として迎え入れたんだよ」

私を見て、何らかの反応を待った。私は何も言えずに地面を見ていた。

「カーリ、その意味が分かるかい？」

私は首を振った。

「何を意味するかというと、ママとパパでカーリを育てるということなんだ。カーリを産んだパパとママはどこか遠いところで生活に困っていて、カーリは孤児院に預けられていた。そうしてママとパパがカーリを迎えに行った。カーリは私たちの方に走ってきて、私たちはカーリを娘として迎え入れたかった。それで、マレクサンデルにカーリを連れて帰る、と言ったんだ。そしてあの日、私たちの娘になったんだよ。私の人生で最高の日だった」

彼は私に腕を回した。私はなんて言っていいのか、分からなかった。

「カーリはマレクサンデルが大好きだよね？　カーリは農場が大好きだし、原っぱで遊ぶのも好きだよね？　カーリはここが好きだよね？」

世界が私のために回っているかのように感じた。

「パパ……」と言いかけ、また黙った。

「カーリ、なんでも聞いていいんだよ。聞くのは大事なことだ」

「じゃあ、私はどこから来たの？　もしマレクサンデルでないとしたら？」

シーモンはすぐ近くの草原で母ウシと遊んでいる子ウシを見て、ため息をついた。

「私たちには分からないんだ、カーリ。分からないんだ」

彼はその次に言おうとすることをいうべきかどうか不安になったのか、咳払いした。

「私たちは、カーリが戦争で残されたと思っている。でもカーリの本当の両親が誰かは分からないんだ」

その後、数年の間何度も彼らに孤児院のことや、どうやって私を養子にしたのか聞こうとした。彼らは私の生みの両親について何か知っている、と確信していた。私に話していないことがあると。彼らは答えられない質問をされることに疲れていたと思う。

私は想像上の兄ペーテルに聞いたが、彼も答えが分からなかった。ある日、彼が答えてくれないので怒り、その後二度と彼を見ることはなかった。彼に怒りの声を上げ、農場の干し草の束の一つの隠れ家に彼を残したまま、二度と探さなかった。私は再び一人っ子になった——一人でやっていけると思った。もう彼を必要としていなかった。

私は成長した。なんといってもシーモンとヴァールボリが私の両親だ、と知っていた。ヴァールボリは私が知っている唯一の母だった。彼女と私が父と呼んでいたシーモンが、私の世界だった。彼らとの人生こそ私が知っている唯一の人生であり、私が持った唯一の家族であった。それなのになぜ、自分を見捨てたどこか遠くにいる、未知の人たちについて知りたいと思ったのだろうか。

もしかすると、全てそうなるべくしてそうなったのかもしれない。シーモンとヴァールボリを見つけ出すことになっていたのかもしれない。一つの家族にするために。彼らは若くして結婚し、すぐに子どもができないことが分かった。彼ら二人のうちのどちらが不妊症なのか、決して知ることはなかった。そのことが時間と共に彼らがお互いから距離を取るようにしたのだと思う。互いに子どもができなかったことを責め、またそれぞれが自責を秘密裏に感じていたのだと思う。彼らは心の底から自分たちの子どもをほしがっていた。私は少なくともシーモンの待望の子どもであり、彼が私を救ってくれたのを知っていた。しかし、ヴァールボリは実の子ではない私を認めてくれることは決してなかった。

私は、マレクサンデルに帰属したいと強く願った。ついに認められ、１９６１年4月18日、スウェーデン人の市民権を得た。他の人たちと同じになることができた。「マレクサンデルに帰属している」と記載された小さな青い冊子を手にした。17歳だったが、それまで長い年月を必要とした。戦争が終わって16年後にようやく、私は難民、戦争孤児ではなくなった。

その時、大人になったと思う。農場での生活は幸せだった。17歳になってすぐのある日、シーモンは二人きりで話をしたがった。シーモンは、マレクサンデルから出た方が良いと言った。彼はあの夏の間､自動車の運転の仕方を教えてくれたが､今考えると私に車が必要になるのが分かっていたからだと思う。彼は私にどこか別の場所で､自分自身の道を見つけるのが最善だと言った。マレクサンデルに残っていたら、自分のようにここから出られなくなってしまう、と。

「世界は広いんだよ、カーリ。そしてマレクサンデルはちっぽけだ。カーリが自分の人生に向かって、何かやってみてほしいと思っている」

彼が言ったことは本当だ、と知っていた。私は、スヴェン・ストルペのところで働いた。そのことがきっかけで、農場の外にある都会での生活に興味を持つようになった。だからといって、それまで面倒を見てくれたシーモンとヴァールボリを見捨てたくはなかった。

「行くんだよ、カーリ」シーモンは言った。「私のためにそうしてほしい」

彼がその言葉を言うのは辛いだろう、と感じた。しかし彼が正しいのは分かっていた。成長する時が来たのである。私自身の人生をつくる時が来たのだ。一人暮らしをしながら仕事をするため、マレクサンデルから北に50キロ行ったところにあるリンショーピングに引っ越すため、荷造りをした。シーモンとヴァールボリを抱擁した。

「会いに来るから」と言った。彼らはうなずき、農場から去る時には手を振ってくれた。シーモンとヴァールボリをバックミラー越しに見て、私がいなくなったら、二人は何について話すのかと思った。

そのようにして、私はシスター・ダーグマルが病院の仕事を与えてくれたリンショーピングに住むことになった。過去の扉の多くを開けてくれることになった、あの手紙を赤十字社に書くことになったのも、リンショーピングだった。未来にどんなことが待ち受けているのか想像することすらできなかった——どんな秘密が暴かれるのかを。

24 兄ペール

ホーヘーホルストへ行ったことで、私の幼少期がより明らかになった。やっと、人生の空白の一部を埋めることができた。アイルランドに帰って来た時、少なくとも生まれてから最初の数年間については疑問の一部に答えられたように思った。

ホーヘーホルストの建物を見ることができて、頭の中で全てを組み合わせることができたように思えたが、それでも、何かが足りないと感じていた。誰かが足りなかった。それは兄のペール。

私の人生を考えると、孤独を感じた。今となっては全ての登場人物がいなくなっていた——シーモン、ヴァールボリは記憶の中でだけ生きていた。私の発見を分かち合うことのできる人はいなくなっていた。何年経っても相変わらず兄を知りたいと思っていた。

彼がオーセについてもっと教えてくれるのでは、という期待があった。私自身の過去を知る上で母の過去——オーセの過去を理解する必要があった。私がどのようにして生まれ、どうやってナチスの所有物になったのか。たくさんの疑問に対して未回答だった。どうして彼女が母になったのか、なぜ彼女がレーベンスボルンの一部になったのか知りたかった。

今になって、彼女が経験したと思われることが想像できた。それ故にもっと彼女に近づきたいと思った。私は彼女から奪われたのか、彼女が私をナチスに差し出したのか、依然として分からなかった。

バラバラになっている彼女の人生を組み合わせたいと思い、私たちが一緒に過ごした、あの2週間に彼女が言った全てのことを思い出そうとした。彼女は私に、もう連絡をしてこないでと何度も言った。そして、私から連絡することはなかった。時にはとても難しかったとしてもその約束を守った。

今、彼女は亡くなっていると思わざるを得なかった。私は64歳だった。彼女が生きている可能性は低かった。

しかし、ペールはおそらく、まだ生きているだろう。彼は、私よりそんなに年上ではなかった。私は自分が誰なのか、彼に会って伝えたかった。オーセは、私が誰であるか絶対にペールに話してはいけないと約束させたが、彼女が亡くなっていると思われる今、約束も存在しない。自分がやっていることを自己弁護した。今ペールに連絡を取らなければ、手遅れになるかもしれない。

「本当にそれでいいのかい?」ダブリンのキッチンテーブルに座っていた時、スヴェンがそう尋ねた。

「ええ、もし今やらないと……」応援を乞うように彼を見た。

「分かった。でもペールと連絡がとれなくても、がっかりしないでほしい。一体彼は今どこにいるのだろう」

24　兄ペール

スヴェンはニュースを見るために、隣の部屋に入っていった。

私はノートパソコンを開き、検索ワードとしてペールとオーセの苗字である「レーヴェ」を入力した。検索に該当する男性が、ノルウェーのブリッジクラブのウエブページに上がってきた。彼はその地域のチャンピオンだった。ウエブで見る限り、名前と年齢は私の兄と合致していた。母親の手紙から、現在彼が何歳くらいなのか割り出すことができた。ページには彼が優勝して、優勝カップを持っている写真があった。

「彼を見つけた！」と、スヴェンに叫んだ。

「何だって？」彼はキッチンに急いで来た。

「ずいぶん早いね」

「そう……、テクノロジーよ」

「本当に彼なの？」

「見て！」

スヴェンは、私の肩越しにパソコンのスクリーンを見た。

「すごいね……、彼なの？」

「彼の顔に見覚えがある。確かだと思う」

「これからどうする？」

「彼に電話する！」と言って、受話器を取り上げた。

スヴェンは、キッチンテーブルに向かって座った。

ノルウェーの電話番号案内にダイヤルしている時に笑顔になった。60年の秘密やナチス、戦争が私たちを分断していた。しかし、グーグルは2分で再び彼を見つけてくれた。

番号案内のオペレーターが出ると、ペール・レーヴェの電話番号を教えてほしいと告げた。

「少々お待ち下さい」と言われ、私は待った。

「おつなぎしましょうか。それとも電話番号をお伝えしましょうか」

「そうね……電話番号を教えて下さい」と言って、メモするために紙を少し破った。長く連絡が取れなかった兄が簡単に見つかり、とても驚いた。

教えられた電話番号を書き留め、正しいかどうかを確認するために復唱した。

「間違いありません」と、彼女はノルウェー語で言った。

「ありがとう」と、スウェーデン語で返した。彼女が理解できたのを確信した。二つの言語はとても似ていて、ゆっくり話せば二つの言語による会話は成立する。ノルウェー語とスウェーデン語は、コルク方言とダブリン方言と同じような感じで、時には別の言語のように聞こえるが、お互いを十分理解し合える。

母親と会話していた時もそうだった。また母親のことを考えていた。

「どうしたの？」とスヴェンが尋ねた。「うれしくないの？」

「もし、まだ彼女が生きているとしたら？」

「彼に聞いてごらん、カーリ。大丈夫だから。もう彼女には、支配権はないよ」

スヴェンは正しかった、そのことは分かっていた。受話器を取って、国番号からダイヤルし始

24　兄ペール

めた。慎重にその番号をダイヤルした。私は待った。あの特別な国際電話の呼出音が遠くから聞こえてきた。受話器を持つ手が汗ばんできた。呼出音が繰り返して続き、もう切ろうと思った時に男性が電話に出た。

「もしもし」彼は遠くにいるようで、声を押し殺しているかのようだった。

何と言うべきか、私の気持ちは固まってきた。

「もしもし？」と彼は再び言い、少しイライラしていた。彼が受話器を置いてしまうのかと心配した。

「ペール？」少し甲高い声で尋ねた。

「はい……、誰？」

「ペール……、レーヴェ？」

「そうだけど、誰？」

少し間をおいて、彼に尋ねた。

「オーセは生きている？」そのことを、まず知りたかった。

「なんだって？　オーセは3年前に亡くなった。君は誰なんだ？」

ゆっくり、深呼吸をした。しかし、気持ちは高ぶったままだった。

「もしもし？」彼の声が聞こえた。

「ペール、あなたの妹のカーリよ」受話器の向こうで、息をつめたのが分かった。

「私たちの母親はオーセといって、脊髄カリエスを患っていて腰を悪くしていた」

私たち二人の母であることを知らせるために、これ以外の方法はなかった。

これで彼に分かってもらえることを願った。沈黙が長くなり、彼がまだ受話器の向こうにいるかどうか、不安に思えた。

「名前はカーリだって？」

彼は咳払いした。おそらく考えをまとめようとしていたのだろう。

「そう、カーリ・ロースヴァルよ。でも生まれた時は、カーリ・レーヴェだった」私のスウェーデン語のはっきりしたアクセントが、さらに混乱させたかもしれない。

「すぐに理解できないのは分かるわ」

「ただ僕は……」と彼は言い始めた。「僕の母にもう一人子どもがいた、と言いたいのかい？」

「ええ、何年も前に。ペール……、私たちは一度会ったのよ。あなたと私」

「なんだって？　いつ？　そんなの信じられない」

「私たちは、ラルヴィクに行ったことがあるの。オーセと私。私たちはテーブルに向かって座っていた……。アルフとエルサと……。ちょうどあなたが部屋に入ってきた時」

彼は黙っていた。自分を落ち着かせ、事態を理解しようとし、あの瞬間を記憶の中から探しているのが分かった。

「カーリ……」と彼は試すかのように言った。

「はい、ペール」彼が我にかえったのを感じた。

「君の写真を送ってもらえる？」

「ええ……、もちろん」

「ただ……、自分の目で見てみたいと思って……」

「分かるわ。明日送るわ」

彼の住所を教えてもらい、私は自分の電話番号を伝えた。彼はこの事実を受け止められたら電話する、と約束した。「さようなら」と言い合い、受話器を置こうとした時、彼は「ありがとう」と言った。

「どうして?」

「電話してくれてありがとう」

彼があの日、一人で家にいて、心の中で私たちの会話を繰り返し、どんな思いをしていたのかは、想像しかできない。ノルウェーで長く生き別れた妹だと主張するスウェーデン人女性が、アイルランドから電話をしてきた。

そして私は、オーセが3年前に亡くなった、と彼が話したことを考えた。しばらく悲しみに襲われた。私たちの間にあったものは、決して修復できないことは分かっていた。しかし、ある意味ずっと前に片付いていた。１９８６年に彼女と彼女の家を後にした時に、もう二度と彼女に会わないと分かっていた。そして実際にそうなった。

翌日、書斎にあるアルバムを取り出し、パラパラと見ていた。私の人生全てが、写真を中心に回っているように見えた。写真は謎に取り巻かれた人生の、何か具体的な証拠だと思った。「一枚の写真は千の言葉に値する」と言われている。

私は、自分のどの写真を送るか決めようとした。若い時のものか、それとも最近撮られたものが良いのか、判断に迷った。しばらく考え、24歳の時の写真を選んだ後、紅茶をいれるために階下へ降りていった。

キッチンに座って考えていたが、気持ちが変わった。階段を駆け上がりスヴェンに、今の私の写真を撮ってくれるように頼んだ。写真の私はうれしそうに見え、私らしかった。ペールに幸せでいることを分かってほしいと思った。

写真の裏には次のように書いた。「ペールへ、あなたの妹のカーリより」

家の近くの路地をダンドラム・ヴィレッジ・ショッピングセンターへと向かい、一番近くのポストを見つけた。鉄製の緑色のポストに郵便を入れ、ショッピングセンターに入ってすぐのカフェでコーヒーを飲んだ。今となっては、私が赤十字に送った手紙を投函したリンショーピングのポストから、遠く離れた全く別の世界にいた。

ショッピングセンターのカフェに座ってアメリカンコーヒーを飲みながら、別のテーブルに座っている他の客たちを見た。私の隣のテーブルには若い母親がいた。彼女は膝の上に子どもを座らせ、瓶から食事を与えていた。もう一人の3歳くらいに見える子どもはカウンターにあるベルギーチョコレートを指差し、飛び跳ねていた。その次のテーブルには、年老いた男性が座っていた。ボロボロの帽子をかぶり、一度も手放したことがないような色あせたジャケットを着ていた。眼鏡と新聞の競馬のページが、ポケットから飛び出していた。彼はタバコを丸めようとしていた。カウンターの後ろには、黒いTシャツを着た筋骨たくましい男性が立っていた。彼は頭を

24　兄ペール

剃っていて、東ヨーロッパ出身のように見えた。仕事を得るためにアイルランドへ来たようだが、家族を残してきたのかもしれない。

私が過去を持つように、これらの人それぞれが過去を持っているはずだ。あの日、セーターを着て手にコーヒーカップを持っていた私を見た人は、ナチスに育てられた私が長らく生き別れになっていた兄に、自分の写真を送ったばかりだとは想像できなかっただろう。誰も想像していないことに、確信があった。

知り得ないことは、たくさんある。

あそこに座り周囲の全ての人生を見ている間、あの写真が緑色のポストからどのようにノルウェーに運ばれていくのか想像していた。ペールがどんな返事をするのかと思った。

ペールから返事のないまま、10日経った。そしてある朝、玄関のマットの上に落ちた、手紙の柔らかな音で目が覚めた。そして呼び鈴がなった。ベッドから飛び起き、ガウンをはおって階下へと急いだ。ドアのガラス越しに郵便配達員の姿が見えた。

「小包ですよ」彼は微笑み、小包を差し出した。

「ありがとう」と言って、小包を受け取った。

小包はカーリ・レーヴェ宛だった。この世にペール以外、私をその名前で呼ぶ人はいない。ペールからに違いない。包みを開けて中身をじっと見た。陶器の皿だった。もっとよく見ようと持ち上げた時、一片の紙が床に落ちた。それを拾い上げると、次の言葉がていねいに手書きされていた。

「僕の妹のカーリへ、兄のペールより」

皿をもう一度見て、裏返した。裏側には、若くてハンサムな男性の写真がプリントされていた。男性は暗い金髪でほお骨が高かった。写真の下、お皿の角に沿って「ペール1963年」と青い字で書かれていた。目を閉じ、写真を胸に押し当てた。

彼は、私の記憶にある姿のままだった。彼の視線が自分に向けられるように、慎重に皿を本棚に乗せた。

その晩、写真がプリントされた皿を送ってくれたお礼を言うため、ペールに電話した。この時の会話は異なっていた。私たち二人とも、新しい発見に目まいを覚えた。ほぼ1時間かけて母のこと、なぜあれほど多くの秘密を生涯かけて隠すことができたのかを話した。そして会話は深刻になった。

「カーリ、僕がオーセに育てられていないことを知っているだろう」

「ええ、知っているわ」

「親戚の多くは彼女がドイツ軍人と関係を持っていたので、関わりたくなかった」

その関係が結果として私になったと思った。

「僕たちは、なぜオーセが……」と彼は言いかけてやめた。

「でも僕は最近、このことをよく考えていたんだ。そして全部、過去に流すべき時が来たのかと。ねえ、どう思う?」

「それができれば」ほっとして、そう言った。

「カーリ、会いに来てほしい。君が会うべき親戚がたくさんいるんだ」

彼がそう言ってくれて、うれしかった。私が何かの一部であると、再び感じさせてくれた。彼は、私のことを他の人たちに話してもいいかと尋ねた。

「もちろん」と言った。「全ての秘密を終わりにする時が来たのよ」

その日の夜に、旅行の計画をスヴェンと話すと約束した。

その晩、私は幸せの絶頂にいた。64歳になって突然、再び家族を得たかのように。私の人生がようやく完全なものになったように感じた。彼らから語られる、母の話しを楽しみにした。そして願わくば、父のことも。


6週間後、私はノルウェーに向かった。

「ご搭乗の皆様、間もなく当機はオスロに到着します」機長が機内アナウンスで告げた。

「到着したよ、カーリ」私の隣の男性が、そう言った。

男性とは機内で隣同士に座って、オスロについて話していた。私はペールに会う喜びを隠せなかった。彼からなぜノルウェーに行くのか尋ねられた時、次のように言った。

「私は初めて兄に会うの」

彼はなぜ兄妹が60代にして初めて会うのかを聞いて、困惑したことだろう。私は養子に出されたので、兄の成長の過程を知らなかった、と言った。彼はこの物語に少しでも関われることができて、喜んでいるのが伝わってきた。彼の反応を見て、この瞬間がいかに大きく、重要であるのかが初めて分かった。

到着ロビーを歩いている間、顔の海の中をつぶさに見てペールを探した。そして彼を見つけた。私たちの目は合った。彼は手を振り、人だかりを押しのけて前に出てきた。

「カーリ！」

「ペール！」

お互いを少しの間まじまじと見て、そして抱擁した。笑い合った。

「妹よ、会えてすごくうれしい」

「お兄さん、こんにちは！」

私たちは、同じジョークのセンスがあるようだった。そのことはその後の日々を楽しみにさせた。会いたかった兄がそこにいた。まるで私の想像上の兄ペーテルが、ようやくあの大きな干し草の山から姿を現したように感じた。彼は本物で、もう架空ではなかった。私の兄だった。私の記憶よりずっと年をとっているように見えた——何年も前、ノルウェーのあの晩、キッチンのドアを通って入ってきた時に唯一会うことができ、心の中にしまい込んだ人。しかし、彼の微笑みは変わっていなかった。

オーセの息子のペールに会うにあたり、ある種の不安を感じていた。オーセが私に抱いていたような、用心深い態度を示すのではないかと。しかし電話での会話から、彼は彼女のようではないのが分かっていた。私を自分の人生に受け入れたい、と思っているように感じた。オーセでさえも、私たちが初めて出会った時には優しそうに見えた。彼女は私たちが一緒にいる間に変わっていった。それが私のせいなのか、しばしば考えた。彼女が喜んで自分の人生に私を受け入れてくれるようにするには、違った方法で振舞うべきだったのかもしれない。タクシーがオスロの通りを通り抜ける時、ペールが私のことを気に入り、私を妹として受け入れてくれることを願った。笑顔で楽しい会話をするように心がけた。

25 オーセの物語

その後の数日で、私の母、オーセについてかなりのことを知ることができた。彼女にとって私がどんな存在であったのか、そして母になる前は、ただのオーセであることをほぼ忘れていたので、実際彼女は誰だったのか気になっていた。彼女には私が生まれる前にも人生があり、私を産んだ病院のあのベッドへと導いていった人生があった。今、彼女が誰であったのか、より明らかになった。オーセはどんな人だったのだろうか。これは彼女――オーセの物語である。

オーセはノルウェー南部のラルヴィクという、小さな町で生まれた。5人の兄妹の真ん中だった。彼女には2人の兄と1人の弟、そして出産時に亡くなった姉がいた。

子どもが育つには厳しい時代で、彼女も幼い時に死にかけたらしい。7歳で結核にかかり、ほぼ1年間入院した。

彼女にとって、それがどんなだったか想像してみた。当時、病院は子どもにとって恐ろしい場所だった。家族は貧しかった。彼らにはバスに乗る余裕がなく、彼女のお見舞いに行くにも、遠く離れた病院まで歩いて行くしかなかった。そうしたこともあって、彼女は強くなくてはならな

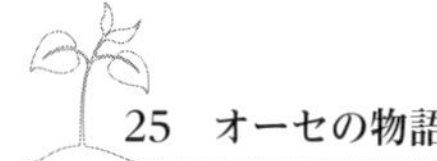

かった。早く大人にならなくてはならなかった。

ついに彼女は健康を取り戻し、再び学校に通えるようになった。幸運だった。医師たちは彼女が生き延びられないと思っていたが、生き延びられた。再び普通の生活に戻ったが、学校を好きになることはなく、行かなくてもよくなるとすぐにやめた。私の母と自分の幼少期の類似点を見つけた時、そんなに違わないと思った。

彼女がティーンエイジャーになると、カフェを開こうと思った。ラルヴィクは、海岸沿いの小さな街だった。漁師やトラックの運転手がしばしば通り過ぎたので、商売になりそうだった。カフェを開き、トラックの運転手や船乗りに温かい食事やコーヒーを提供した。私が知り得た限り、彼女はとてもチャーミングで、みんな彼女の名前を知っていた。美しく、男性たちに人気があった。

カフェの仕事はうまくいっていたにもかかわらず、退屈を感じ始めていた。変化を求めていた。安定した生活が苦手で、何かが起きることを望んでいた。ラルヴィクは彼女にとって小さすぎ、大都市で新たな人生を歩みだそうと、荷物をまとめてオスロへ向かった。当時の彼女は分からなかったとしても、その引っ越しは残りの人生に影響を与えることとなった。

ずっと前のことだったが、自分自身がリンショーピングに引っ越した時のことを考えていた。もしかすると、私も彼女の冒険心を受け継いだのかもしれない。彼女の物語の中に、常に自分を探し続けていた。

戦争が勃発した時、彼女はまだ23歳だった。そして1年後の1940年、ノルウェーはドイツに占領された。そのことが彼女を恐れさせたのかどうか分からないが、おそらくそうだったと思う。オスロで彼女はある男性と恋に落ちた。軍人だった。そして妊娠するまでそう長くはかからなかった。

彼女にとって、それがどんなことであるか想像できた。夜になると、二人はベッドに横になって未来や彼らが夢見ていたことを話していただろう。まさに、私とダニエルがリンショーピングでそうしていたように。彼は彼女を笑わせた。彼女は、彼を知ることなしにそれまでの人生を生きてきたことが信じられなかった。しかし、今や彼女は彼を見つけ、二人は結婚し生涯一緒に生きていくことになっていた。おそらくそのように彼女は考えたことだろう。彼女はその時間、妊娠している間は、とても幸せだったと思う。彼女はその頃、温和だったようだ。恋をし、愛されていた。恋愛は一生続くと思うものだ。本当の痛みを知るまで、そう考えがちだ。

彼らは、世界を一緒に見ると思っていた。しかし、戦時中で世界の未来は不安なものだった。彼女の婚約者は自分が属している部隊と共に、国内の別の場所へと移動した。彼女は子どもが生まれる頃には、彼が戻ってくることを期待して待っていた。

そして、1月のあの日がやってきた。彼女は美しい男の子、ペールを産んだ。同じ日に電報が届き、子どもの父親は戦死したと記されていた。彼女の愛する人はいなくなってしまった。恋人は死んだ。一瞬にして彼女の世界は崩壊した。私は彼女がどんな気持ちでいたのか、分かる気がする。

生まれた子どもと共に悲しみに打ちひしがれ、そこに横たわっていただろう。子どもは父親に似ていただろう。二人きりとなってしまった。喜びが彼女の人生からなくなり、元には戻らなかった。彼は唯一、彼女がどうなるか知っていた人だった。彼女にとって、彼は運命の人だった――彼女はもう、前の彼女になることはなかった。

彼女はあの日、彼と一緒に死んだ。なんという悲劇なのだろうか。もし彼が生きていたら、私の母の人生はどんなにか違うものになっていたかと思うと、悲劇以外の何ものでもない。一人の人生が、いかに他人に影響することか。愛と死のドミノ作用。グレース氏が亡くなって、私が孤児院へ戻された時と同じだと思った。人生は右へ行ったり左へ行ったりする。

彼女は打ちのめされたことだろう。そのようなことで、立ち直れないこともあるかもしれない。さらに、オーセの弟もまた戦死したという知らせが入った。戦争はそれでも続いた。彼女にとって大変な時期だったと思う。彼女は母親になっていたが、ひどく苦しんでいた。それがどうだったか、手に取るように分かる。

赤ちゃんはひどく泣いた。アパートは寒く、彼女はベッドから出られなかった。途方に暮れ、顔を枕で覆い、赤ちゃんを泣かせっぱなしにしていた。

ある日、彼女は社会福祉事務所に行かなくてはならなかった。そこで、彼女の人生は再び変わった。彼女は別人のようになっていたらしい。ラルヴィクのカフェの魅力的な女性を知っていたとしたら、あの日彼女と通りですれ違っても分からずに通り過ぎたことだろう。彼女は喪に服し、黒い服を着ていた。泣き疲れていた。

社会福祉事務所では、仕事を始める必要があると言われた。ドイツ軍人のところで秘書として、翌週から仕事を始めることになった。それは彼女にとって、とても大変だったに違いない。

ナチス親衛隊幹部の忙しい事務所に配属された。賢く勤勉だったが、彼女の内には寂しさがあった。彼女は戦争に関することには、関わりたくなかった。戦争は彼女の人生から愛を奪った。

1年後、彼女は再び妊娠した。これは、彼女が決して話さなかった過去の一部である。彼女が恋をしたのか、レイプされたのかは分からない。私が生まれることになったことを誰も知らない。彼女はクルト・ザイドラーと知り合うことになり、1943年の12月には交際していた。これが知り得る全てである。というのは、私が1944年9月に生まれているからである。今日まで、クルト・ザイドラーがどんな人だったか誰も知らない。私の過去には、いつも不確かな部分が必ずある。彼女の人生の一部が空白で、亡くなってしまった今、その過去を私たちに語ることはできない。彼女が生きていたとしても、ひどく怯えて話さなかったと思う。

それ故、私は何が起きたのかを想像することしかできない。クルト・ザイドラーは誰であったのだろうか。

時々私は頭の中で二つのシナリオを想定してみる。そのうちの一つは真実であったかもしれない。彼女は誰とも比べものにならないくらい、ハンサムな軍人と職場で出会った。クルト・ザイドラーは思いやりがあり、親切だった。彼のことをそう思いたい。彼は意志と反して戦争に参加するのを強いられた。彼は若くて知的だった。そして、ドイツにいる家族を恋しく思っていた。そしてオーセに出会った。彼らは愛し合い、体の関係を持ち、そして私は9カ月後に生まれた。このストーリーを私は気に入っている。

しかし、別の可能性もある。クルト・ザイドラーはずっと年上の軍人で、ナチス親衛隊ではかなり高い地位にあった。戦争中には非人道的な恐ろしいことをしてきて、女性を餌食にしていた。彼は彼女をレイプした。アルコールの強い息がした。私は９カ月後に生まれた。私には耐え難いストーリーだ。とにかく、彼女は私を身ごもった。誰であろうと、あの男が父だった。

どちらのストーリーが真実なのかは、決して知り得ない。あるいは、私をレーベンスボルン・プロジェクトに取り込むためにそうしたのかを。

真実を知らない方が、幸せでいられるのかもしれない。

書類から分かったのは、父の名前がクルト・ザイドラーだったというだけだった。そのことすら、真実ではないかもしれない。私は、ナチス親衛隊の高官、あるいは既婚男性を守るために、レーベンスボルンの子どもの出生証明書は偽装されていることがある、と聞いていた。クルト・ザイドラーは私にとっては単なる架空の人だ。私は父が母にとってどんな人であったか、決して知ることはできない。そして、そのことをしばしば考えたとしても、知らないのが一番なのかもしれない。そうすることによって、彼女にとって最善を望むことができるからだ。少なくとも彼女が彼を愛したかもしれないという一縷の望みがある。そして、私は愛から誕生したのかもしれない。私は、彼らが誰であったか知ることはできない――私の母と父。

彼女は、オスロにある産科に行くことになった。彼女は脊髄カリエスを患っていたので、出産は長く苦痛に満ちたものとなった。とても複雑な過程だった。記録によると、医師はドイツ人であったようだ。私が生まれるまで、彼女は何時間も気張った。私は３８３０グラムだった。

彼女は疲労困憊していた。彼女がどんなであったか想像できる。疲弊し怯えていた。彼女は私を愛していてくれたと思う、そう信じたい。もしかすると私は、あのハンサムなドイツ人の軍人を思い起こさせたのかもしれない。

あるいはもっと酷いことを、思い起こさせたかもしれない――彼女の首にかかる酒臭い吐息。しかし、確かなことは一つある。私は彼女の子どもで、娘であること。

彼女は病院のベッドに横たわっていたが、身体はまだ痛んでいた。そして彼らは私を選んだ。彼らは私の父がドイツ人で、母がノルウェー人だと知っていた。彼らは、私を彼女からたったの10日で引き離した。彼女が唯一もっていたものが奪われた。その時ペールは2歳で、親戚の世話になっていた。彼女は息子の面倒をみることが、許されていなかった。

彼女は、自分の元から私が奪われるのを見た。9カ月身ごもっていた私がいなくなってしまった。そういうことだった。ノルウェー人女性は養子を承認していたと主張する人もいるが、私が知っている全てのことは彼女が話してくれたことだけであり、私は彼女から奪われたと言っていたが、それは信じたい。

母がこの計画に加担していたかどうかを知ることはないだろう。もし彼女が私を他人に、ナチスに、彼らの血統の一部になるために差し出したとしたら。あるいは彼女が言ったように、彼らが私を奪ったのかもしれない。その疑問は、ずっと私の人生についてまわる。

唯一分かったのは、彼女は私を生んだ病院から一人で退院したことだった。自分が彼女から奪われた方を信じたい。しかし、事実を知ることは決してない。むしろ私の父、クルト・ザイドラー

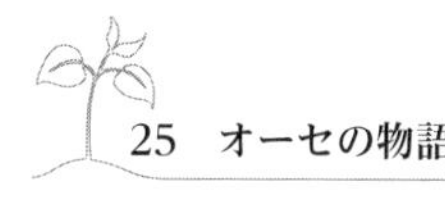

が共犯者だと信じたい。軍人たちはレーベンスボルンの子どもの父親になることで報酬が得られた。ゼイドラーは男たちを、自分の子どもをはらむことになる母親の元へと送った。彼らの連合の産物である赤ちゃんだった私を連れてこられるように。そうすることによって、点数を稼げるように。これが私の心の中で和解させた推理である。私にとってこれが過去なのである。ナチスが私の誕生をどうやって知ったのかとか、そもそもなぜこの一連のことが起きたのかとか関係なく、赤ちゃんだった私はナチスのレーベンスボルンと呼ばれる計画に巻き込まれたことが、知り得た全てだった。

母に対して、厳し過ぎてはいけない。それが今なら分かる。彼女がどんな恐怖の中に身を置いていたか、想像するのは難しい。というのも私たちは民主主義の元では、そうした恐怖を感じる必要がないからである。しかし、当時はヒトラーの言葉は法律であった。人々は彼の命令に従わないと殺された。他人の人生にそのように大きな影響力を持つ人がいたなんて。彼は私の人生を変え、そして私の母の人生を変えた。なぜナチス親衛隊がそうしたのかは分からない——命令に従っただけなのか、あるいはお金と引き換えに。しかし何千人もがそうしたのだ。ドイツ人とノルウェー人の若い女性を妊娠させた。これはまさに支配である。ヒトラーは、全ての人を支配したがった。彼のように黒い髪を持つ人が、金髪の世界を望んでいたのだ。私は戦争から生き残った。しかし終戦時はまだ赤ちゃんだった。そのようにして私の人生が形づくられた。

その後何があったたか、知ることはできない。分かっているのは、オーセにとって暗い時期だったということだ。彼女は復帰するためにオスロに留まらなくてはならなかった。ドイツ人のところでの仕事は、できなくなっていた。オスロにあるグランドホテルに就職した。

1944年には戦争はまだ猛威を振るい、彼女にとって恐ろしい時期だっただろう。ニュースの見出しは爆破や男女、子どもが死んでいくというものでいっぱいだった。彼女は新聞を開くと、私のことを考えてくれていたのだろうか。どこかで誰かが犠牲になった話を聞いた時に、私がこういった子どもたちの一人だと心配してくれていたとしたら。もしかすると、遠くにあるレーベンスボルンの家でナチスの手の中にあったことを知っていたのかもしれない。あるいは彼女は私のことを、全く心配していなかったかもしれない。彼女の頭の中から、私を完全に追いやっていたのかもしれない。私には分からない。

ドイツ人がオスロの通りを行進していたので、自分自身の生活を心配していたのかもしれない。危険な空気が流れていた。毎日が不安だった。そして彼女は敵と関係を持った。女性として最低の行為。

彼女は私の誕生を、親戚にすら秘密にしていたのである。そして、グランドホテルで働いて生計を得ていた。孤独な生活を送っていた。特別に長いシフトや週末でも働いていた。それが自分をとりまく全てのことから遮断する、自分なりのやり方だったのかと思う。彼女は、愛していた男性と2人の子どもを失った。ペールを育てる力がなかった。彼は物心つくような歳になるまで、ラルヴィクの親戚のところに預けられていた。そして、彼はそこに留まることになった。それがみんなにとって最善と、そう決められた。彼女は一人になった。将来どうなるか話していた夜。

彼女は、こんなふうになるとは夢にも思わなかった。

彼女が、妊娠について親戚に語ることはなかった。親戚たちに気付かれてしまうという恐れから、何カ月も家に帰らなかった。彼女は身を潜め、全てを秘密にした。しかし風の便りで、彼女とドイツ軍人とのうわさが親戚たちに届いた。兄弟の一人が彼女を歓迎していない素振りを見せた。ドイツ人がやったことを知りながら、どうしたら彼女がドイツ人と関係を持つことができたのか。彼らは彼女の弟とその他多くの人を殺した。人々はうわさ話をした。ラルヴィクは小さな土地で、人々は酷い目にあっていた。ノルウェーは占領されていた。彼らは今やヒトラーの王国の元で暮らし、そしてオーセがその一部であったかのようだった。あたかも彼女が敵の側に立ったかのように。

彼女は、ドイツ人の男性といるところを見られた。親戚たちは全ての真実を知らず、また彼女から語ることもできなかった。彼女に関する最悪のことを信じた。ある意味では真実だったのかもしれない。彼女はドイツ軍人と交際していた。そのため、さらに孤立した。オスロのグランドホテルでテーブルを拭き、コーヒーカップを片付けた。

私の母はわずか25歳になるまでに、あまりに多くのことを経験した。その後の彼女にとって、正解はなかったと思う。何も考えなくてすむように、ありとあらゆるものに身を投じた。戦争は全ての人を恐れさせたが、彼女には恐れる理由があった。愛していた人たちは、様々な方法で彼女から奪われていった。

そして、ノルウェーを離れる決心をした。ラルヴィクから引っ越す何年も前から、冒険を求めていた——何かを追って、水平線の向こうにあるものは何かという夢を抱いていた。当時、彼女は空想家だった。しかしオスロを離れた時はそうではなく、逃げることを意味していた。そして残りの人生もずっと逃げ続けていた。

彼女は世界中を行き交う客船で、ウェイトレスとして働き始めた。それを長年続けた。終戦後、ノルウェーにはいられなかった。彼女には、苦痛でしかなかった。そしてできるだけ遠ざかった。

私は彼女から奪われたが、ペールは自ら見捨てた。彼はこのことで、彼女を決して許すことはないと思う。何年か経った後でも、彼は彼女の家に足を踏み入れることができなかった。彼を訪ねた時、私がほしいと思った写真や物を持っていくように勧めた。彼は部屋の角にあった箱を指した。彼女の物に目を通し、それらのほこりを払った。生涯が一つの箱の中に、と思った。彼女の顔を再び写真で見るのは、不思議な感じがした。

彼女の家を訪ねた時のことを思い出した。彼女はいずれの写真でも一人で写っていた。孤独な人生。

彼女の母親のアンナを訪ねて、高齢者施設に行ったことを思い出した。彼らは近しい関係にあった。私にはそれが分かった。かろうじて何かは持っていた。そのことは、私に安堵を与えた——彼女が人生において、全く孤独でなかったと。オーセの残りの家族は、彼女と決して和解することはなかったようだ。しかし母親のアンナは、オーセを見捨てなかった。オーセとドイツ人のうわさ話にかかわらず、アンナはオーセに優しかった。オーセは、寄り添ってくれる母親がいるこ

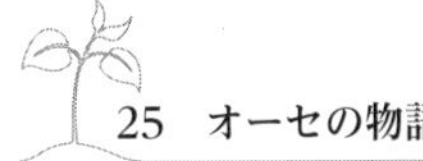

とはどんなにありがたいかは知っていた。私はその感覚を体験したことはない。

その考えは私を悲しませた。しかし、ペールに会って彼女のことをもう少し知ることができた。彼女がまだ若かった頃の写真を、何枚が選んだ――かつての彼女を覚えていられるように。箱の一番下に、小さな粉おしろいのコンパクトを見つけた。手のひらにのせてみた。彼女が人生において何度もそうした、と想像しながら。コンパクトを他の写真と一緒に、アイルランドへ帰る旅行鞄に詰めた――私の人生をより完成させるために。

ペールは彼女の全てのものを相続したが、それらは彼にとって、感傷的な価値はなかった。ある意味で彼にとっては、父親が亡くなった時に一緒に母親も亡くなった。戦争はずっと歴史書で語り継がれているが、弾はペールの心の中にずっとささったままだ。彼はインターネットとデジタル技術の21世紀の世界に生きている。しかし第二次世界大戦中に放たれた弾が、彼の人生を永遠に変えた。

彼は今でもそれと共に生きている。彼の奥深いところであの戦争の傷はまだ癒えていない。彼にレーベンスボルンについて話そうとしたが、あまり話さない方がよいというのがスヴェンの考えだった。オーセに関しては彼を驚かせることはなかった。彼らは皆、彼女がドイツ軍人と接触があったとずっと疑っていた。私はペールの反応を責めることはできなかった。

しかし、彼に感謝していた。彼は、私の過去の一部を共有していた。

他のレーベンスボルンの子どもたちは、幸運にも自分の本当の家族と出会えることができたのだろうか。私と同じように感じているか知るために、彼らを探そうとした。

26 レーベンスボルンの子どもたち

私は一人きりではない。唯一のレーベンスボルンの子どもではない、と知りたかった。インターネット上で他のレーベンスボルンの子どもたちと接触することができ、オスロで会合を開いた。他の生存者たちは、喜んでいたように見えた。とてもよく理解できる。これから私が乗り越えようとしていることを、彼らに共感してもらいたかった。

彼らを「子ども」と呼ぶのは奇妙な感じがする。彼らは当然、正真正銘の大人だ。彼らは子どもでいられなかったので、子どもという呼び方は実際のところ皮肉っぽい。彼らが盗まれたもの――幼少期である。

私たちはオスロのある公共施設で会った。彼らはまさに、私と同じように普通に見えた。彼らへの配慮から、彼らの過去については語らない。それぞれが自分の道を選ぶべきであり、そのことを私は他の人よりもよく知っていた。私たち、レーベンスボルンの子どもたちは、それぞれの方法でこのことと向き合うであろう。しかし彼らと話すことで慰められることがあった。私たちは同じ疎外感にさらされていた。同じ言葉が浮き上がる――「私生児」「放棄」。連帯感によって、より孤独を感じなくてすんだ。皆、その後それぞれの人生を送って、それぞれが異なった方法で受け止めていたとしても、同じ経験をして来たのだ。私よりも傷ついていた人もいたように見えた。しかし私は恵まれていた。私はスヴェンを見つけることができた。そしてローゲルがいた。幸せに恵まれない人もいたかもしれない。

ヨーロッパ中に散らばっている、他の多くのレーベンスボルンの子どもたちのその後を調べるために、時間を費やした。私たちは「戦争の残骸」であり、あと何年かすれば私たちは皆、この世からいなくなる。私はレーベンスボルンの子どもたちが、人々の記憶からなくならないことを望んだ。私たちは他の人たちとは違った運命を分かち合ったのである。一部の人にとっては、非常に耐え難い人生となった。その後の人生において、麻薬常用者になった人や、自殺した人もいる。私は幸運なうちの一人だった。運が良かった。乗り越えられた。全ての人がそうではなかった。人生を脅かすことだった。ヒトラーと彼の支持者たちの結束は、彼らが死んだ後もずっと人々に影響を与えている。彼らはもう存在しないが、私たちのような幼少期を持たなかった大人の心の中で、傷は今も痛んでいる。

また様々な方法で、自らがレーベンスボルン・プロジェクトとして生まれたことを知った人たちがいる。何らかのきっかけで、それぞれの秘密が暴かれることになった。私たち戦争の子どもたちには、それぞれが背負う十字架がある。

ある男性は人生のずっと後になって、自分が命名を受けたときのゴッドファザーがヒムラーだと知らされた。彼は両親の戸棚の中に、「あなたのゴッドファサーのハインリッヒ・ヒムラーより」と刻まれたグレーの金属製のカップを見つけた。彼は残りの人生をその言葉、そしてそのような悪と紐付いた、彼を生み出した世界と闘っていくことに捧げた。しかし、実際は、ほんの少し運が悪かっただけなのである。誰も自分の両親を選ぶことはできない。そして誰も自分の誕生日を決めることはできない。

その男性は、ヒムラーの誕生日である10月7日に生まれた不幸を背負った。ヒムラーの誕生日に生まれたレーベンスボルンの子どもは誰もが彼のゴッドチャイルドとなり、彼からの誕生日プレゼントと特別な訪問という特別な扱いを受けた。

ヒムラーはレーベンスボルンの子どもに対して、不健全な妄想を抱いていた。施設と子どもたちを規則的に訪問し、このプロジェクトに積極的に加わった。

「支配民族」への追求は、多くの人々にそれぞれの方法で影響した。あるインタビューで、私は70代の男性が大泣きし始めたのを見た。彼は、東ヨーロッパで誘拐された子どもの一人だった。彼はカメラを覗き込んだが、踏ん張ろうとしていたのが分かった。自分の過去を話すために気を落ち着つかせようとしたが、声は途絶え泣き始めた。彼が知っている全てのことは、かつて愛に満ちた家族を持っていたことである。母親のお使いをしていたところを、ドイツ軍人に見られた。彼は、まさにヒムラーが描写していた通りだった。アーリア人の子どものように見えた。彼は通りで誘拐された。軍のトラックに押し込まれたので、背負っていた枝の束は地面に散らばった。その瞬間、彼は幼少期の無邪気さを失った。彼の父親と母親は、一晩中心配していただろう。彼らはありとあらゆる畑や小道を、残りの人生をかけて息子を探し続けてたことだろう。彼らは子どもがどこへ行ったのか分からないまま、残りの人生を送ることになった。彼は忽然と消えた。

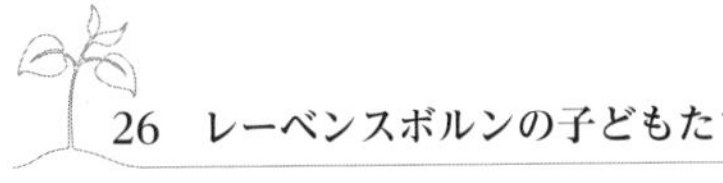

自分の両親を失ったことを感じるには十分な年齢であったが、誰が両親であるか覚えているのには幼すぎた。彼は自分の両親がどこにいるのか、知ることはない。自分の母親が誰なのか分かることはない。彼は生涯、何度もあの村に帰って家のドアを開けて、両親にまだ生きていると言いたかった。

彼は両親を知りたかった。しかし今となっては、もう亡くなっているだろう。

両親は、自分の息子を認識することができないだろう。彼は何度も両親を探したかったが、どうやって始めたらよいか分からなかった。彼が知っている唯一のことは、自分は東ヨーロッパのどこかの小さな村の出身だということだった。どこから始めたらよいのだろうか？ これは、レーベンスボルン・プロジェクトが引き起こした傷だった。強制的な移動。盗まれた人生。

全てにおいて、罪が大部分を占めている。私たちの人生の旅の大部分において。私たちの多くは自分たちの生みの親を探そうとしてきた。私はクルト・ザイドラーと会ったことはないが、自分の父親と再会を果たしたレーベンスボルンの子どもたちもいた。そういった父親の一部は、戦時中に恐ろしいことをしてきた。悪の一部として、どうやって生きていったらよいのだろうか？ これは、レーベンスボルンの子どもたちが向きあっていかなくてはならないことである。私たちが頼んだこともなければ、自ら積極的に加わろうともしていないのに。

しかし、彼らは私たちから無邪気さを奪おうとした。私たちは、あの短剣の元で命名された。私たちは、あの白いクッションに並べられた。そして彼らは、私たちの代わりにヒトラーに忠誠を誓った。私たちには選択肢がなかった。

私たちは、ごく普通の母親と父親のいる普通の生活を望んでいた。安心と愛を感じられる家族。家と呼べる場所。

27 クルト・ザイドラー

私は、真剣にクルト・ザイドラーを探そうとした。できる限り知りたかった。兄によって母に関する過去の空白の一部を埋めることができたとしても、父については何も知ることができなかった。

私は過去の空白について、あれこれと考えた。クルト・ザイドラーが誰であるかを知る方法はないものかと考えた。

「彼は優しい人ではなかった」と母は言っていた。それが、私が知っている全てだった。時に彼を想像してみた。真実を知る必要があった。

私はオスロにある、官庁の公文書管理局の担当者と会う約束をした。彼に手紙を書き、クット・ザイドラーに関する文献を見せてくれないかと依頼した。

彼は私に、ラッキーだったと言った。ドイツ人たちは終戦間近にほとんどの記録資料を燃やしてしまったが、ノルウェー当局の資料の一部は残っており、保存状態は良かった。

私たちは公文書が保管されていた所で落ち合い、ダンボールの箱の列の前を歩いたが、全ての箱にはきちんと番号が打たれていて、長年にわたり数千人の生命の位置付けをする日付と場所が明記されたラベルが貼られていた。まるで、死の列をゆっくりと私の創造者に会う場所に向かって歩いているかのようだった。私は担当者の後に続いた。

突然、彼は足を止めた。金属製の棒とはしごを使って、必要としていた箱を取ろうとした。

「私たちが探しているものは、これに違いありません」そう言って箱を降ろし、ラベルを確かめた。「確かにこれです」

部屋のテーブルから椅子を二つ引き出し、座るようにと手で合図した。

「あなたはこれから知る、ありとあらゆることに対面する準備はできていますか？」

父、クルト・ザイドラーと会う時がやってきた。私は彼が誰であるかを知る必要があった。ヒトラーの側近の一人であったのだろうか。さもなければ、私は残りの人生を彼がどんな人だったのか、もしかすると恐ろしいことをしてきた男の娘だったのではないか、と疑問を持ち続けることになる。どちらにしても私は知る必要があった。心の準備はできていた。

「はい」と答えた。

彼は箱を開け、その中に入っていたカードをめくり始めた。一枚取り出して机の上に置いた。彼は少しの間、書類を見ていたが無表情だった。

私の心臓はどきどきしていた。もしかすると心の準備ができていなかったのかもしれない。知ることなしに死ぬことだってできた。それも良かったのかもしれない。少なくとも、人生のさらなるショックを経験しないですんだかもしれない。

「彼はナチス親衛隊の高官ではありませんでした」と彼は言った。

私はあの時の安堵感を説明することはできないだろう。

「彼は歩兵でした」と言って、私の方を見た。彼は私の安堵に気づき微笑んだ。

「これはあなたが聞きたかったことでしたか？」

「はい」と言って、続けた。「十分です。私が想像していたことよりもずっと良かったです」

「しかしながら彼はナチス党に属していました。彼はドイツ軍人でした」

「それは知っています」と私。「その考えはすでに受け入れています」

「これは言っておかなくてはなりません」と彼は言った。「私たちは決して全てを把握している訳ではないのです。戦時中にはたくさんの記録が偽造されたのです」

「クルト・ザイドラーが誰であったのか決して知り得ないかもしれませんが、少なくとも、彼が完全に悪者であった可能性は減ったと思っています」

その言葉に担当者はうなずいた。彼が理解していないのは分かったが、それはどうでもよかった。

私の人生の旅において、彼はとても重要な瞬間の一部だった。誰もクルト・ザイドラーの生死を正確に知らないが、亡くなっていることに間違いはないだろう。でも少なくとも今、懸念していたほど彼が悪に満ちていた人ではなかった、と知ることができた。私はその瞬間から、背筋をまっすぐにして歩けるようになった。隠すことはないと感じた。

28 アーント

母の人生を全て把握していたと思った。彼女のことを、哀れで戦争に打ちのめされた、孤独な女性と見ていた。これは彼女の人生の、別の秘密を知る前のイメージだった。別の秘密については、まだ私に話されていなかった。ノルウェーにいた時、ペールが私の親戚について話してくれた。そして、私の過去についての疑問の答えとなると思われた詳細を教えてくれようとした。

「そして当然ながらアーントがいる」ある晩、まるでそのことを語る正しい瞬間を待っているかのように、彼はそう言った。

「アーント？　アーントって誰なの？」

「アーントはオーセのパートナーだった」と彼は言った。「晩年の」と続けて、咳払いした。「晩年だけではなかったと思う。彼らはほぼ28年一緒にいた」

「オーセのパートナー？」

オーセは生涯独り身だったと思っていた。「その人はどんな人だったの？」

「彼はまだ生きている、カーリ」とペールは言った。私の「だった」という言葉を訂正するかのように。

28　アーント

「まだ生きているの？　かなりのご高齢では？」

「彼は実際、オーセよりもかなり若かったんだ。だから今、彼はまだ60代後半だと思う」

「あはは」私は笑いだした。「若い夫は血筋ね！」と言って、スヴェンのことを考えた。

「彼に会いたい！」まるで母への扉が突然、再び開かれたように感じた。

「彼に電話する」とペールは言った。「でも彼がどう思うか分からない」

「ええ……、もちろん」と言って、よく考えた。その男性は私に会うのを拒むこともできる。彼のパートナーは、私のことをいろいろな場面で否定してきたのだ。

翌朝、すでに起きていたペールがキッチンで動き回っているのを聞いた。私が階下へと行くと、コーヒーの香りがした。

「おはよう」テーブルに向かって座ると、コーヒーをいれてくれた。

「おはよう、美味しそうね。ありがとう」

朝食にとてもいいものがあった――ノルウェーのペイストリーと焼き菓子。

「たった今、近くのパン屋で焼きたてを買ってきたんだ。君がここを自分の家のように感じられたらいいと思って」彼が私のために、どうしてここまでもてなしてくれるのか分からなかった。

「まだ他にもある」と彼は笑顔を見せた。

「続けて……」と笑いながら言った。「これ以上なんて考えられないわ」

「僕は昨日アーントと話したんだ」

「それで？」

「彼は君に会うって言っているよ」

「なんという素晴らしいニュースでしょう！　いつ彼に会えるの？」

「僕は彼に少し時間を与えたいと思っているんだ。分かるだろう……」

彼は自分が話そうとしていることのために、正しい言葉を探しあぐねているいるように見えた。

「言ってちょうだい。私の人生には驚きばかりだから、何を言われても大丈夫だと思う」

「そういうことではないんだ……。彼にとって大きなショックになると思うんだ」

「ショック？」

「分かるだろう、オーセ」

「彼女は、私のことを彼に話したことがない。それを言おうとしているの？」

「そうだ、カーリ。残念だが。なぜだか分からない。彼女は君のことについて彼に話したことがないし、彼は少し傷つくと思う。どちらかと言うとショックを受けるだろう。あるいは混乱するかもしれない。彼は考え込むだろう。新しい事実だから……」

なぜ彼女が、自分のパートナーに私の話をしなかったか想像できた。彼女は恥じていたのかもしれない。とにかく、彼女は秘密を持つことに慣れていた。私は再び、彼女に裏切られたと感じた。彼女は死んだ今でも、私を否定する権限を持っていた。アーントと会う理由は「彼女」をもっと知るためだった。いつも寛容で、必要以上に彼女を受け入れようとしている自分が腹立たしくなった。

「散歩しようか？」とペールが誘ってくれた。彼は公園を散歩すれば、私の気分が良くなると期待した。

「僕らの親戚の一人のスヴェインが、僕たちを待っていると言っている。行きたいかい？」

「もちろん」

私はオスロの中心街にある公園に行った。晴れた日で、すぐに私の気持ちが晴れた。スヴェインの父親は、私の存在の可能性についてスヴェインに話していたそうだった。彼は子どもの時、オーセのもう一人の赤ちゃんについて父親から聞いたことを覚えていた。しかし、彼はそのことを気にかけていなかった。子どもたちは、自分のおばさんのオーセに会ったことがなかったからだ。彼女はいつも船に乗っていて、彼らにとって彼女の存在は謎めいていた――いとこにとって、もう一人のいとこはどうでもよかった。しかし子どもたちは、大人たちがそのことについて話していたのを覚えていた。何らかの理由で、私はこのことから慰めを感じた。「もう一人の赤ちゃん」と、ひそひそ話で話されるうわさで、首をかしげることだったかもしれない。彼らは少なくとも私の存在を知っていた。奇妙ではあるが、ある意味で私が家族の一員であると感じられた。

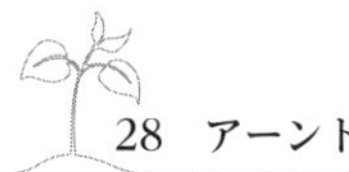

28　アーント

私は、翌日アーントと会うことになっていた。彼からペールに折り返しの連絡があって、会う時間を告げるとともに、楽しみにしていると言っていたらしい。

私は一人でアーントの元へと行った。ペールは、全てを過去にしまっていたので、行きたくないと言った。アーントの家の扉を開けた時の彼の表情を決して忘れない、まるでお化けを見たかのようだった。

「お会いできてうれしいです、アーント」

数分間、彼はあまり語らなかった。私は彼の後について居間に行った。彼は黙りこくっていた。ついに、緊張した数分の後、話し始めた。

「カーリ……。ただ……、君はオーセにすごく似ている。まるで彼女が……」

彼にとって、辛いことのように思えた。食器棚には、彼と私の母の写真があった。彼は彼女のことを本当に愛していたように見えた。彼女は3年前に亡くなっていた。その家には女性がいた痕跡があった。そこに彼女が住んでいたのが分かった。家全体の半分しか見なかったとしても。

彼がソファーに座った時、彼女がかつて彼の隣に座っていたのを想像することができた。私が初めて母と対面した時と同じように、アーントは私をじっと見ていた。彼は私の中で彼女の面影を探していた。私はまるで神が彼に二度目のチャンスを与えたように思った。彼は紅茶をいれてくれ、私たちはオーセについて話した。

「僕は彼女に怒っていた」と彼は言った。

「僕たちは、お互いに全て打ち明けていたはずだった」彼はティーカップをソーサーの上に置いた。「そう思っていた、少なくとも僕は」

「彼女は秘密を持つのが得意だったのです」と私は言って、ライオンの赤ちゃんを抱きかかえている母の写真を見た。いつかの航海の途中で撮られた写真だろう。滑稽だと思った。レーヴェとはドイツ語でライオンのことだ――オーセ・レーヴェ、オーセ・ライオン。しかしライオンは誇り高く、闘士であり、子どもたちのために獲物を追いかけた。彼女は、ライオンになるべきだっ

た。アーントがどのくらい傷ついたかを目の当たりにすると、再び怒りがこみ上げてきた。

私は食器棚のところへ行き、写真を手に取ってまじまじと見た。

「君が最後にオーセと話したのは、いつ？」アーントが尋ねた。

「ずっと前」私は言って、頭の中で年数を数えようとした。

「彼女は手紙をいつも書いてくれていたのだけど、ある出来事の後、手紙が来なくなりました……」

「どんな出来事の後なんだい？」

「たいしたことではないのですが、ある残念なことで」

「カーリ、何があったんだい？　助けになれるかもしれない。僕は君のお母さんを、他の誰よりもよく知っているんだから」

「本当に何でもないんです。ただ最後に会った時に彼女はそっけなかった」

「そっけなかったって、どんなふうに？」

「私に対して、だったと思います。彼女はローゲル――私の息子の人生の一部になりたいのかと思って。私は息子のために、再び彼女に会いにオスロに行きました」

「いつのことなんだい？」

「おそらく１９８６年だと思います……。よく覚えていません」

「その時、なんて言ってたんだい？」

「彼女は『過去を忘れよう』と言いました。『私たちは出会った、それで十分だ』と。『過去の扉を閉めるべきだ』とも。私たちのことだと思います。なぜか分からなかったけれど、彼女の望みに従うしかなかったのです。彼女は私に選択肢を与えてくれなかったのです」

「そうだったんだね……、分かった。彼女は複雑な人だった、君のお母さん、オーセは。彼女は、僕たちみんなにそうだった。君だけに向けられたことではないよ」

「自分にそのことを言い聞かせようとしたのですが、信じるのは難しかったです。彼女は物事を難しくしたから」

アーントは私の肩に手を置いた。

「君のお母さんの人生は大変だったんだよ、カーリ。とってもきつかった」

「分かっています」

「君が本当に分かっているとは思えない」

私は黙り込み、彼は私を座らせた。

「君が想像している以上に、大変だったんだ」

自分の身体の筋肉が硬直するのを感じた。彼は前屈みになった。彼から目を背け、彼の口からでてくる恐ろしい言葉に耳をふさごうとした。

「彼女には傷があった……」彼の声が途切れた。「胸に」

私は振り返って彼を見た。彼女が着替えている時に傷を見たのを思い出した。

「彼らは……」と大きく息を吸った。「彼女を虐待したんだ。彼らは彼女の乳首を切り取った」

私は身震いした。

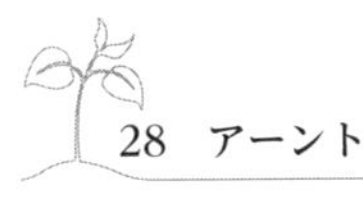

28　アーント

「カーリ、こんな事実を知るのは辛すぎるのは分かるよ」

「誰が……、誰がそんなことを？　誰がしたんですか？」と尋ねた。同時に、胃が締め付けられるようだった。

「彼女は、それについて話したがらなかった。僕には話してくれてもよかったのに。僕は近くでその傷を見たんだから」

彼は自分が愛した女性をひどい目に合わせた、獣より酷い男達が犯した野蛮さを思い、座っていた場所でうずくまった。

「彼女は、ナチスだったと言っていた。彼らは彼女を虐待したのだ。でも僕には分からないし、真実が明らかになることは決してない」

私はいつも、自分の身に降りかかった悪事を考えていた。オーセがどんな酷い経験をしたのか想像を絶する。

「ノルウェー人だったのかもしれない」とアーントは説明した。「当時、ドイツ人と関係を持った女性は最低の人間とみなされていた。君は当時ヨーロッパが瓦礫の中にあったことを、忘れてはならない。何百万人の人が亡くなった。人々は悲しみ、そして苦しみ、敵と寝た女性は敵そのものより嫌悪されていた」

私は、信じられないと言わんばかりに頭を振った。

彼は一度咳払いすると、続けた。まるで話すのをやめてしまったら、二度と話せないかもしれないと危惧するかのように。

「女性は髪をつかまれて、通りを引きずられたそうだ。彼女らは公共の場で虐待されたり、唾を吐かれたり、自尊心を傷つけられた。彼女は何があったのか決して話さなかったが、僕は彼女にどんな影響を与えたか分かった。どうして彼女はノルウェーに住み続けることができたのだろうか。どこを家と呼ぶことができたのだろうか」

私は、彼女の写真を見た。今なら理解できる――クルージングの会社、逃亡。心の中は、愛する家族のいるカフェのあの少女だった。しかし、戦争が全てを変えた。彼女はもはや歓迎されていなかった。戦争はお互いに敵対心を持たせた。ナチスはそれを望んでいたのかもしれない。彼女の罪は、戦争の子どもを産んだことだった――私を。私は彼女の罪であり、それを一生背負っていかなくてはならない。

「聞くに耐えません」私は言った。「でも多くの説明になっています」

「分かるよ。もっと話せることがあればよかったのだが」と、彼は言った。

「それ以上は語らなかったんだよ。話したがらなかった。彼女は肩をすくめたり、話をそらしたりした。時には、数日黙ったままだった。僕に話さなかったことは、おそらくたくさんあると思う」

「私は沈黙を覚えています」と言った。初めて母と会った時の、家の雰囲気を覚えている。彼女の家にいた2週間の間、彼女はどんどん話さなくなった。不気味だった。

そして続けた。「もっと知っていたら、私はもっと彼女に理解を示せていたかもしれません」

「君ができたことはなにもなかったよ、カーリ。私は知っていたが、何もできなかった。彼女は、彼らに対して怒ることだってできた。そして時々自分自身にも、と僕は思う。彼女には荷物が多すぎた」

私たちは少しの間、黙って座っていた。

「おかしいです」最後に私が言った。「戦争で男たちは、死ぬか英雄になるかのどちらか。でも、戦争で一番苦しむのは女性と子ども」

そこに座っていた私は、母との会話を思い出していた。その瞬間、かつてないほど彼女のことがよく分かった。

もっと早く彼女を探していれば、物事は変わっていたのかと考えていた。もっと早く彼女を探さなかったことを、人生で唯一後悔している。

もし私がもっと若かったら、もし私が子どもだったら、彼女は私を愛していてくれただろう。そうしたらもっと簡単だったかもしれない。私たちは、それまでの人生で形作られた大人として出会った。母と娘を演じるには遅すぎたのかもしれない。しかし、結果は同じだったかもしれない。私には分からないし、今後の人生で抱え続けなくてはならない。でも彼女が「はい」と言って、自分を見つけさせてくれたことに感謝している。彼女は断ることもできたのだ。少なくとも、彼女は私に可能性を与えてくれた。実際、そのことも彼女にとって大変なことだったのかもしれない。

日が暮れ始めた。道に迷わず帰れるか心配だったので、明るい内に帰りたかった。私たちは電話番号を交換し、連絡を取り続ける約束をした。私が戸口に立っていた時、アーントがまるで彼が見ていたものを記憶に焼き付けるかのように、シーモンが何年も前にそうしていたように、私を見ていたのを感じた。

背中がぞくっとした。誰かが記憶に焼き付けようとする視線は、永遠の別れを意味していると考えるようになっていた。私は進み出て、彼を抱きしめた。

「またすぐに会いに来ます」

「カーリ、僕は君に会いにダブリンに行くよ。そしていつでもここへ戻っておいで」

「ありがとう、アーント」

「本当だよ、カーリ。忘れないで」

「ええ、忘れません」私は暗闇の中へと出て行った。

オスロは、今までなかったくらい温かく感じた。建物の輪郭は堅苦しく見えなかった。食事をするために家に入って行く家族を見た。一人の年老いた男性が私の前を通り過ぎた。杖に頼っていたが、私に微笑みかけ、「こんにちは」とあいさつしてくれた。私も微笑んで、あいさつを返した。何かが尖った角を削り取り、オスロに親しみを感じていた。

ペールの家に戻って、荷造りした。全てのものが旅行鞄に入るように4回入れ直した。同じくらいの量を往路で持ってきていても、帰路の荷造りはいつも大変だ。帰路の方が短く感じられるのは、人生の謎の一つだった。ついに鞄を閉めるために鞄に乗って体重をかけた。財布の中に航空券が入っているのを確認した。そしてパスポートやクレジットがあるかも最終チェックした。忘れ物がないかあたりを見回し、ペールに別れを言うために、階下へ行った。

誰かに受け入れられ、またその人を受け入れたら、その人がすぐに自分の人生の一部になり、過去の一部になるなんてとても不思議だ。本当に素晴らしい――右に行く代わりに左に行く。誰も角を曲がったところに何があるか、分からない。私たちは別れを告げ、私は連絡を取ると約束した。タクシーが、家の外でクラクションを鳴らした。さようならと手を振り、タクシーに乗り込んだ。

「どこへ行きますか」と運転手が尋ねた。

航空券の時間を見た。

「えーと……」一つやらなくてはならないことが残っていた。そして、その時間はあると判断した。

「グランドホテルに行ってください」

「分かりました」タクシーは出発し、グランドホテルのメインエントランス前に着いた。ピカピカ光るドアノブを引いて扉を開け、ロビーへと進んだ。高い天井と古き時代の栄華。まるで過去へと踏み出したようだった。

そこはアフタヌーンティーを楽しむ人たちでいっぱいだった。白と黒の制服を着た給仕人と黒服の人が、精巧なワルツを踊るかのように空間を行き来していた。白いエプロンをつけたウェイトレスが、家族連れにお茶を注いでいた。母親は3人の子どもと座っていて、ウェイトレスはテーブルの上にティーカップとお菓子を置いた。彼らはウェイトレスに微笑みかけ、「ありがとう」と言った。私は彼女を見て、胸がつまった。同じロビーで、客に対応をしていた母の姿を想像してみた。ここで彼女は私のことを秘密にしていた。彼女がホテルを歩き回っていた時に、痛みを感じることはなかったのだろうか。胸の傷は、ひどく痛かったことだろう。

見ず知らずの人たちの中で、今までになかったほど、母の近くにいると感じた。周りに彼女の気配を感じることができた。ついに理解できた。やっと私は、彼女を許すことができた。

ロビーに1時間近く座っていた気がする。外では雨が一層激しく降っていた。目を閉じてティーカップの重なり合う音、コーヒーメーカーのブルブルいう音、家族や友だち同士の笑い声を聞いていた。目を開け、細長い部屋を見渡すと時計が目にいった。急いで外へ出て、空港へ、そしてアイルランドの家に向かうために、手を挙げてタクシーをつかまえた。オスロでやるべきことは全てやった。「これで終わりにしよう」タクシーのドアを閉める時に思い、グランドホテルに別れを告げた。そしてオスロにも。

29 謝罪

ダブリンに戻ってくると、ビヨーンが私の書類作成を手伝ってくれた。私は補償される対象であると知った。初めのうちはその手続きを進めたいのか、確信が持てなかった。受け入れることが多すぎた。全てを過去にしたかった。しかしある晩、ペールが私に持たせてくれた母の写真を見ていると、謝罪と補償は私だけの問題ではない、と思った。それは私の母に対して、誰かが「ごめんなさい」と言うことだった。全ての母親とその子どもに起きたことに対してだった。私たちが経験することになったことを、認めることだった。

ノルウェー政府が設置した補償委員会に書類を送り、審査を委ねた。当局に自分の過去について、レーベンスボルン・プロジェクトの一部になることで、大きな影響を受けたことについて話した。おそらく私の過去はまだましな方だったが、私は傷つけられたと語った。私は自分の母も父も決して知ることができなかった。それは実際に起きてしまったことであり、起きなかったことにはできなかった。プロジェクトは私に、決して癒えることのない心の傷を与えた。

レーベンスボルン・プロジェクトの生存者らは、団体として責任追及を求めて長期にわたり懸命に闘った。２００２年、ノルウェー政府はようやく、レーベンスボルンの子どもたちに補償する準備ができていると示した。

レーベンスボルンの生存者の中にはナチスの一部ということで、子どもの頃に虐待を受けた恐ろしい過去を持った人がいた。一部の人は鎖で固定されるという物理的な暴力、あるいは彼らが沈むかどうかを見るために、川に放り投げられたことを語った。別の人は、ナチスを洗い流そうと血が出るまで皮膚を擦られたことを話した。これらのことを私は知るよしもなかったし、経験することもなかったが、私の心を悲しみで満たした。

私が知っていることは、私たち皆が人生のある時期に、自分たちが望まれていないと感じたことだった。第三帝国は、私たちの遺伝子を未来の子孫のために残したかった。戦争が終わると、ノルウェーはレーベンスボルンの子どもたちとその母親にとって危険な場所となった。私たちは敵の種と見なされた。私たちの遺伝子は〝間違ったもの〟とされた。

ノルウェー人は、ドイツ人に協力した人々に対して憤りを感じていた。ドイツ軍人と関係を持った女性は、不利益が与えられると警告された。

「私たちはすでに警告を出した。そして、これらの女性は残りの人生でその代償を払い続けていくべきだ、と繰り返す。彼女たちは自制が欠如したために、全てのノルウェー人によって侮辱される」

彼らはオーセの話をしていた。それで彼女は姿を消したのだ。レーベンスボルンにかかわった母親と子どもは、悪と見なされた。

非難は社会を通じて広がった。それは、一番高いところからも来た。1945年7月、ノルウェーの社会省は、レーベンスボルンの子どもたちについて、次のように言及したと報告されている。「これらの子どもが善良な市民となると信じることは、地下のネズミがペットになると信じるのと同じだ」

終戦後、私がノルウェーに返されなかったのは、こうした理由だった。赤十字は私をスウェーデンに送った。

この頃、ある新聞記事は「レーベンスボルン・プロジェクトの少年には、世界中が辟易している、典型的なドイツ人男性の特徴をもつ胚種がある」としていた。レーベンスボルンの生存者の何人かは、子どもの頃に当局によって「遺伝的に悪い」との烙印を押され、成人用の精神病院に強制連行された、と主張している。

私は、レーベンスボルンの生存者たちが反撃する力を見出したことに、感服する。その後の人生で、彼らは当局に対して立ち上がる勇気を持つことができた。これは謝罪ではない。補償についてでもない。責任ある誰かに、「過去に起きたことは間違っていた」と言ってほしいだけなのだ。ドイツ人のしたことが間違っていたと同時に、それに対して世界が見せた反応も間違っていたのである。全てのことが起きた時、私たちは子どもだった。戦争の子どもだった。私たちは起きたことについて、何も言うことができずにいた。それでも人々は私たちの人生に対して「神」を演じた。私たちは賞賛されるか、唾を吐かれた。戦争では人々は味方か敵か、善か悪かに分類された、中間はなかった。私たちは時間と場所によって、「アーリア人」あるいは「社会のくず」と見なされた。しかし、私たちはどちらでもなかった。私たちは子どもだった。

２００2年、ノルウェー国会の法務常任委員会が政府に、約1万人の請求者に補償することを勧告した。レーベンスボルン生存者グループの議長とスポークスマンは、このニュースに反応し、次のような声明を出した。

「法務常任委員会の発言は、50年間、私たちがいた暗いトンネルの出口を示すサインとなった」

かつて彼らは、約束については聞いていたが、今回は異なっていた。やっと誰かが謝罪する準備をしたのである。彼らの正義への闘いを聞き、感動した。こんなに闘ってきた人々のグループとつながっているという考えは、私を誇らしくさせた。

30 髪の毛

ペールとアーントを見つけた今、アイルランドでの人生はもっと豊かで、もっと完璧に感じることができた。しかしやらなければならないことは、たくさんあった。スヴェンと私は田舎の周遊を再開し、人生の小さな出来事を楽しんでいた。私はまだ自分を若いと感じ、スヴェンと一緒にいることで、さらに若く感じられた。いつも若者の心を持っていたが、年をとり続けていることは否定できなかった。年をとった身体がそうであるように私の身体もくたびれ、検査に行く必要があった。

ノルウェーから戻って少し経って、ある検査に行った。その日は自転車で行った。私はダブリンを自転車で走るのが大好きだった。自転車は自由を感じた。より今を生きることができる。車に乗っている人が見落とすものも、見ることができる。

数週間前、マンモグラフィーに行っていた。私の年齢の女性であれば、日常的なことであり、病院から検査に来るようにとの通知を受け取った。心配はしていなかった。自分は健康だと感じていた。さらに、いくつかの検体が必要とのことだった。病院に到着すると、血液検査を行った。「一人で来たのですか」医師は私の手の自転車用のヘルメットを見ながら、そう尋ねた。

「ええ……、はい」と私は微笑んだ。「自転車で来ました」

「分かりました、カーリ。数日したら、また来てほしいのですが」

「どこか悪いのでしょうか。深刻なことではないですよね？」

「数日後に結果がでます。でもカーリ……」

「何ですか」

「その時は、一人では来ないで下さい」


家に帰る道すがら、もぬけの殻のようだった。交差点で1台の車がクラクションを鳴らして、私の前を通り過ぎた。自転車はふらついたが、歩道に乗り上げ、かろうじてバランスをとることができた。信号無視をしてしまった。私は何をしたか分からなかった。我にかえると、再び自転車に乗って家に向かった。


数日後に再来院した時は、スヴェンも一緒だった。

「カーリ、がんが見つかりました」


簡単に言えることだ。「カーリ、がんはないです」と言うのと同じくらいに。しかし全く違う。

「本当ですか」と私は尋ねた。

「はい」医師は言った。


医師らは、このような状況に備えて特別な訓練を受けているのだろう。患者に何が起きているのか話す時は、明確であるのは何よりも重要なことである。他の状況下ではオブラートに包む誘惑にかられる。しかし、がんの時にはそうはできない。がんは残酷で、痛みを伴う。内側から身体を蝕んでいく。がんは服従するのを待っている。

「手術が必要かもしれません」彼は落ち着いた声で話した。正確に、明確に、平静に。

「私には今、その時間がないんです」と言った。スヴェンは私の手を握った。

「カーリ」と医師は再び試みた。「あなたは、私が言っていることをまだ分かっていないようですね。これはとても深刻です。なるべく早く対応しなくてはいけません」

医師のデスクの上の、家族の写真を見た。デスクの上にある器具を見た——聴診器、計算器、砂時計。時間を止めるものは何もなかった。何が起きようとも砂は下へと流れる。その後、廊下を歩いた時のことは決して忘れない。スヴェンは私の側にいたが、私にしかこの感覚は分からなかった。

「僕たちは乗り越えられる。心配しないで」スヴェンは言って、私の手を握った。

周りの世界はいつものように続いていたが、私の世界は止まっていた。病院の扉は開き、そしてまた閉じ、担架は軋みながらホールへと入って行き、看護婦たちは患者の世話をするために、忙しそうに部屋を行き来していた。私は、年配の女性と話している若い看護婦を見た。私もあの若い看護婦であり得たかもしれない。かつて私はそうだった。そして今、私はがんを患う中年女性としてここにいる。いつも悪魔は別のどこかにいると思っていた。遠く離れたところで、そっと追跡していると思っていた。私の血中、身体の中に悪魔がいて、内側から攻撃してくる、と考えたことなどなかった。隠れる所がなかった。恐ろしいのはまさにそれである。

さらにいくつかの検査が行われ、私たちはできる限り残りの人生を進んで行こうとした。彼らが次のステップが何か教えてくれるまで、何もすることがなかった。数週間後一人で病院に行くと、がんは悪化していると聞かされた。一刻も早く手を打たねばならない、と言われた。さもなければ……。

私は、その言いかけた言葉をどう終えようとしたかを考えたくなかったので、彼らが提案することは何でも従うことにした。どうやって、スヴェンに話したらいいのだろう？

私たちで築いた二人の人生を考えた。このアイルランドで——私たちの家。私たちの安心できる場所。私のことを知らない人にどう説明したらよいのか、どのように自分の人生をまとめたらよいのか考えた。私の名前はカーリ・ロースヴァル。たった今、乳がんの告知を受けた。ダブリン南部のクルドサック（袋小路）に住んでいる。そこで夫のスヴェンと住んでいる。私たちにはよい隣人たちがいる。私たちは自分たちの家をとても気に入っているが、新しい場所を発見するのも楽しいと思っている。時間があれば宿泊できるように荷造りをし、アイルランドの片田舎へと出かけて行く。天気の良い時にはときどき、スヴェンは古いバイクに乗ってツーリングに出かける。彼はほとんどのアイルランド人よりも、秘密の場所を全て知っている。そしてそこへ、今度は二人で車で行く。スヴェンと私が何かを経験する時は、共有するまで完全に楽しむことができない。私たち二人が同じものを見るまでは、完全に見たことにはならないのだ。

ザ・ヴィー・パス——ほんの数週間前に一緒に見た。彼は私を連れて行ってくれた。ウォーターフォード州の山々の間にある谷であり、そこではツツジが群生し、一面に紫色が広がっていた。

私たちは、田舎の狭い道を車窓を全開にして高速で走り、アイルランドの緑を身体に受けながら、髪に風を感じるのを楽しんだ。爽快だった。それから家へ向かう。私は家という言葉がとても好きだ。

暖炉の上には、赤いスウェーデンの列車の壁画がある。スヴェンは電車が大好きだ。私たちの家はたくさんのプロジェクトでいっぱいだ――公園やフィギアに囲まれた鉄道模型――そこにはいつも花が咲き乱れ、終わりのないピクニックがイメージされた完璧なミニチュアの世界。私たちの家は彼の一部であり、私の一部でもある。キッチンには大きな望遠鏡がある。時には、庭に持ち出して星を見る。子どもの頃、マレクサンデルでみたオーロラを思い出させる。

家中にシナモンの匂いが漂う。私はいつも、スウェーデンの菓子パンを焼く。夏になると、チョウの刺繍の入ったリンネルのクロスを縫う。冬には毛糸で人形やクリスマスの飾り物を作って、手工芸品フェアで売る。息子のローゲルが訪ねて来ると、何杯ものお茶を飲みながら、何時間も話をしたり笑ったりする。私たちは何カ月分もの話をする。立派な大人になったローゲルを、本当に素晴らしいと思う。

全ての小さなことが人生をつくる。がんになったことは、私を怖がらせた。全てを手放す準備はできていない。まだ、今はできない。

病院を出て、外の新鮮な空気の中へと歩んだ。ある春の日だった。空は青く、スイセンが咲いていた。暗い日々も美しくなれる、とバスを待ちながら思った。

「乗りますか？」バスの運転手が声をかけてくれた。数分のことだろうが思いにふけっていて、バスが到着したことに気付かなかった。

「すみません」と言って乗り込んだ。

家に帰ると料理を作った。シチューだった。木さじでかき混ぜていたところに、スヴェンが入ってきた。

「ただいま！」彼は叫び、玄関に鞄を置き、上着を掛けた。

「ご飯はもうすぐできるから！」私は陽気に振る舞ったが、わざとらしく聞こえたかもしれない。

「大丈夫？」彼は、キッチンのドアのところに立っていた。

どんなに隠そうとしても、いつもの私ではないと気付かれていた。

彼は私に腕を回した。「カーリ、どうしたの？」

「今日、病院に行ってきたの……」

私は言い始めたが、ささやき以上にはならなかった。声は続かなかった。言葉が出てこなかった。彼が強張るのを見た。どう話して良いか分からなかった。最愛の人に、どうしたらがんが大きくなっていると言えるのだろうか。乳房を切除しなくてはいけないと？

夫婦にとっては、人生の大きな部分である。未来にあるものが怖かった。スヴェンは、私の顔に愛おしく触れた。

「大丈夫だよ、カーリ。どんなことでも僕に話して」

「がんなんだけど、スヴェン」私は木さじを置いた。「あまり……、良くないの。検体が……」

「ああ、カーリ」彼は、私を強く抱きしめた。

「手術を受けなくてはならないの」と言って、しっかりしようとした。

30　髪の毛

「胸を切除しないといけない」私は胸をつかんで、彼の反応を待った。

「カーリ」と彼は言って優しく微笑んだ。「そうなったら、僕はもっと君の側に寄れるよ」

そして彼は私を抱擁し、自分の方に引き寄せた。完璧な発言だった。彼と一緒にいると、とても安心していられる。

「一緒に乗り越えよう」と彼はささやいた。

その週、補償についての手紙が何通か届いた。今や何の意味もなかった。ドア越しに届く謝罪文を見るまでも生きられないかもしれない、ということを思い起こさせた。目の前のことしか、考えられなかった。

翌日、いつもの美容院に予約を入れた。美容院に入り、鏡の前に座った。お得意さまには特別に親切で、紅茶や新聞を運んできてくれた。モニカは、私の髪の中に手を入れた。

「いつものように？」彼女は尋ね、鏡に映っている私を見た。

「いいえ……、今日は何か違うのを試してみたい」と答えた。「変えてみたいと思っているの」

「もちろん！　お好きな髪型にしましょう！」

「短くしたい、とても短く」

「このくらい？」彼女は私の耳の下を、手で押さえた。

「こんな風にしてほしいの」そう言って、雑誌の中のベリーショートの女性を指差した。

「もちろんできるわ」とモニカはハサミをとった。「さあ、どうなるかしら」

彼女は、私ががんを患っていると察したのかもしれないが、配慮してあまり尋ねなかった。私は会話を避けるために、雑誌をペラペラとめくり下を向いていた。モニカが切った髪が床に落ち始めた。

「こんな感じでどうかしら？」モニカは、私の頭の後ろに鏡をあてて言った。

鏡に映った自分を見た。慣れるまでに時間がかかりそうだ。年上に見えた。髪にそんな力があるなんて——髪型で10歳上に見せたり、下に見せたりできる。それでも、髪を切って良かった。こんなことがなければ、新しい髪型を試す勇気はなかったと思う。それは、私が完全に新しい人間になることを意味していた。変化は簡単にできると思って、鏡に向かって微笑んだ。前向きでいようと決意した。

「モニカ、ありがとう。完璧よ。思っていた通りになった」

私は外へと、朝の空気の中へと歩き出した。これは始まりにしかすぎない、と自分に言い聞かせた。でも良いスタートである。雨が少し降っていた。傘を開き、家に向かって歩き始めた。

31

傷

手術前の夜のことだった。私は麻痺しているように感じていた。気付くと何度も何度も、胸に手を当てていた。胸を見て、翌日は、身体は今と完全に異なって元に戻らないのを知っていた。眠ることができず、キッチンへと行った。紅茶を入れ、テーブルに向かって座り、照明の灯で紅茶をゆっくり飲んだ。私の中の一部は、胸をとっておきたかった。それは女性らしさである。母親らしさ。セクシュアリティー。私の一部だった。人は失うようになって初めて、その物事の重要性が分かるものだ。ただ肉と皮だけなので、胸を切除し、えぐられるのもなんてことはない、という考えにたじろいでいた。しかし、その中で成長する、何か悪いものがあることを、思い出さなくてはならなかった。私を殺しうるもの。そして、まさにそこだった。自問自答しなくてはならなかった——命のために何でもできますか？　もちろん答えは「はい」だった。なされなくてはならないことだった。別の選択肢は、もっと酷いものであったから。

スヴェンを起こすために、2階へ上がった。彼はぐっすり眠っていた。彼を見ようと、ほんのわずかな間ベッドの端っこに座っていた。これを乗り越えなくてはいけないのを知っていた。一日だけ勇敢であれば終わる。彼のために我慢しなくてはならない。そして私たちのために。軽く彼をゆすった。

「スヴェン、スヴェン、起きて」彼は眠そうに私を見上げ、サイドテーブルの時計を見た。外は暗かった。

「どうしたんだい？　大丈夫かい？」

「ええ、大丈夫。ただ……、眠れないの」

「そうか……僕に何かできることはある？」彼は枕を立て、私の腕をなでた。

「一つだけあるの」

「何でも言って」

「あなたにしてもらいたいこと」私は、カメラを彼に差し出した。「写真を撮って欲しい……。分かるでしょう……、まだ私がこのままの状態でいる間に」

「分かった」

彼はカメラを手に取り、電気をつけてベッドの横で膝をついた。私はブラウスを脱いで椅子にかけ、胸だけを彼の前に見せて立った。寝室の窓から稲妻のようにフラッシュが光り、シャッターが何度も開閉する音が聞こえた。それ以外の全ての場所は、暗闇の中で静まり返っていた。最初は馬鹿らしかったが、その後は正しいことをしていると思った。というのも、私とスヴェンだったからである。

この瞬間の記憶は私の腕に針がさされ、静脈に麻酔が広がり始めるときに考えた最後のことだった。意識を失い、目が覚めたら私の一部はなくなっていることは分かっていた。

31 傷

目を覚まし、ぼんやりとした視線で、頭上で漂っている青色の手術帽をかぶった頭を見た。身体は重く感じられた。まるで、子どもたちがお互いを砂に埋め合う遊びのように。手術台で砂の中にいるようだった。

医師たちは私を観察した。彼らは、手術が成功して満足だと話していた。手術が終わったのだと分かった。

その後、左側に体重をかけようとしたら、火照るような痛みを感じた。

「そんなにすぐはダメです」と言って、看護婦が私の腕をつかんだ。「数日は安静にしていないと。特に最初のうちは」彼女は、私がベッドから降りるのを助けてくれた。

「見たいの」と私は言った。

「見るって?」

「今どうなっているか……。片方だけになっているでしょう」

「でもロースヴァル夫人……。まだそんなに時間が経っていません。傷が治り始めるまで、もう少し待って下さい」

「これが、これからの私の姿なの。早く慣れる方がいいの」

私はバスルームに行き、ドアの鍵をかけた。一人になった今、何をされたのか見たかった。診察着は床に落ち、鏡に映った、胸を横切る傷全てを見た。

「時間がたてば傷は治ります」と医師たちは言った。

「実際よりも、酷く見えます」

私は自分自身に、今も前と同じくらい女性である、と言い聞かせた。私の内にあるものが、私を強い女性にさせた。外側ではないのだ。しかし、どう見ても私は不具になったように感じた。人生でいろいろな経験をしてきたが、これは異なっていた。私には胸が一つしかない、と嘆くことに負い目を感じた。命があって幸運だったのではないのだろうか。空虚を感じたがそうではなかった。それ以上だった。もっともっと。身体はあなたそのもの。人生をずっと生きる場所。唯一継続するもの。オーセのことを考えた。自分の傷にどう向き合っていたのだろう。

何人も病院にお見舞いに来てくれた。ブドウやイチゴ、雑誌を持って来てくれた。甘くて美味しい赤いイチゴ。私は、面倒をみてもらうのが大好きだった。そして、病院では私のことを女王のように扱ってくれた。日々元気を取り戻していった。簡単なことは何もなかった。薬は静脈を通って速く流れ、動きを鈍くさせる。全ては痛かった。髪は抜け始めた。ブラシの中の大きな髪の毛の塊。少しずつ身体の一部が盗まれていく。一部は死んでいき、もう一部は生き続けるために戦っている。どちらが勝つのか、傍観するだけだ。そして、可能な限り生きようとする方の勝利を願う。眠るのが大変な時もあった。いつも柔らかい枕の上に頭を休ませていた。月光に照らされる白いタイルと金属製のベッドをじっと見て、他の患者の息遣いを聞く。吸って吐いて、吸って吐いて……。いろいろな呼吸の仕方、いろいろなリズム。全ては生命にしがみついていた。

人それぞれ異なると思った。とても異なっている。それでいて、とても似ている。誰でもがん

になり得る。私をレーベンスボルンの一員にするため、命名式に置かれていた、大きなクッションのことを考えていた。カギ十字は私の上に、網のようにぶら下がっていた。しかし、あの網は今どこにあるのだろうか。どうやったら、完璧な人間をつくることができるのだろうか。その考えは馬鹿げていた。私たちはただの肉と骨。それすらもほんのわずかな時間だけ。彼らは私をアーリア人と呼んだが、今や髪は抜け落ち、薬物治療のせいで皮膚が弱り、胸は一つの状態でここに横たわっている。日々闘う。病院で並んで横たわっている、他の全ての人たちと変わらなかった。私の金髪にハサミが入れられ、青い瞳は痛みの涙で膨れていた。ナチスは、乳児だった私を守った。私は完璧だった。彼らが望んだ通りに。もし弱さを見せていたら、ナチスは私を殺していたのだろうか。強さで祝福されたが、しかし弱さではどうなっていただろうか。彼らは障害者に不妊治療を施し、ナチスの理想にそぐわない者はガスで殺害した。そして、彼らは私たちを異なるように育てた。さて、ヒトラー、もしあなたが今の私を見ることができたら——あなたのアーリア人の子どもを……。そう考えながら眠りに入った。

看護婦たちは昼夜とも私の世話をしてくれた。遠くから通って来る人もいたはずだ。彼女たちは、シフト制の仕事で疲れているに違いないのに、朝カーテンを開けて私を起こし、私に微笑んだ。長くて孤独な夜の後、朝一番に見たのは、彼女たちの顔だった。それを毎晩楽しみにしていた。それが私を救ってくれたのだと思う。その親切さ。アイルランドを私の家のように思っていたが、心底から私の家となったのはその瞬間からである。私の家。彼女たちが私の回復を願って抱擁してくれる、と感じた。

医師たちは私を励まし、看護婦たちが私に要求するものは、毎日少しずつ増えていった。彼女らは次のように言った。

「今日は少し歩いてみましょう、カーリ。廊下の終わりまで行って、戻ってきましょう」

看護婦に寄りかかった。彼女らの肩は私の重みの一部を支えた。廊下の終わりまで来ると、次のように言った。

「こっちの方向にあと数歩だけ。きっとできる。もう半分は終わっているから。できたらあなたの自信になる」

数歩は、すぐに中庭一周になり、さらに食堂まで行くことになった。日々、少しずつ長く歩かせられた。朝、ベッドから起き上がれない日があった。また気分が良い日でも疲れていることがあった。もし自分で決めることができたら、きっと一日中ベッドにいることを選んでいただろう。しかし彼女たちは、私にそうさせなかった。

さらに、私にスウェーデンのことを尋ねた。私は廊下を一歩ずつ踏み出している時、ローゲルの話をした。彼女たちは自分たちのボーイフレンド、子ども、イヌの話をした。人生は楽しいもので、病院の外にある生活や、私には戻るところがあると思い出させてくれた。

スヴェンが毎晩一人で寝ているのを想像するのが、とても嫌だった。時には彼は私のベッドの側の椅子で寝入ってしまい、目が覚めるとただおやすみのキスをし、数時間家で寝て、再び仕事へ行った。彼にとっても大変な時期だった、と思う。私たちは共に冒険する仲間だった。チームだった。そして、今これら全てを中断しなくてはならないことを恐れていた。彼にこれから一人

31　傷

で冒険させるべきなのか。その考えは、彼を傷つけることになると思った。彼は次の章の幕開けを感じつつも、たくさんの思い出が眠っている、空っぽの家に帰宅している。時々彼は、私に話すのが待ちきれないとばかりに、一気にその日の出来事を話した。私に話そうと、話題を貯めていたのも知っていた。時々は会話に参加することができたが、ただ横になって目を閉じて話を聞くだけのこともあった。一番辛かったのは、彼が家に帰るのを見送る瞬間だった。背の高いシルエットがドアの向こうに消えたが、疲労の蓄積で背中が丸まっていた。

「スヴェン?」ある晩、ドアへ向かう彼に呼びかけた。

「なんだい、カーリ?」

「なんでもないわ。おやすみ。おやすみなさい」

「おやすみ、カーリ」向きを変え、投げキスをして出て行った。

彼が私のベッドの中に入ってきて、長い夜を一緒にいてくれることを望んでいた。一人で夜を過ごしたくなかった。まるで彼が私のいない、私たちの人生を生きているように感じた。私たちは決してそのように計画していなかった。

気分が良いと起き上がって雑誌を読んだり、他の人と話したりすることができた。そういったことは、時間が経てば経つほど多くなり、私はどんどん会話に参加するようになり、日々起きていられるようになり、回復を感じていた。

間もなく、家に帰る日がきた。荷造りして、出発できる準備が整っていた。スヴェンが迎えに来てくれることになっていて、まるで休暇に出かけるように感じていた。玄関の扉がどんなふうに開けられるか、庭のスイセンがどんなに大きくなっているのかといったことや、隣人が私たちの家の前をイヌの散歩する様子を夢見ていた。身体中で、静かなクルドサックにあるテラスハウスに帰れるのを恋しく思っていた。私にとっては、熱帯雨林に行くようだった。バラ色の奇跡に興奮していた。あの日まだ痛くて疲れていたが、いつもより早く歩いた。世話をしてくれた看護婦たちを探しにいった。彼女たちは受付にいた。私自身、彼女たちの立場にいたことがあり、患者が再び元気になり、また人生を続けるために、扉を出て行く姿を見るのがどんなに気分が良いか知っていた。彼女たちと一緒に旅に出かけ、とても親しくなったとしても、二度と会わないこと、病気が再発しないことを望んだ。看護婦たちは私を抱きしめ、「お大事に」と心から言ってくれた。私とお見舞い来た人が差し入れた「スウェーデンのお菓子が恋しくなるわ」と冗談を言われ、「ケータリングで注文をしないとね」と冗談を交わした。私たちは笑い合った。

病院を離れ、再び人生に向き合えるのは素晴らしい感覚だった。最初は全てが怖く見えた。回復するまで、病院で寝ていることに慣れてしまっていた。日々やらなくてはいけない小さなこと全ては忘れられるが、ただ新鮮な空気を吸いに庭に出るだけでも贅沢に感じる。自分自身に当たり前のことと思わないでと、約束をする。もちろん人生は続いていく。病院を出て顔に感じた風の感覚——あの素晴らしい感覚を忘れてしまう。

病院では、乳房切除の後、普段の生活に戻るにはどうしたらよいかのアドバイスもしてくれた。街には、特別なブラジャーを売る店がある。そこへ行く時には不安を感じた。そこへ行かないでいる間は、乳房を失った状態が永遠だと受け入れる必要がなかった。しかし勇気を振り絞って店の中へ入った時、そこではたくさんの女性が、ハンガーの列から自分にあった製品を探していた。彼女たちは、いたって普通に見えた。恐ろしく痛い経験をした普通の女性たちで、今や彼女たちはここにいて、再び普段の生活に戻っている。

乳房切除に振り回されない方法を、見つけ始めた。しばしば、ゆったりしたカフタンを着た。誰もが違う——私の胸が一つなのか二つなのかに気付く必要がなかった。そして、ローゲルが会いに来てくれた。彼はいつでも力を与えてくれる、私の小さなローゲル。しかし、もう小さくはなかった。40代になっていた。子どもが自分の年齢を教えてくれるなんて滑稽だ。年を取ったことに気付くまで、加齢がそっと忍び寄ることに気づかない。年齢を知っていたとしても、目の当たりにしないと現実味をおびない。私はいつも、小さな男の子が私に会うために、小道を小走りにやって来るのを待っていた。しかし今は、すっかり成人した男性となっていた。

彼はストックホルムにある、日本大使館で文化担当官を務めている。

彼に、オーセとレーベンスボルン・プロジェクトについて話した。彼にも知る権利があると思った。それによって、私に対する見方を変えるのではないかとの不安もあった。しかしそうではなかった。いつもそうしてくれるように、私を応援してくれた。彼は探求心があり、書類を読みあさった。自分にとっても人生の一部でもあるので、できるだけ多くのことを知るのは重要だと言った。私が話したことを喜んでくれた。事実は私たちの関係を変えるものではなく、二人の関係に影響がないことをうれしく思った。私は秘密をつくることに疲れていた。

私たちはテーブルに向かって紅茶を飲み、私は彼が話しているのを聞いていた。彼が話すのを聞くのが大好きだった。私たちは年を重ねるにつれ近しい友人となり、そのことに感謝していた。私のことを自分の母、重荷、あるいは義務としてしか見ていなかったら残念だっただろう。私は彼の友人であり、それ以上は望んでいない。素晴らしいと感じる。彼は日本の伝統文化について教えてくれ、相手によって敬意の表し方が異なることを話してくれた。日本では、肩書きが大きな意味を持つ。名刺がとても重要で、出会った時はおじぎする。日本文化にはとても素晴らしいものがある。ローゲルはちょうど日本から帰ってきた時で、日本で60歳を迎えた時の文化的なしきたり（還暦）について話した。彼は、60歳になると十二支の5周期を完了したことになると説明した。日本の文化において60歳は、生まれ変わりを意味する。60歳での生まれ変わりを記念して盛大にお祝いする。

彼の話を聞いていた時、まさにそう感じた――60代での生まれ変わり。私は人生で第二のチャンスを得られた。私はがんになっても、生き残った。レーベンスボルンからも、生き残った。自分の人生について今一番理解できた。

ついに私は自分の人生が、どうやって始まったのか知ることができた。『暗黒の3年』を。そして、私の人生がどのように終わるのか。そのことは幸いにも依然として謎であるが。人生をずっと共にできる、幸せな秘密もある。

32 大統領があなたに会いたがっている

月日は流れた。私は快方に向かっていると思っていた。それ故にあの日、なんの前兆なしに倒れた時はとても怖かった。

意識が戻り、私の頭上にあったスヴェンの顔を見たが、彼は不安そうに見えた。私の額の上に手を置いて名前を何度も呼んでいた。

「カーリ！　カーリ！　カーリ、大丈夫かい？　聞こえるかい？」

私は意識を失った。ほんの数分のことだったが、二人ともとても心配した。スヴェンは私が車に乗り込むのを助けてくれ、病院へと向かった。医師が検査し、いくつかの質問をした。目まいがしていた。

彼らが差し出した、白いプラスチックのカップに入った水を少しずつ飲むと、いつもの私にゆっくりと戻ってきた。

「よいニュースは、これはがんとは関係ないということです。しかし、念のため検査をしましょう」と医師は言った。

ほっとした。がんが落ち着いて、数年経っていた。

「カーリ、前にもこんなことがありましたか？　こんな風に意識を失ったことはありましたか？」と彼は尋ねた。

思い返して、「はい」と答えた。

「何度かありました。がんの後に……。今思えば、毎年起きていたかもしれません。でも、今みたいにひどくはなかったです」

「毎年？　毎年ある決まった時でしたか」

私は指で数えた。目まいが起きた時、私がどこにいて、誰と一緒にいたか思い出そうとした。

「そうですね、一年の中で今ぐらいの時期に起きていました」そして、なぜ今までこのことに気づかなかったのだろうと思った。

「そうですか……」医師はノートに何かを書き込んだ。

「どういうことでしょうか」と尋ねた。

「これは心身相関の可能性があります。あくまでも可能性ですが……。特にトラウマを経験した人の身体は、無意識のうちに毎年同じ時期に反応するのです。何かトラウマになることを、経験されませんでしたか？　ゆっくり考えて、カーリ。あなたが、記憶から押し出そうとしたことかもしれない。あなたが、とても小さな時に起きた出来事かもしれないのです」

私は、自分の過去について知り得た全てのことを医師に話した。彼は釘付けになって聞いていた。おそらく彼が一番聞きたくなかったことかもしれない、と思った。

「ご存知かもしれませんが、その時期、ナチスの手にかけられた子どもは『実験』に使われた、

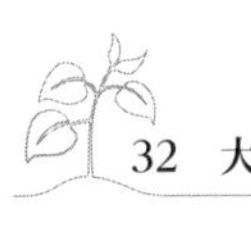

という研究があるんです」と、彼は言った。そして私がショックを受けていると、次のように続けた。「でも、あなたには関係なかったことだと確信します。急いで結論を出す必要は何もありません」

彼らが私に何をしたのかを考えたら、気分が悪くなった。私は額に傷があった。その傷からは、いかなる理由も考えられる。しかしその傷を見ると、あの言葉「実験」に身震いを覚える。ほんの小さな可能性でも、背筋に震えが走る。私は実際、何が起きたかについて知らない。しかしそれを受け入れようとしていた。毎年、目まいが起きるかもしれない。その度に、目を覚まして起き上がると、いつも心配しているスヴェンの顔があるのを知っていた。

自分の顔を鏡に映すと、ほぼ70歳、大きな眼鏡をかけて短く刈り込んだ髪の、年老いた顔がこちらをじっと見ていて、ドイツのレーベンスボルンの家の噴水のことを考えている。そしてあそこにあったものを。命の泉。何と驚くべき考えなのだろう。しかし、それは昔のことで、今は今である。あれ以来、世界の大部分が変わった。少なからずそう望みたい。

2013年2月のある晩、夜のニュースを見ていた時に目を奪われることがあった。レポーターはアイルランド議会の下院にあたる「ドイル・エアラン」から中継していたが、エンダ・ケニー首相が、婚外子を妊娠した女性などが強制的に送られた「マグダレン洗濯所」〈注・294ページ〉の生存者の女性に、政府として謝罪していた。そこは、カトリック修道女会によって運営されていた収容施設だった。

彼が言ったことは理にかなっている、と思った。この問題を調査したマーティン・マッカリース上院議員が書いたレポートのコピーを手にした、ケニー首相は、マグダレン洗濯所で暴行や辱めを受けた女性たちに対して、次のように言った。「今ここで議論されているのは、あなた方の過去についてです。今ここで私たちが言っているのは、あなた方がこの私たちの国の恐ろしい『秘密』を受け入れ、自分自身のものとしたことです。アイルランドとアイルランド国民のために、それらをここアイルランドで心の中にしまい込んだ女性もいれば、心の中にしまい込んだままイギリス、カナダ、アメリカ、オーストラリアに赴いた女性もいました。しかし、この瞬間からこれ以上抱えなくてよいのです。なぜなら今日私たちは失われた過去を取り戻すからです。私たちはあなた方を苦境にたたせてしまった国家の責任を認めます」

私がこうした言葉を聞いた時、一番傷つけるものが何かが分かり始めた――秘密と否定の苦しみと恥。当局には、2つの選択肢がある。秘密を暴き犯罪者を追及する。あるいは見て見ぬふりをして、犠牲者自身に秘密を持たせることで彼らを辱める。

アイルランドの母子収容施設「マグダレン洗濯所」の犠牲となった、当時の母親と子どものインタビューを見た。私の過去と、そんなに変わらなかった。強制的に養子に出されたり、母親と子どもが引き裂かれたり。何年も経ったが、それでもこれらの人間は何か共通するものを持っていた――彼らは疲弊していた。誰かのうその中で生きることに疲弊していた。当局が、彼らには価値がないと、彼らの行動はカトリックの理念にそぐわないない、と決めつけたことで、彼らの生活は変わった。子どもたちは私生児と呼ばれた。私たちと共通している点だ。私たちは母親、あるいは父親を知らない。どこかで誰かによって私たちは、母親も父親も持つべきではないと決

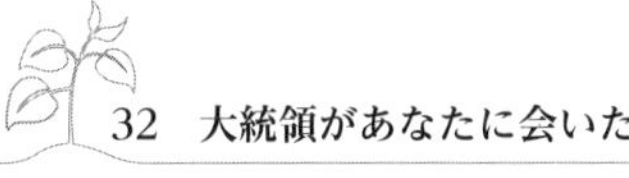

められたからだ。

完璧な国など存在しない。アイルランドも他の国と変わらない。この島には完璧な過去はなく、他のどこかの国と同じように欠陥だらけだ。秘密もあった。しかし、今日その暗い秘密とどう向き合うか決めることに、問題解決の核心があるのだ。もしそれを埋もれさせてしまったら、これら全てを繰り返す道をつくっているのと同じだ。

アイルランドで私は自分の過去と向き合った。そして私は、ここで大切にされていると思う。これまでの人生で、アイルランドに移り住むまで、ひたすら家を探してきた。これまで住んできた所では、当局は私のことを知りたくないようだった。しかしアイルランドでは、違った方法で迎えられた。

ケニー首相が謝罪の言葉を述べているのを聞いていた時、この問題のレポートを書いた、マーティン・マッカリース議員に会った日のことを思い返していた。数年前のある日、突然、アイルランド大統領官邸から電話があった。私たちが驚いたのは、言うまでもなかった。アイルランドの大統領官邸でのアフタヌーンティーに招待したい、というものだった。私たちは、第８代大統領のメアリー・マッカリースと夫のマーティン・マッカリース議員と会うことになった。

彼らは、アイルランド中から様々な団体の人を招待していたが、私たちのアイルランド・スカンジナビアクラブもその一つだった。

「喜んで！」私は考える間もなく言った。「私たちは伺います――私とスヴェンとで！」

電話を切ると、すぐに職場にいるスヴェンに電話した。

「スヴェン、来週大統領官邸に行くわよ。仕事を休んでね」相談する必要もなかった。何が起きようが、その招待を受けることにした。

その日はすぐに訪れた。緊張からその前日は眠れなかったにもかかわらず、朝早く目が覚めた。まるでクリスマスを迎える子どものようだった。

私は瑠璃(るり)色のブレザー、白いブラウス、それに似合う青いパンツを履き、首にはネックレスをつけた。私たちは、フェニックスパークを通る道を運転して行った。丘の一番高いところで、ノロジカが草を食んでいた。車が角を曲がり、大統領官邸の入り口へ進む道では王室の一員のように感じた。

ゲートのところで、警備員が私たちを止めた。

「スヴェンとカーリ・ロースヴァルです」とスヴェンは告げて、全開している車窓に腕を置いた。

警備員は、クリップボードの来賓名簿を見た。

「お名前が確認できました。左側の道に沿って、お入り下さい」と言って、私たちを中に入れた。

芝生で歓談したり、紅茶やワインを飲んでいる様々な国籍の人がいた。なんと多様な肌の色、それぞれの容姿、たくさんの人生だろう。そして私たちは歓迎されていると感じた。

私たちは大統領に会って、一緒に写真を撮るために、他のアイルランド・スカンジナビアクラブの会員と共に中へと案内された。外交上の儀礼にのっとり、二人ずつ入って行った。メアリー・マッカリース大統領が私の前に現れると、私の手を取り、私に会えてとてもうれしい、と言ってくれた。

　それから彼女は私の手を取ったまま、次のように尋ねた。

「アイルランドの国民は、あなたに親切ですか」

　彼女が尋ねるには、不思議な質問に聞こえた。その質問をされたのは、私だけだった。今でも、彼女は私の人生の旅を想像できていたのではないかと思う。誰も、特に当局の人は、そうした質問を私にしようとしなかった。

　この国の大統領である彼女を見ながら、心底から答えた。

「はい」

　彼女がそのことを尋ねてくれて、本当にうれしかった。次の人が大統領にあいさつできるように移動した。夫のマーティン・マッカリース議員が、彼女の隣に立っていた。彼と握手した時、ついに正しい場所にいると感じた。

　大統領と写った写真を大切に持っている。その写真は、暖炉の上に誇らしく置かれている。写真を撮られた時のことを覚えている。最初、私はスヴェンと一緒に後ろの列に立っていた。彼は人生においてずっとそうだったように、何も考えずに後ろの列に立った。彼はいつも、一番背の高いグループに属した。そして写真家はカメラのピントを合わせ、グループを見回して言った。

「ダメ、ダメ。後ろの女性は前に出てきてください」

　写真家に指さされ、私は他の人の間を抜けて最前列に出た。

「いいですね、大統領の隣に立って下さい。はい、完璧ですよ」

そのようにして、私はメアリー・マッカリース大統領の隣に立った。大統領官邸にゲストとして招かれ、国のトップの人の隣で写真を撮ってもらえるなんて、夢にも思わなかった。

何年か経って、暖炉の上のあの写真を見ると、これまでの人生の旅を思い出し、ああした質問するのがどれだけ大事なことなのかと思う。誰かに対して「周囲は親切ですか」と質問する時は、「いいえ」と言われることも予期しておかなくてはならない。そしてそれがもたらす結果も。興味を見せることによって初めて、相手が自身の秘密を打ち明けても良いという気にさせる――それがレーベンスボルンであれ、アイルランドの母子施設であれ、なんであれ。

私たち皆、秘密を持っている。一部の人は聞かないだけだ。何が、大統領に質問させようとしたのかは分からない。国民が私に対して親切かどうか尋ね、「はい」と心から言えたのは初めての出来事だった。彼女が私のことを気にかけてくれて、うれしかった。

〈注〉マグダレン洗濯所⇒カトリック系団体によって設立・運営され、婚外子を妊娠した女性たちが収容された。軍隊やホテルから出た大量の洗濯物を処理する作業を強要されるなど過酷な生活を送った。国家も運営に関与したが、施設の一つから大量の遺体が発見されたことで1996年に廃止された。その実態を描いた映画『マグダレンの祈り』が2002年に制作された。

33

話すこと

物事を考えすぎると、気持ちをそらす方法を見つけなくてはならないことがある。あまり考え込まないようにするために、今に引き止めておく何かをする必要があった。人はそれぞれ気晴らしする方法を持っている。私にとっては、手工芸がそれだった。もしこの趣味がなかったら、きっと耐えられなかっただろう。家は私の手工芸品でいっぱいだ。私は編み物、縫い物、かぎ針をする。家のいたるところに、私の一部である何かが飾られている。先週、キッチンの窓に、かぎ針で作った新しいカーテンをかけた。模様は複雑で、何日もかかった。なぜその模様を選んだのか、分かっていた。マンモグラフィーに行く日が近づき、そのことを考えたくなかったからだ。かぎ針をすることによってしっかりと地に足をつけられ、内向的になる代わりに外向的になり、そうすることによって、世界をより美しくすることができる。友人が私たちの家に来て、暖炉の上の壁を一緒に塗ったのを覚えている。私たちは色とデザインを決めるのに、何時間も費やした。明るく活気がある。スウェーデンの田舎で、赤い列車が緑の中を走っている。そこには低木や高木、小屋、青い空がある。楽観主義でいること。明日も太陽が昇り、新しく生まれ変わることができるということ。

ノルウェー政府から、レーベンスボルンの子どもたちへの補償が届いたが、それには、過去の出来事を遺憾に思うと書かれた手紙が添えられていた。手紙の文書は短く、はっきりと、的を得ていた。私はそのお金を、アイルランドの市民権を得るために使った。正しいことをしている、と感じられた。

残りのお金は、キッチンの修繕に使った。そこでは、友人たちと共有する食事が調理される。私たちの家で一番大事な部分。そこでは、私たちが一日の終わりに集まり、最も重要な会話が行われる。家で快適に過ごすためにお金が使われるのは適切だと思った。この何年も、家を奪われてきたのだから。

キッチンが完成すると、自分のかぎ針の作品と写真で飾った。ドアの近くの壁には絵皿を2枚掛けた。1枚には兄ペールの写真、ずっとほしかった兄、そしてほぼ偶然から見つけた兄。それは私に奇跡が起きうることを思い出させてくれる。もう1枚はホーヘーホルストを訪問した日に、博物館の館長のハンスからもらったもの。

絵皿には、レーベンスボルンの家が描かれていた。ドイツへの旅行を思い出す。そして過去に直面した日。私が恐れていなかったことを思い出す。自分が勇敢な人間であると。それは辛い時に力を与えてくれる。絵皿を見ると、自分がどこから来て、何を経験したかが分かる。

私はアイルランド地方女性協会（ＩＣＡ）の支部のメンバーと、相変わらず数週間ごとに会っている。ほとんどは年配の女性で、美術館や地元のイベントに日帰りで行っている。しかし、ほとんどの時間は手工芸を習っている。私たちはお互い自分たちのことを話し、仲良くしている。

33　話すこと

しばしば、彼女たちが考えないようにしているのは何だろうと思う――彼女たちがそれぞれ編棒を取り出す時に。皆、何かから逃れようとしている。皆、意味を探している。

ある日、ＩＣＡのミーティングで講演してほしいと頼まれた。ＩＣＡはいろいろな人に来てもらい、経験を語ってもらっている。しかし、代表から次のように依頼された時は不安だった。

「カーリ、あなたに引き受けてほしいの。皆、あなたの人生の物語を聞きたがっているの」

「私にできるかどうか……。人々の前に立って話すだなんて……、そんなに話すことはないわ」

「そんなことはないわ、カーリ。重要な過去なの。話すべきよ。人々は聞く必要があると思うの」

それまで誰からも私に公開イベントで話してほしい、と頼まれたことはなかった。考えただけで、手のひらから汗が出てくるのを感じた。

「考えてみるって約束して」と彼女は言った。「ゆっくり考えて、どう決めたかを教えて」

「分かったわ、考えてみる」かぎ針を慎重に片付けながら、そう言った。

私は不安になった。特に日常的に会う人たちの前で、自分の人生を語るのは簡単ではない。引き受けるのを断ろう、と思った。ただのダンドラムのカーリでいる方が、楽なのは確かだ。なぜ複雑にするのだろうか。平穏の中に、私の悪魔たちを受け入れているように感じた。しかし私の何かが、引き受けるように私を駆り立てた。

数週間後、私は市民会館にいた。私の話を聞きたい人たちで、会場はいっぱいだった。「第二次世界大戦、希望への物語」というタイトルがつけられていた。

私の名前が呼ばれ、壇上へと上がった。聴衆の前に立ったが、ほとんどは女性だった。友人を連れてきた人もいた。私は不安だった――これから話すことが果たして聞く価値があるのか、あるいは理解してもらえるのか。聴衆を見渡した。咳払いすると、その音は部屋中に響いた。どこから話したら良いか分からなかったので、終わりから話し始め、前へと戻っていった。これは私の物語であり、会場にいる人にとってカーリとして知られていて、普通の生活を送るごく普通の女性と、そこから始めた。最初の一言を言うと、残りは自然に出てきた。話すことで安堵を感じられ、話している間はヘアピン1本落ちても響くほど静まり返っていた。話し終えると聴衆は拍手をし、一人ずつ立ち上がりスタンディングオベーションとなった。感動してくれた。私の物語にこんなに強い感情が抱かれたのが、信じられなかった。全ての人の心に響いたようだった。彼らは親であり、かつては当然ながら子どもだった。

終わると、たくさんの人が私のところに来て、どんなに感動したかを話してくれた。人間は希望を求めているものだと思う。そして私の物語は希望で満ちあふれていた。私は英雄ではないが、生存者である。人生において自分で選べないことがたくさんあった。もし選択肢があったとしても、他の道を選んでいたかどうか分からない。というのも過去の出来事が今ここにいる私へと、そして今まで私が愛していた人たちへと導いてくれたからである。過去は過去である。しかし私の身に起きたようなことが、他の女性や子どもに起きるのは防がなくてはならない。起きてはいけないことである。これらは暗い場所で行われた、暗い出来事である。私たちが唯一できることは、事実を明るみに出し、二度と繰り返させないことである。

その講演をきっかけに、学校に行って話をすることになった。生徒たちはたったの12歳だった。

33　話すこと

私は教室へ入って行った。教室はザワザワし、笑い声で騒然としていた。生徒たちは走り回っていた。先生は手を叩き、静かにするように言った。いやいや彼らは静かになった。先生は私を紹介し、私がどんな人であり、これから話す内容について説明し、質問は最後まで待つように言った。フェイスブック世代の注目を、どうやったら集められるだろうかと思った。彼らは第二次世界大戦のことを聞いていたり、歴史書で読んでいたりするには十分な年齢だったが、関心を持つにはまだ若すぎるのではないかと思った。

私は、目を見開いている生徒たちの顔を見渡した。どうしたら、このことを彼らに説明することができるだろうと思ったが、すぐに話をするのに相応しい人たちだと思った。まさに、この世代が全てを変えることができるのである。私のメッセージは、いじめについてだった。私はヒトラーの産物となった。彼は、赤ちゃんの私にラベルを貼った。彼は私に誰であるか、この世でどう生きるべきかを指示しようとした。しかし私は、Ｉ／５４３１ではなかった。私は私だった。カーリだった。誰にもラベルを貼らせてはならない。自分が誰であるか、誰にも決めさせてはいけない。自分自身が、この世でどんな人であるかを決めるべきだ。自分でこの世界で誰と一緒にいたいか、決めるべきだ。誰でも選択できる。怒ったり、怒りを鎮めたりする選択肢がある。悲しんだり、悲しみを追いやったりすることもできる。

私の物語を彼らに話した。彼らの中で一番タフな子が、再び子どもになったのを見た。

講演後、生徒たちは今私がどう感じているか、また私の身に何が起きたのか聞いてきた。質問は次々に出され、彼らは手を上げて会話の中に入ってきた。

私の訪問にお礼を言うために、「もう時間です」と先生が言った。「いやだー」と、生徒たちは口を揃えた。

生徒たちが先生にもう少し続けてほしいと頼んだので、チャイムがなるまで続けた。その日、帰宅するととても誇らしかった。スヴェンはどうだったかと尋ね、私は子どもたちの質問を話した。どういうわけか、それはすべて理にかなっているようだった。本当の目的があったと感じた。ローゲルは、私のことを誇らしく思ってくれるだろう。その他のレーベンスボルンの子どもたちも、私たちが共有している過去が話され、誇りに思ったことだろう。

しかし、生き残れなかったレーベンスボルンの子どもたちもたくさんいた。彼らは、ほとんど知られていない戦争の犠牲者。自殺やアル中になって死んだ人もいた。直面するには耐え難いことだった。私は、青い空を見させてくれた人々と出会えて幸運だった。彼らは、前を見つめ決して諦めていけない、と言った。これらの人々のお陰で、今日ここに私がいる。私の物語を語れるように。

34 空高いところで

時々私は、これまでの人生の旅を思い出すために、「ノルウェーの箱」の中を見る。箱は木製のトランクで、まわりに鎖がついている。そこに大切だと思うものを入れて、鍵をかけている。私の宝箱である。時々、母の近くにいたいと感じると、彼女の写真を取り出してテーブルに並べる。彼女の粉おしろいはまだコンパクトの中に入っている。それを開け、彼女がかつて自分の頬に当てていたのを思いながら、自分の頬にパウダーパフを当ててみる。そうすると彼女の一部を感じられる。

アルバムを開き、シーモンが私に微笑みかけているのを見る。私の母がラッパスイセンやヒナギクを刺繍した、白いリンネルのクロスは箱の一番上にあって、どんなに暗くても春になると開花することを思い出せてくれる。白いクロスはアンナのこと、またあの高齢者施設での時間も思い出させる。目を閉じると彼女の指が私の顔を探るのを感じることができる。そしてあの日、彼女が私に、私が彼女の孫だと知っていた、と話そうとしていたのを感じることができる。

70歳の誕生日、家はヒマワリなど大好きな花やシャンパン、そしてノルウェー語、スウェーデン語、アイルランド語のお祝いカードでいっぱいだ。ペールやアーント、いとこたちからのカードがあった。私たちはアーントの家に数週間前に行っていたが、その時、アイルランドの昔話をプレゼントとして持っていった。彼は物語が大好きで、アイルランドも愛するようになった。私たちは年々親しくなっていった。彼は私を義理の娘と言って、時々遊びに来る。私たちはギネスビールを飲みながら、「オーセは、私たち二人がダブリンで一緒に座る日がくるなんて夢にも思わなかったでしょう」と言って笑った。でも自由となった今、オーセは私たちのことを喜んでいると思う。彼女はもう秘密を持つ必要はない。彼女は戦争の傷を負っていない、未来への夢を持ったラルヴィク出身のあの少女になれる。

少し前まで、家は私の誕生日を祝う子どもや隣人、良き友人たちの声で賑やかだった。彼らはここアイルランドでの私たちの家族である。

スヴェンは、ダブリンをヘリコプターで周遊するという誕生日プレゼントを贈ってくれた。完璧なプレゼントだった。完璧な日に。スヴェンと私は一緒に冒険に出る――雲に向かって、さらにその先へ。私は母譲りで、冒険が大好きだ。その点で彼女が大好きだ。そして私たちはライオンだ。レーヴェたち。今、私には分かる。

私たちは頭をかがめ、ヘリコプターに乗り込む。ローターは私たちの上で旋回している。パイロットは、私の誕生日なので前に座るようにと言った。スヴェンは私の後ろに座っていた。私たちは浮き上がり、お腹が反転するのを感じた。

「さあ、飛ぶよ。カーリ！」スヴェンは言って笑った。

「さあ、飛ぶわ！」私はヘッドセットのマイクに向かって叫んだ。

私たちが空に向かってどんどんと上昇すると、緑の芝生が遠くに見えた。そして下に広がる、アイルランドのパッチワークキルトのような畑を見た。その瞬間、本当に幸せだった。フィールドはパズルのように見えた――全てが完璧に組み合わされていた。私の人生を、過去を思い起こさせた。私の人生において最大の挑戦は、足りないピースを見つけることだった。私の人生で最大の落胆は彼らによって描かれた絵を見ることだった。そして今、私の人生の最大の慰めは、ついに完璧であると感じられることだった。

アイルランドの湖の上空をヘリコプターが旋回していると、暑い9月の太陽が照りつけた。黄金の海岸に波が打ち上げるのを見た。それから私たちはまた地上へと、緑のフィールドの一つへと戻った。着陸し家に帰ってきた。いつか、私はいなくなる。他の人も私と同じようにいなくなる。しかしあの上空の雲の間を彷徨(さまよ)っている私を想像してみる。

私の物語を思い出し、あなたの子どもや孫たちに話してほしい。そうすることによって、再びレーベンスボルンのようなものを見なくてすむことを願いたい。

かつてカーリという女性、スヴェンという男性、ローゲルという子ども、オーセという母、ヴァールボリという母、クルト、シーモン、ダニエルという父が存在し、彼らはとても特別な時代に生きたということを語ってほしい。しかし、彼らはごく普通の人間だった。彼らの人生は悪に阻まれたが、最後には愛が勝利し、この先もずっとそうあり続ける。

誰も完璧ではない。完璧になろうとすら考えるべきではない。人生は黒でも白でもない。ただグレーなのだ。そのグレーの中に私たちは愛、同情、そして思いやりを見つけるのだ。

謝辞

ナオミ・リネハン、私の人生の物語を出版したいという願いをかなえるのを助けてくれてありがとう。彼女なしではこの本は書かれることはありませんでした。

またいつも理解してくれていた夫のスヴェンと励ましてくれた息子のローゲルにも感謝します。

さらに私の調査を助けてくれたビヨーン・ダールと特に私の最初の3年の情報の開示を助けてくれたスウェーデンとノルウェーの公文書管理局にも感謝しています。

最後にチアラ・コンシダインとアシェット出版社のスタッフの皆様に心からお礼申し上げます。

カーリ・ロースヴァル

私はカーリ・ロースヴァルに自分の過去を共有してくれたこと、彼女の楽観的な人生観、一緒に仕事をすることを通じて良き友人になったことに感謝します。

また私の家族、私の人生の支えである――私の父親のシャイ、母テレサ、妹のラウラ――にこの旅における彼らの素晴らしい愛とサポート、そしていつも私が「未来の光」を見い出すようにしてくれたことに感謝します。さらに私を愛し勇気づけてくれた友人たちに感謝します。

そして特別な感謝の言葉は、この物語を信じて下さった編集者チアラ・コンシダインとアシェット出版社の全てのスタッフの皆様に捧げたいと思います。

ナオミ・リネハン

日本語版に寄せて

この本は戦争の恐怖とその後、何が起きたかについて綴られています。憎しみや深い愛情、希望についての物語です。

この本を読んで二度と戦争を繰り返してはならないと感じとってください。

読者の皆さまが幸せでありますように。

カーリ・ロースヴァル

訳者あとがき

２０２１年も半ばを過ぎたが、昨年からの新型コロナウィルスのまん延により社会生活は大きな局面を迎えている。「ニューノーマル」といった言葉までが登場し、これまで普通だと思っていた生活が実はどんなに幸せなものであったのかを思い知らされたのは私一人ではないと思う。世の中が大きく変わり、私自身、この本の翻訳を進めながら何が普通で、本質的な幸せとは何か常に考えていた。

私がこの『Nowhere's Child』と出会ったのは、アイルランドで出版されて少ししてからのことである。

スウェーデン大使館広報部で働き始めて少したった２００７年のある日、外務省を訪れた。海外の日本大使館広報部で働く現地スタッフ数人招待され、ストックホルムの日本大使館職員も来日していたので、スウェーデン大使館勤務の私たちも招かれたのである。そこで初めて、カーリの息子ローゲルと出会った。

ローゲルはスウェーデン人として現地の日本大使館の広報部で働き、私はその逆である。お互いの国に非常に強い思い入れがあり、同じ広報の仕事をしていることで共感することも多く、いつしか彼は私の心の友になり、双子の片割れのように思えるようになった。ローゲルは最初の出張をきっかけに毎年日本を訪れ、そのことが私たちの友情を一層強くしていった。

そんなある時、ローゲルから自分の母の本が出版されたと教えてもらった。内容についても教えてくれたのだが、すぐには理解できなかった。しかし、とても惹かれるものがあり、読んでみたいと言ったらアイルランドに住んでいるカーリ自らが本を手配してくれた。

読み始めると、ノンフィクションであるにもかかわらず小説のような展開に驚かされた。それまで「レーベンスボルン」という言葉を聞いたことがなかった私は、カーリが言う『暗黒の3年』に一体何があったのか、知りたい気持ちを抑えられなかった。カーリはスウェーデン南部で農場を営む夫婦に養女として育てられたが、就職を機に出生地がノルウェーと知る。自分の過去を知ろうとすることから恐ろしい歴史とのかかわりを発見し、また自分の過去をとりまく悲劇と希望が壮大なドラマへと展開していくのである。

ホロコーストと呼ばれるナチスによるユダヤ人の迫害や殺りくは広く知られている。その一方でナチスの歪んだ理想「アーリア人の生殖プロジェクト」が進んでいたことはあまり知られていない。ましてや、ノルウェーに生まれ育った女性たちがこの恐ろしいプロジェクトに巻き込まれたことはほとんど知られていない。

第一次世界大戦以降、男性の戦死、将来への不安による堕胎の増加によりドイツの出生率が激減したことに対し、ドイツ民族の人口増加、とりわけ純血性を求めたナチス親衛隊（ＳＳ）によって１９３５年12月、首都ベルリンにアーリア人増殖のための施設「レーベンスボルン（生命の泉）」が設立された。翌36年以降、レーベンスボルンはドイツ国内に次々開設され、施設入居者である母子にはＳＳ隊員と同様の人種条件が課せられた。

ドイツは40年4月9日、中立国ノルウェーに侵攻し、同国にはドイツ兵30万人以上が駐留した。SS長官のハインリッヒ・ヒムラーはノルウェー女性を〝女神〟とみなし、ドイツ兵に現地の女性と関係を持つことを奨励した。41年にはドイツ国外で初めてノルウェーにレーベンスボルンが開設され、同国内では9カ所にまで増えた。

45年までのドイツのノルウェー侵攻下で、ドイツ人の父親とのノルウェー人の母親の間に生まれた子どもは、ノルウェー語の蔑称で「Tyskerunger あるいは Tyskerbarn と呼ばれ、さげすまされた。レーベンスボルンの子どもは全て、逸脱した行動をして知的能力が低い、という烙印を押された。というのも、ドイツ人と関係をもった女性は一般的に「知的能力が乏しく、非社交的な精神病質者」であり、その血をひいているからだとされたからだ。そういった子どもたちの多くは虐待や性的搾取、強制的な精神治療、養子縁組など強いられ、自殺する人も少なくなかった。これに対し、解放から54年経った1999年、こうして生まれてきた人の一部が「欧州人権規約に反した」として、ノルウェー政府に損害賠償を求める訴えを起こした。2004年には迫害の内容に基づいて、被害者に2万~20万ノルウェー・クローネ（約25万~250万円）を補償することが決定された。

この物語は、カーリと母オーセの2世代にわたる女性の生き方という観点から読んでも非常に興味深い。印象的な場面がいくつもあるが、その一つはカーリがオーセと二度目の対面をした場面である。カーリは育ての親シーモンを失った虚しさへの癒しを求めて訪れたが、オーセの「過去は忘れよう」という言葉で再会はあっけなく終わってしまう。そして二人は二度と会うことはなかった。

運命に翻弄されながらもカーリは幸せを見つけ、ついには〝家〟をも見つける。スウェーデンでもノルウェーでもない、アイルランドで。不思議なことに真実への扉が開かれるのは、転居先のアイルランドである。

カーリをとりまく全ての人は、赤い糸でつながっている。小さな偶然に見えるような必然が、カーリの『暗黒の3年』を解明していく。この本を翻訳していく上で、何度もローゲルとの出会いを考えてみた。あの偶然の出会いがなかったら、私はこの素晴らしい本の存在を知ることもなければ、未知の悲しい過去に目を向けることもなかったと思う。

カーリは自分の生い立ちが分かってから、アイルランドやスウェーデンの学校などで講演を頼まれるようになった。その講演を聞いて共感する人が増え続け、自身の過去は『Nowhere's Child』として書き下ろされた。２０１５年にアイルランドで出版されると、スウェーデン語、スペイン語、スロバキア語に翻訳され、メディアでも大きく取り上げられた。カーリが学校での講演を続けたのは、母親や自分が受けた「傷」を振り返って、子どもたちに「いじめはやめよう」という大事なメッセージを届けたかったからだ、とローゲルに教えてもらった。

ナチスのレーベンスボルン計画に、日本は直接かかわっていない。だからといって問題を素通りするのではなく、このような悲しく恐ろしいことが過去にあったことを、世界中の人たちと共有し、誰もがこのような思いをしなくてすむ世界の実現を目指すべきだと強く思う。人間の本質的な問題ともいえる差別やいじめ、そして偏見。現在でも依然として残っている社会問題だが、本書を通じてそれらがもたらす結果に目を向けていただければと思う。

最後に私に心から翻訳したいと思う本に出会わせてくれたカーリとローゲルに感謝の言葉を伝えたい。最初に翻訳をしたいとカーリに伝えた時には、「こんなに大きな課題に取り組もうとする頑張り屋さん」と、温かい言葉をかけてくれた。ローゲルは疑問があると、いつも快く相談にのってくれた。翻訳をしている時間は、いつもカーリとローゲルと一緒にいるような気がして幸せな気持ちでいられた。そして、私と本書を信じて出版してくださった海象社の瀧川氏と岸上氏、前任の山田氏にもこの場をおかりしてお礼を申し上げたい。特に瀧川氏にはずっと温かく支援していただき、心より感謝している。

家族を愛し人間性の尊厳を求めるカーリのメッセージが、日本に住む多くの人の心に届くことを切に願っている。

2021年7月　速水　望

【訳者】
速水　望（はやみ・ながめ）
ヨテボリ大学文学部北欧言語学科修士課程修了。帰国後、東海大学北欧学科非常勤講師、都内の語学学校でのスウェーデン語講師を務める。2005年からスウェーデン大使館勤務。著書に『ニューエクスプレスプラス　スウェーデン語』『ニューエクスプレス　スウェーデン語』『ニューエクスプレス　スウェーデン語単語集』（いずれも白水社）など。

私はカーリ、64歳で生まれた—Nowhere's Child
2021年9月17日　初版発行

著者／カーリ・ロースヴァル
　　　ナオミ・リネハン
訳者／速水　望

カバーデザイン／根本眞一〈(株) クリエイティブ・コンセプト〉
本文デザイン／松田晴夫〈(株) クリエイティブ・コンセプト〉

発行人／瀧川　徹
発行所／株式会社　海象社
〒103-0016　東京都中央区日本橋小網町8-2
TEL：03-6403-0902　FAX：03-6868-4061
https://www.kaizosha.co.jp/
印刷／モリモト印刷株式会社

ISBN　978-4-907717-34-6　C0098
乱丁・落丁本はお取り替えいたします。定価はカバーに表示してあります。
Printed in Japan